FENNA JANSSEN

Das kleine Eiscafé

aufbau taschenbuch

Fenna Janssen wurde in Lübeck geboren und wuchs in Hamburg auf. Viele Jahre war sie als Journalistin für diverse Zeitungen tätig. Inzwischen arbeitet sie erfolgreich als Autorin und bleibt auch in ihren Büchern ihrer norddeutschen Heimat treu.
Im Aufbau Taschenbuch ist bereits ihr Roman »Der kleine Inselladen« erschienen.

Von einem auf den anderen Tag wird Sophie von ihrem Freund Angelo sitzengelassen. Alles, was er zurücklässt, sind ein gebrochenes Herz und eine uralte Eismaschine. Als ihre Tante Freda sich bei ihr meldet und sie bittet, ihren Strandkiosk für eine Weile zu hüten, steckt Sophie noch mitten im Liebeskummerchaos und sagt einfach Ja. Doch statt Ablenkung zu finden, hat sie vor allem eines: Zeit zu grübeln, denn die Geschäfte laufen nur schleppend. Direkt neben dem Kiosk steht ein nostalgischer Eiswagen, der die ganze Kundschaft der Insel anzieht. Aus lauter Verzweiflung setzt Sophie die Eismaschine wieder in Gang und beginnt herumzuprobieren. Dabei ahnt sie nicht einmal, was sie damit auslöst.

FENNA JANSSEN

DAS KLEINE Eiscafé

ROMAN

atb aufbau taschenbuch

MIX
Papier aus verantwortungsvollen Quellen
FSC® C083411

ISBN 978-3-7466-3679-5

Aufbau Taschenbuch ist eine Marke
der Aufbau Verlag GmbH & Co. KG

1. Auflage 2020

Umschlaggestaltung Christin Wilhelm, www.grafic4u.de
unter Verwendung mehrerer Motive von © UroshPetrovic, Diana Taliun,
bigacis, Sergey Oplanchuck, Alexandr_Zharikov, DR pics24,
selensergen, soleg, ivansmuk, Julia August/gettyimages
Gesetzt aus der Sabon durch Greiner & Reichel, Köln
Druck und Binden CPI books GmbH, Leck, Germany
Printed in Germany

www.aufbau-verlag.de

1. Kapitel

Wahrscheinlich hatte Sophie die Kurve zu forsch genommen – nach mehr als sechs Stunden Fahrt ließ wohl langsam ihre Aufmerksamkeit nach, und plötzlich rumpelte es irgendwo hinter ihr gewaltig. Es klang ganz so, als würde ein großes, schweres Möbelstück durch die Gegend geschleudert werden. Vor Schreck verriss sie das Lenkrad, der altersschwache Kleintransporter kam damit allerdings nicht so gut zurecht. Die abgefahrenen Reifen fanden keinen Halt auf dem Asphalt, das ganze Gefährt geriet ins Schlingern, und Sophie sah sich schon im Graben liegen, irgendwo auf der Landstraße, die sie eigentlich nach Aurich und dann bis an die Küste bringen sollte.

Mist, fuhr es ihr in der ersten Schrecksekunde durch den Kopf. Ausgerechnet jetzt, wo sie schon das Meer riechen konnte. Außerdem hatte sie eben erst am Himmel eine Möwe entdeckt, da war sie ganz sicher. Keine gewöhnliche Taube, wie sie sich in Frankfurt ständig und überall auf Hausdächern und Kirchtürmen tummelten. Die platte

Landschaft, die so typisch für Ostfriesland war, hatte sie schon willkommen geheißen, der Himmel war auf einmal weiter und höher geworden. Auch darüber hatte sie nachgedacht, als in der Ferne die Kurve aufgetaucht war: Zu Hause in Frankfurt wirkte der Himmel immer wie eingezwängt zwischen den Türmen der Hochhäuser, und die Wolken hingen fest an diesen von Menschen gebauten Hindernissen. Hier jedoch durfte der Himmel noch er selbst sein, offen und frei, und die Wolken flogen, wohin sie wollten.

Zu Hause in Frankfurt. Sophie hatte gestockt, als ihr klar geworden war, dass sie dort streng genommen keinen Ort mehr hatte, den sie »Zuhause« nennen konnte. Nur die Villa ihres Vaters auf dem Lerchesberg in Sachsenhausen, in der sie bereits seit zwanzig Jahren nicht mehr lebte, gab es noch, aber die zählte wohl kaum. Ihre eigene kleine Wohnung in der Nordweststadt hatte sie an eine Freundin untervermietet, mit der Option, in spätestens zwei Monaten Hauptmieterin zu werden. Damit hatte sich Sophie zwar eine winzige Hintertür offengelassen, im Grunde aber war ihr klar, dass eigentlich alle Brücken abgebrochen waren.

»Ich habe kein Zuhause mehr!«, zum ersten Mal sprach sie es laut aus. »Kein Zuhause, keinen Freund, kein Leben! Kein gar nichts!«

Tja, und da hatte sie wohl zu fest aufs Gaspedal gedrückt, ausgerechnet während der Kleintransporter es mit einer verflixt scharfen Kurve aufnehmen musste.

War jetzt tatsächlich alles schon vorbei, so kurz vor dem

Ziel? Das altersschwache Fahrzeug rutschte wie in Zeitlupe vor sich hin. Der Asphalt hingegen schien mit rasender Geschwindigkeit vorbeizufliegen – die Reifen quietschten laut, als Sophie mit aller Kraft auf die Bremse trat. Ein Leitpfosten knickte um wie ein Streichholz, ihre Hände krampften sich um das Lenkrad. Erst nach einer gefühlten Ewigkeit kam der Transporter zum Stehen: Den Graben hatte sie zwar glücklicherweise knapp verfehlt, aber mit den Vorderreifen steckte sie nun in einer sehr schlammigen Weide. Der Motor erstarb.

Ein Schreckensschrei blieb Sophie im Hals stecken. Sie lebte noch! Sie hatte sich nicht den Hals gebrochen! Dankbar schloss sie kurz die Augen. Sie hätte es wissen können, denn als sie die Kontrolle über das Fahrzeug verloren hatte, da war nicht ihr ganzes Leben vor ihrem inneren Auge vorbeigezogen, da hatte sie bloß Angelo zur Hölle gewünscht. Was lustig sein könnte, wenn es nicht so traurig wäre: Einen *Engel* zum Teufel zu schicken war schon ein starkes Stück.

Sophie atmete ein paar Mal tief durch und schaute nach draußen. Eine Kuh glotzte zurück, dann schleckte deren riesige Zunge über die Windschutzscheibe.

»Danke«, sagte Sophie automatisch. »Nicht nötig.« Sie musste an Angelos Heimatstadt Bari denken, wo sich an jeder Ampel die Fensterputzer auf die Autos stürzten.

Schon wieder Angelo.

»Verschwinde, du blödes Tier!«, rief Sophie. Die Schwarzbunte gehorchte und trottete, beleidigt mit dem Schwanz wedelnd, zu ihren Artgenossen zurück.

Vielleicht hatte dieses Rumpeln vorhin ja nur in ihrem Kopf stattgefunden, es fühlte sich definitiv so an, als wäre da etwas durcheinandergeraten. Vorsichtig betastete sie ihre Stirn, dann die Schläfen. Hm, zumindest äußerlich war nichts festzustellen …

Musste sie also aussteigen und hinten auf der Ladefläche nachsehen? Unter der graugrünen Plane, die schon seit mindestens zweihundert Kilometern an einigen Stellen wild im Fahrtwind flatterte? Vielleicht war es ja doch die Eismaschine gewesen, die dieses beunruhigende Geräusch von sich gegeben hatte.

Das Ungetüm, das vermutlich irgendwann in den Fünfzigern gebaut worden war, hatte Angelo ihr dagelassen – als einziges Souvenir aus drei gemeinsamen Jahren und um seine Schulden bei Sophie zu bezahlen. Sie sei eine wahre Wundermaschine, hatte er behauptet. Schon sein Großvater habe damit das beste, cremigste und süßeste Eis hergestellt. Dazu hatte er engelsgleich gelächelt, womit er seinem Vornamen alle Ehre machen wollte.

»Du kriegst das blöde Ding doch bloß nicht in dein Auto!«, hatte sie ihn angeschrien. Das war erst zwei Wochen her, an jenem Tag war sie noch sehr, sehr wütend und verletzt gewesen.

Verständlich, denn lange Zeit hatte sie an ein gemeinsames Leben, eine glückliche Zukunft und zwei bis drei Kinder geglaubt, nur um dann zu erfahren, dass der schöne Süditaliener ganz plötzlich andere Pläne hatte. Pläne, die mit einem Onkel zusammenhingen, der ihn zurück nach Bari rief, um die größte Eisdiele in der Altstadt zu übernehmen. Und als sei das nicht genug, schlossen diese Pläne wohl auch noch eine glutäugige junge Italienerin namens Carmela Grazia mit ein, die neuerdings seine Fotos auf Facebook mit vielen Herz-Emojis versah.

Als Sophie dies zum ersten Mal entdeckt hatte, war ihr fast das eigene lebendige Herz stehen geblieben.

Sie presste beide Fäuste auf die Augen. Du bist bloß übernächtigt, sagte sie sich. Völlig fertig. Deswegen verfolgt dich Angelo. Aber weiter als bis hierher kommt er nicht, das muss endlich vorbei sein. Auf die Insel nimmst du ihn nicht mit, kapiert?

Ein hysterisches Kichern stieg in ihrer Kehle auf. Sie schluckte es mühsam herunter. Wenn sie schon ihr ganzes Leben umkrempelte, musste sie wenigstens bei Verstand bleiben.

Und immerhin: Auf sie wartete zwar keine große, berühmte Eisdiele in Bari, aber wenigstens ein gut geführter Kiosk am Strand von Langeoog. Das war doch auch was! Und Tante Freda hatte versprochen, sie dürfe dort schalten und walten, wie sie wolle. Das Gebäude sei groß genug, um eine Eisdiele und eine Bäckerei einzurichten. Eigentlich war Sophie nämlich Bäckerin, sowohl beruflich als auch aus Leidenschaft, und nun träumte sie davon, endlich all die Brote, Kuchen und Plätzchen zu backen, mit denen sie seit Jahren ihr Rezeptbuch füllte, für die sie aber nur viel zu selten Zeit hatte.

Aus ihrem Handy schallte die italienische Nationalhymne.

Verflixt, dachte sie, den Klingelton muss ich schleunigst

ändern. Eine Weile starrte sie hilflos darauf. Sie hatte das Handy am Armaturenbrett befestigt und zur Navigation benutzt, jetzt aber erschien das Wörtchen »Papa« auf dem Display, und Sophie war sich keineswegs sicher, ob das ein guter Moment für ein Gespräch mit ihm war. Bloß gaben die »Fratelli D'Italia« keine Ruhe und waren laut dem martialischen Text der Hymne schon zum Tode bereit, als Sophie das Gespräch annahm.

»Kind! Endlich!«

»Hallo, Papa.«

»Warum hast du nicht angerufen?« Seine Stimme klang ungewöhnlich forsch. Normalerweise sprach Bernhard Barensen leise, beinahe emotionslos. Ob das daran lag, dass seine Frau damals ihn und die vierjährige Sophie verlassen hatte, oder an einem langen Berufsleben im Gerichtssaal, wo überall ein allzu lauter, bestimmender Ton herrschte, hatte sie nie verstanden. Sowohl ein greinendes Kind als auch schreiende Angeklagte konnten einen Mann sicherlich dazu bringen, zu Hause höchstens noch zu flüstern.

Sophie überlegte kurz, was eigentlich schlimmer war, eine riesige Eismaschine oder ein kleines Kind. Noch einmal presste sie die Fäuste auf die Augen.

»Ich bin noch unterwegs«, sagte sie dann.

»Wieso denn das? Ich habe ausgerechnet, dass du nach höchstens fünfeinhalb Stunden am Hafen von Bensersiel sein müsstest. Was hat dich aufgehalten?«

»Eine …« Sie stoppte sich gerade noch rechtzeitig, bevor sie die Kurve erwähnen konnte. Ihr Vater hätte sich nur unnötig Sorgen gemacht. Sie blickte hinüber zu der Herde Kühe, ihre Besucherin von eben streckte den Schwanz in die Höhe und wirkte immer noch beleidigt.

»Mit der Klapperkiste ging es einfach nicht so schnell wie gedacht«, antwortete sie schließlich. »Es war nett von deinem Gärtner, mir den Transporter zu leihen, aber ich kann euch nicht versprechen, dass er es noch einmal zurück schafft.«

»Das ist bereits geregelt, in Bensersiel nimmt ihn dir ein Autohändler ab. Du könntest ihn ohnehin nicht mitnehmen, Langeoog ist ja eine autofreie Insel. Und dem Otto habe ich einen gut erhaltenen Pick-up gekauft.«

Ein gut erhaltener Pick-up wäre hier vielleicht nicht aus der Kurve gerutscht, dachte Sophie missmutig. Auf einmal hatte sie das Gefühl, die Vorderräder würden ein bisschen tiefer in die Wiese sacken. Sophie erschrak furchtbar. Wo war sie nur gelandet? Die Gegend hier war doch berühmt für Moore, oder nicht? Aber dann rief sie sich schnell selbst zur Ordnung. Die Schwarzbunten da drüben waren ja noch da, also würde auch ihr Kleintransporter noch eine Weile durchhalten, selbst wenn er um einiges schwerer war.

»Du telefonierst doch nicht etwa während der Fahrt mit mir?«, fragte ihr Vater plötzlich.

»Nein, Papa. Ich mache zufällig gerade eine kurze Pause. Hörst du? Der Motor läuft nicht.« Wie genau diese Pause zustande gekommen war, brauchte er ja nicht zu wissen. »Und ich bin schon bald in Aurich. Lange wird es nicht mehr dauern.«

»In Ordnung. Wenn du die letzte Fähre nicht mehr erwischst, musst du halt in Bensersiel übernachten. Oder vorher in Esens. Die fahren nämlich streng nach Fahrplan und sind nicht von der Flut abhängig.«

»Ja, ich weiß, Papa.« Ihr Vater hatte für diese Fahrt einen akribischen Schlachtplan aufgestellt, damit sie auch ja heil ankam. Bei ihm hatte es geklungen, als wollte sie zu einer Nordpolexpedition aufbrechen. Wenn sie einwarf, sie sei schon erwachsen, sie werde es bestimmt schaffen, nach Langeoog zu kommen, entgegnete er regelmäßig, für sie als Großstadtkind berge das platte Land Gefahren, die sie sich nicht einmal vorstellen könne.

Die Sache mit dem Großstadtkind stimmte. Mal abgesehen von ein paar Urlauben in der Kindheit, die Vater und Tochter an einem italienischen Strand an der Adria verbracht hatten, sowie ein paar Besuchen bei ihrer Mutter auf Ibiza hielt sie sich am liebsten in Frankfurt oder in anderen Städten auf. Hochhäuser, Straßenverkehr und die immer gleichen Geschäfte hatten für Sophie eine beruhigende Wirkung. Aber da sie eine mutige junge Frau war, wollte sie ab sofort auch die freie Natur genießen – und sie fand, abgesehen von dem kleinen Unfall gelang ihr das schon recht gut.

»Kind, hörst du mir noch zu?«

»Natürlich, Papa«, sagte sie schuldbewusst.

»Gut, also wie gesagt: Seit die Fahrrinne zwischen dem Festland und Langeoog in den siebziger Jahren ausgebaggert wurde, können die Fähren auch bei Ebbe fahren. Du kannst also nicht darauf hoffen, aufgrund von Verspätungen noch eine zu erwischen. Ich schicke dir gleich die Adressen von zwei Pensionen. Nur für alle Fälle. Sie haben ausgezeichnete Bewertungen, und wir haben Glück: Beide haben noch Zimmer frei, obwohl schon Anfang Juni ist.«

So war er, ihr Papa. Er überließ absolut nichts dem Zufall.

»Danke. Du bist ein Schatz.« Sie meinte es ehrlich. Mochte sie hier auch in einem Moor zusammen mit zwei Dutzend Schwarzbunten festsitzen – es war schön, dass es irgendwo jemanden gab, der sich um sie kümmerte.

Sie beendete das Gespräch, indem sie ihrem Vater vorflunkerte, sie müsse jetzt weiterfahren.

Ein bisschen hatte Sophie sich schon gewundert, dass er sie so einfach ziehen ließ. Bis ihr aufgegangen war, dass er nicht an das Projekt glaubte. Er war der festen Überzeugung, dass seine Kleine schon bald zurück nach Frankfurt kommen würde – und dann würde sie vielleicht sogar bereit sein, doch noch Jura zu studieren. Im zarten Alter von siebenunddreißig Jahren. Na ja.

Es war die größte Enttäuschung seines Lebens gewesen, als Sophie nach einem sehr guten Abitur beschlossen hatte, nicht Anwältin zu werden, sondern Bäckerin. Darüber hätten sie sich damals beinahe entzweit, aber schließlich hatte Bernhard Barensen einsehen müssen, dass seine Tochter weniger nach ihm und mehr nach seiner Ex-Frau kam, einer temperamentvollen Künstlerin mit spanischen Wurzeln, die lieber mit den Händen als mit dem Kopf arbeitete. Sein einziger Trost war es, dass Sophie ihm wenigstens äußerlich nachschlug: sehr groß, sehr blond, mit sehr blauen Augen. Auf ein paar Zentimeter ihrer Größe hätte sie selbst eigentlich gern verzichten können, aber da war nichts zu machen.

Sie lächelte und verspürte plötzlich große Sehnsucht nach ihrem Vater. Nach ihrer großen Auseinandersetzung vor beinahe zwanzig Jahren hatte er nie mehr ein Wort gegen ihre Berufswahl gesagt. Nicht einmal, als sie ihm gestand, dass sie in der Großbäckerei unglücklich war, wo sie methodisch und nach vorgegebenen Rezepten arbeiten musste und nie etwas Eigenes erschaffen durfte. Das rechnete sie ihm hoch an. Auch die beiden Male, in denen sie versucht hatte, sich selbstständig zu machen und an übermäßig hohen Pachtzahlungen und nicht genügend Kunden gescheitert war, hatte er sich zurückgehalten.

Nur zu Angelo hatte er seine Meinung geäußert, und die war nicht besonders schmeichelhaft ausgefallen. Er nannte ihn »Hallodri« und »Tunichtgut«, und Sophie erzählte ihm schon bald nicht mehr, wenn Angelo sie mal wieder um Geld angepumpt hatte, weil seine Eisdiele nicht so lief, wie sie sollte.

Nein, Angelo war generell ein Thema gewesen, das sie besser vermieden hatte. Und nach seinem plötzlichen Abgang war Bernhard trotzdem zu seiner Tochter geeilt, hatte sie getröstet und dabei fassungslos das Ungetüm von Eismaschine betrachtet, das der Italiener ihr vermacht hatte.

»Herrjemine! Was in aller Welt ist das?«

Sie hatte es ihm erklärt.

»Und die funktioniert noch? Sie sieht aus wie einer dieser Kühlschränke aus den Vierzigern. Nur runder, und dann noch diese schreckliche giftgrüne Farbe …«

»Angelo sagt, sie macht das allerbeste Speiseeis.«

»So, so. Angelo sagt das?«

»Ja. Es war nicht alles Lüge, was er von sich gegeben hat.«

»Vielleicht kannst du sie verkaufen«, hatte er diplomatisch vorgeschlagen. Aber nur ein paar Tage später bot sich eine andere Möglichkeit – eine, mit der Bernhard Barensen alles andere als glücklich war.

Zumindest vorerst.

Doch jetzt musste Sophie sich erst einmal wieder auf ihr aktuelles Problem konzentrieren. Sie startete den Motor, der auch brav wieder ansprang, legte den Rückwärtsgang ein und hörte, wie die Vorderräder durchdrehten.

Tja, es wäre ja auch zu schön gewesen, wenn sie sich so einfach aus ihrer Notlage hätte befreien können.

Was nun? Tante Freda auf Langeoog um Hilfe bitten? Aber was könnte die schon tun?

Besser war es also, einen Abschleppdienst in Aurich zu erreichen. Sie gab telefonisch ihren Standort durch und erfuhr, dass sie sich auf eine längere Wartezeit einstellen müsste, denn es sei Sonntagnachmittag, man verfüge nur über zwei Einsatzfahrzeuge, und außerdem hätten schon ein paar Touristen einen Ausflug ins Moor unternommen, der nicht so gut ausgegangen sei. Das klang dermaßen abfällig, dass Sophie sich lieber auf keine Diskussion einließ, sondern versprach, sie werde an Ort und Stelle auf Hilfe warten. Für Ironie hatte der Mann am Telefon keinen Sinn, sondern erwiderte trocken, das wolle er ihr auch geraten haben, denn er hätte keine Lust, umsonst loszufahren.

Nach einer Weile stieg sie schließlich aus dem Fahrzeug, streckte sich einmal ordentlich und ging dann zur Ladefläche. Vorsichtig hob sie ein freigewehtes Stück der Plane an und lugte darunter. Die Eismaschine schien sich doch tatsächlich ein Stück bewegt zu haben, und das obwohl ihr Vater sie mindestens zehnfach festgebunden hatte. Sie stand jetzt viel weiter rechts, und fast schien es, als wäre dadurch der ganze Kleintransporter auf dieser Seite ein Stück tiefer eingesackt. Das konnte aber auch an der morastigen Weide liegen.

Sophie ließ die Plane wieder sinken und sah sich um. Vorhin noch war sie durch ein Dorf gekommen, hatte ein paar Gehöfte gesehen, aber hier, genau in dieser blöden Kurve, war nichts und niemand zu entdecken, sie schien am Ende der zivilisierten Welt angekommen zu sein.

Ihr blieb also nichts anderes übrig, als sich wieder in den Wagen zu setzen und zu warten. Die lange Fahrt und die Aufregungen der Tage vor ihrer Abreise machten sich nun doch bemerkbar, Sophie schloss die Augen und schlief beinahe augenblicklich ein. Sie merkte nicht einmal mehr, wie sie langsam zur Seite rutschte, und die Stunden vergingen.

2. Kapitel

»Glaubst du, sie ist tot?«, hörte sie jemanden fragen. Bestimmt schlief sie noch, denn sie glaubte, einen leichten italienischen Akzent in der Männerstimme zu hören, und das konnte nur bedeuten, dass Angelo sie in ihren Träumen heimsuchte.

»Das will ich nicht hoffen«, entgegnete eine zweite Stimme. »Aber sie liegt schon sehr krumm und schief da.«

Im nächsten Moment traf Sophie der grelle Strahl einer Taschenlampe. Sie blinzelte. Dann stöhnte sie auf – plötzlich merkte sie, wie die Handbremse schmerzhaft gegen ihren rechten Hüftknochen drückte.

Mit einiger Mühe brachte sie sich in eine sitzende Position zurück. Die beiden Männer waren immer noch da, also keine Traumgestalten. Und zumindest der erste klang gar nicht nett. Sie blendeten sie immer noch, so dass Sophie ihre Gesichter nicht erkennen konnte. Fieberhaft überlegte sie, was sie als Waffe zur Verteidigung benutzen könnte, aber ihr fiel bloß die Sprühflasche mit antibakteriellem Reiniger unter dem Vordersitz ein. Ihr Vater hatte vorgesorgt, falls sie mal ein unsauberes gewisses Örtchen aufsuchen musste.

An einen Überfall in der Nacht hatte er leider nicht gedacht.

»Sieh einer an, doch nicht tot«, sagte die erste Männerstimme. »Tote stöhnen nicht.«

»Gott sei Dank«, kommentierte die zweite, woraufhin Sophie trotz ihrer Angst spontane Sympathie für den Mann empfand. Der klang wenigstens nicht gefährlich, sondern mitfühlend.

»Und es sieht auch nicht so aus, als hätte sie irgendwelche Reichtümer dabei.« Das war wieder Nummer eins, und Sophie lief es prompt eiskalt den Rücken runter.

»Blödmann.«

Danke, Nummer zwei, dachte sie. Wenn ich schon ausgeraubt werden muss, dann bitte von einem netten Dieb wie dir. Ihre Furcht konnte er ihr trotzdem nicht nehmen.

Oder – Hoffnung flackerte in ihr auf – waren die beiden möglicherweise vom Abschleppdienst?

Aber dann hörte sie, wie der Erste sagte: »Die hat bloß ’ne Panne. Lass uns weiterfahren.«

Keine schlechte Idee, fand Sophie. Andererseits säße sie dann wieder allein fest. Sie nahm ihren ganzen Mut zusammen und machte sich bemerkbar:

»Hören Sie gefälligst auf, mich zu blenden!«

Das grelle Licht verschwand, und es dauerte ein paar Sekunden, bis sich Sophies Augen an ihre nunmehr schwach beleuchtete Umgebung gewöhnt hatten.

Dann erkannte sie, dass die beiden Männer neben der Fahrertür ebenfalls um die dreißig waren. Der eine war etwas jünger und sehr groß, wahrscheinlich sogar größer als sie selbst, dafür hatte sie als sehr groß gewachsene Frau einen Blick. Bis auf einen halben Zentimeter konnte Sophie auch im Sitzen einschätzen, ob ein Mann sie überragte. Eine lebensnotwendige Fähigkeit, fand sie. Zumindest wenn man nicht so gern einen kleineren Partner hatte. Angelo hatte das Soll ganz knapp erfüllt.

Auf den zweiten Blick sah dieser Mann hier auch noch umwerfend gut aus: braunes, volles Haar, schwarz blitzende Augen, markantes Kinn … Ein Kerl zum Dahinschmelzen wie Vanilleeis in der Sonne. Der andere war ein Stück kleiner, trug sein ebenfalls braunes Haar zu einem Knoten gebunden und hatte sich einen Vollbart wachsen lassen, der sein Gesicht seltsam konturlos wirken ließ. Seine Augen waren hinter dicken Brillengläsern fast nicht zu erkennen. Außerdem war er sehr dünn – seine Jeans konnten jeden Augenblick über die knochigen Hüften nach unten rutschen. Instinktiv wusste Sophie, dass er Nummer zwei war.

»Zufrieden?«, fragte der Erste irritiert. »Wir müssen jetzt aber dringend weiter. Mein Bruder hier will immer den guten Samariter spielen, besonders bei jungen, hübschen Frauen. Aber da Ihnen offenbar nichts fehlt, verschwinden wir wieder.«

Brüder also, überlegte sie. Wer hätte das gedacht.

»Riccardo«, mahnte Nummer zwei. »Hör auf, dich so schlecht zu benehmen. Wenn ich das Mamma erzähle, gibt sie dir eins hinter die Löffel.«

Der große Riccardo lachte, was ihn noch attraktiver machte, aber die Erwähnung ihrer Mutter schien ihn ein wenig zu beunruhigen. »Mamma ist tausendfünfhundert Kilometer weit weg in Neapel«, erwiderte er dennoch.

»Das macht keinen Unterschied. Sie weiß es immer, wenn du was anstellst, und ihre Strafe wird dich treffen!«

»Ach, hör doch auf mit deinem Aberglauben …«

Mist, Italiener, fluchte Sophie innerlich. Ausgerechnet auf zwei Italiener muss ich in Ostfriesland stoßen! Wenigstens kamen sie von der anderen Seite des Stiefels und nicht aus Angelos Gegend.

»Neapel? Sie haben dann aber eine weite Fahrt hinter sich!«, sagte sie.

Riccardo lachte schon wieder. »Ach was, wir kommen heute bloß aus Leer und wollen zurück nach Langeoog. Wir leben seit bald zwanzig Jahren nicht mehr in Italien.«

Offenbar erlaubte das Schicksal sich einen Scherz mit ihr. Da flüchtete sie vor ihrer Vergangenheit mit einem Italiener, nur um Landsleute von ihm als erste Einwohner ihrer zukünftigen Heimatinsel zu treffen.

»Matteo!«, rief Riccardo. »Lass das! Starr die Signorina doch nicht so an!«

Der Angesprochene senkte den Blick. Sophie lächelte ihm zu. Sie hatte nichts mitbekommen, was ihr unangenehm gewesen wäre. Vielleicht, weil seine Augen so schwer zu erkennen waren.

»Es ist sehr nett, dass Sie angehalten haben. Ich fürchte, ich habe mich festgefahren.«

»Weil Sie ein bisschen Moorleiche spielen wollten?«, fragte Riccardo spöttisch.

»Ich … na ja, ich bin hinter Leer von der Autobahn abgefahren. Anstatt die Bundesstraße nach Aurich zu nehmen, dachte ich, es wäre schön, ein bisschen was von der Landschaft zu sehen. Deshalb bin ich auf Nebenstrecken weitergefahren.«

»Touristen«, Riccardo schnaubte abfällig. »Die wissen nie, was gut für sie ist. Erst neulich sind zwei Wanderer im Watt vor Langeoog verschwunden …«

Sophie riss erschrocken die Augen auf. »Wirklich?«

Matteo verpasste seinem Bruder einen kräftigen Stoß in die Seite. Für einen so dünnen Mann schien er überraschend stark zu sein. »Jetzt lass doch deine Gruselgeschichten!« Dann wandte er sich an Sophie. »Riccardo übertreibt immer maßlos. Die zwei hatten sich nur verlaufen und wurden rechtzeitig gefunden.«

»Ja, als ihnen die Flut buchstäblich bis zum Hals stand.«

Matteo achtete nicht weiter auf ihn. »Sollen wir einen Abschleppdienst für Sie anrufen? Wir sind leider nur mit dem Ape hier. Damit können wir Sie unmöglich rausziehen.« Er deutete auf das dreirädrige Gefährt, das hinter ihnen am Straßenrand stand. In Italien gehörten die praktischen Miniaturlastwagen zum Straßenbild, hier oben in Norddeutschland wirkte der Ape eher exotisch. Die kleine Ladefläche war mit mehreren Kisten beladen, denen ein fruchtig-saurer Duft entströmte.

»Zitronen«, erklärte Matteo, als er Sophies fragenden Blick bemerkte. »Wir haben einen Obsthändler in Leer aufgetan, der uns die schönsten Früchte direkt aus Sorrento besorgen kann.«

»Oh, es duftet wundervoll.«

»Was ist denn nun mit dem Abschleppdienst?«, unterbrach Riccardo, der offensichtlich die Geduld verlor.

»Danke«, sagte sie schnell. »Den habe ich bereits kontaktiert, aber es hieß, das könnte dauern.«

»Sonntagnachmittag. Touristen.« Offenbar wollte Riccardo keine Zeit mehr für ganze Sätze verschwenden.

Matteo warf ihm einen strafenden Blick zu. »Spiel dich nicht so auf, kleiner Bruder. Die letzte Fähre haben wir sowieso schon verpasst, weil du dich nicht von deiner schönen Julia trennen konntest.« Erklärend für Sophie fügte er hinzu: »Das ist eine Freundin von ihm. Sie wohnt in Timmel.«

»Oh, ich glaube, da bin ich heute Nachmittag sogar durchgekommen.«

Riccardo grinste. »Wir können bei Saskia in Esens für die Nacht unterkommen.« Er hielt sein Smartphone hoch. »Ich habe schon alles geregelt.« Immerhin. Ganze Sätze waren wieder möglich.

»Ach, deshalb hast du es plötzlich so eilig.« Matteo stieß einen langen, resignierten Seufzer aus. Anscheinend war er mit einem Don Giovanni als Bruder einigen Kummer gewöhnt. Unentschlossen hob er die Schultern.

»Sie können ruhig fahren«, sagte Sophie. »Der Abschleppdienst wird bestimmt jeden Moment hier sein, und ich komme schon klar.«

Sie war sich dessen keineswegs sicher und fürchtete sich

auch ein wenig davor, hier draußen allein die Nacht zu verbringen. Nicht einmal die Kühe waren mehr da, der Bauern musste sie zum Melken in den Stall geholt haben, als sie geschlafen hatte. Am liebsten hätte sie die Brüder angefleht, sie nicht allein zu lassen, doch das kam natürlich nicht infrage. Sie kannte die beiden ja gar nicht, und sie hatte nicht vor, sich eine Blöße zu geben.

»Ganz genau«, stimmte Riccardo eilig zu. »Dann wollen wir mal.«

Schon wandte er sich ab und stapfte zurück in Richtung Straße, aber Matteo blieb standhaft: »Nein«, sagte er mit fester Stimme. »Wir lassen Sie doch jetzt nicht allein!«

Aus lauter Dankbarkeit wäre sie ihm am liebsten um den Hals gefallen, aber das hätte den armen Mann vermutlich in die Flucht geschlagen. Schon seit ihrer Kindheit hatte Sophie die Angewohnheit, in emotionalen Momenten Leute zu umarmen, manchmal sogar völlig fremde Menschen – ihre Tante Freda behauptete seit jeher, das wäre der Knacks, den sie nun weghätte, weil ihre Mutter sie verlassen hatte. Zum Glück befand sich die Autotür zwischen ihr und Matteo. Aber vielleicht, dachte sie, vielleicht hätte er sich sogar über eine Umarmung gefreut.

»Ich bin übrigens Sophie Barensen«, schnell stellte sie sich vor, bevor sie noch mehr wirres Zeug denken konnte.

»Freut mich, Sophie. Matteo Torrioni.« Durch die offene Scheibe reichte er ihr seine Hand. Sophie ergriff sie. Sein Händedruck war energisch und gleichzeitig irgendwie zärtlich. Sie wunderte sich über diesen Eindruck. Wie passte das denn zusammen?

»Und der da ist mein missratener Bruder Riccardo.«

Sophie nickte dem schönen Italiener knapp zu. Der ignorierte sie mittlerweile und tippte auf seinem Handy herum.

Doch plötzlich schnellten Matteos Augenbrauen vor Überraschung in die Höhe. »Ach, Barensen, sagen Sie? Sind Sie zufällig mit Freda Barensen verwandt?« Er ließ ihre Hand wieder los. Zu ihrem größten Erstaunen tat ihr das leid. Es war angenehm gewesen, ihre Finger zwischen seinen zu haben.

»Ja, das ist meine Tante. Kennen Sie sie?«

Die Brüder wechselten einen schnellen Blick, den Sophie nicht zu deuten wusste. Dann murmelte Riccardo unbestimmt: »Auf einer kleinen Insel sind alle Leute irgendwie miteinander bekannt.«

»Aha, verstehe.« Aber sie verstand nicht. Irgendetwas ging da vor sich, die beiden Brüder wirkten auf einmal unangenehm berührt.

»Und Sie machen Urlaub bei Ihrer Tante?«, fragte Matteo schließlich, nach einer unangenehmen Stille.

»Nein, ich ... bleibe vielleicht länger.« Sie zog es vor, keine so genaue Auskunft zu geben. Aber weil Matteo wieder so freundlich wirkte, fügte sie dennoch hinzu: »Ich werde ihren Kiosk übernehmen.«

Nun konnte man den Torrionis ihren Schreck deutlich ansehen. Riccardo wandte sich ab, Matteo räusperte sich ein paar Mal, bevor er sagte: »Leider können wir Sie nicht einfach bei uns mitnehmen. Im Führerhäuschen ist nur knapp für zwei Leute Platz, und auf die Ladefläche passt auch niemand mehr.«

Sie schaute ihn groß an. Hätte er sonst vorgeschlagen, sie könne wie ein Stück Fracht hinten mitfahren? Ganz oben auf den Zitronenkisten?

Matteo schien ihre Gedanken zu erraten, denn er fügte schnell hinzu: »Selbstverständlich hätte ich den Platz da hinten eingenommen.«

Riccardo sah auf. »Wir können ja dich hierlassen, und ich nehme Sophie mit.«

Gott behüte, dachte sie. Mit einem italienischen Frauenhelden allein auf den Straßen Ostfrieslands. Das hatte was von einer schrägen Komödie.

Matteo wirkte hin- und hergerissen. Doch noch bevor eine Entscheidung gefällt wurde, erschien endlich der Wagen des Abschleppdienstes.

Die Brüder verabschiedeten sich von Sophie, und Matteo nahm ihr das Versprechen ab, die Eisdiele *Dolomiti* zu besuchen. »Direkt im Zentrum, jeder kennt sie.«

Sophie bemerkte, dass Riccardo seinen Bruder stirnrunzelnd beobachtete. Es machte den Eindruck, als ob er etwas sagen wollte, doch er blieb stumm.

»Wieso heißt sie denn *Dolomiti?*«, fragte sie. »Sie kommen doch gar nicht aus Südtirol.«

»Der Name macht sich einfach gut«, Matteo zuckte grinsend mit den Schultern. »Die ersten berühmten *Gelatieri*, die Eishersteller, zogen vor mehr als hundert Jahren aus Südtirol über die Alpen in den Norden. Die Deutschen sind daran gewöhnt, dass sie das beste Eis von Menschen aus genau dieser Gegend bekommen. Napoli lässt sie nur an Pizza denken.«

»Stimmt«, musste sie zugeben und grinste auch. Klassisch schön war er nicht, dieser Matteo, aber dafür ungemein sympathisch. Zuletzt holte er noch einen Sack voll duftender Zitronen und schenkte ihn Sophie. »Und wenn Sie mich besuchen, mache ich Ihnen das beste Zitroneneis, das Sie je gegessen haben.«

Sophie war fast ein bisschen gerührt. »Dankeschön!«

»Was transportieren Sie eigentlich? Scheint ja ziemlich schwer zu sein.«

»Ach, nichts Besonderes.« Auf keinen Fall wollte sie sich die neue Freundschaft verscherzen, indem sie Matteo erzählte, dass sie bald seine Konkurrentin sein würde.

Er gab sich damit zufrieden, und der Ape mit den beiden Brüdern tuckerte davon.

Dank dem Abschleppdienst war Sophies Kleintransporter im Handumdrehen wieder frei. Sie zahlte trotzdem eine horrende Summe und endlich konnte sie weiter Richtung Aurich fahren. Es wurde bereits dunkel, als sie das Nordseeheilbad Bensersiel erreichte. Sie hatte vorher in der Pension *Bi Anne* angerufen und ein Zimmer für die Nacht reserviert. Dabei hatte sie erfahren, dass bereits ein weiterer Gast unter dem Namen Barensen eingecheckt hatte, was Sophie ordentlich wunderte. Dabei konnte es sich eigentlich nur um ihre Tante Freda oder ihren Onkel Hinnerk handeln. Nein, korrigierte sie sich im Stillen, während sie in den kleinen malerischen Ort direkt an der Küste hineinfuhr, Onkel Hinnerk hing an seiner Heimatinsel wie eine Muschel am Kiel eines Schiffswracks fest. Es musste also ihre Tante sein. Aber was machte sie denn auf dem Festland, noch dazu an dem Tag, an dem sie eigentlich Sophie auf der Insel erwartete?

Doch ihre Ankunft in der Pension brachte Erleuchtung, denn Sophie erfuhr, was ihre Tante nach Bensersiel getrieben hatte: »Mein Hasenfuß von Bruder hat mich alarmiert«, erklärte Freda, nachdem sie ihre besonders feste Umarmung erwidert hatte. »Er wähnte dich bereits ermordet und zerstückelt in fremden Gefriertruhen.«

»Igitt!« Sophie ließ ihre Tante los und lachte.

Freda war nicht annähernd so groß wie Sophie und Bernhard, aber ebenfalls blond, wobei ihr Haar inzwischen viele graue Strähnen aufwies. Sie war erst Mitte fünfzig, aber das raue Meeresklima hatte ihre Haut vorzeitig altern lassen – ein Schicksal, das sie mit den meisten Inselfrauen teilte. Außerdem war sie dünn geworden, fand Sophie. Sie erinnerte sich an ihre Tante als eine eher mollige, gemütliche Frau. Wahrscheinlich schuftete sie schwer im Kiosk und nahm sich deshalb selten Zeit, ordentlich zu essen, denn Hinnerk war nicht gerade berühmt für seine Kochkünste. Sie nahm sich vor, ihrer Tante ein paar besonders leckere Kuchen und Torten zu backen, sobald sie sich eingerichtet hatte.

Freda führte sie in das kleine, weiß getünchte Haus, das zur Pension umgebaut worden war. Nachdem Sophie die Anmeldeformalitäten erledigt hatte, bekam sie eine Mahlzeit im Speisezimmer. Erst als ein großer Teller dunkles Brot mit Rührei und Krabben vor ihr stand, merkte sie, wie ausgehungert sie war.

3. Kapitel

Die Pensionswirtin, eine Frau ungefähr in Fredas Alter, lächelte zufrieden und ließ die beiden allein. Freda erzählte weiter, während Sophie aß und zwischendurch kleine Schlucke von dem starken Ostfriesentee nahm.

»Na, und nachdem ich erfahren habe, dass du die letzte Fähre wohl verpassen wirst, bin ich rübergekommen, um dich hier in Empfang zu nehmen!«, schloss sie ihren Bericht ab.

»Danke, Freda, das ist wirklich sehr nett von dir!«

Freda winkte ab. »Was hast du denn da auf der Ladefläche? Einen Backofen?«

Sophie grinste. »Nein, das Gegenteil.«

»Hä?«

»Ich habe eine Maschine für die Zubereitung von Speiseeis mitgebracht. Ich dachte, sie könnte uns in unserem neuen Café nützlich sein.«

Aus ihr unerfindlichen Gründen verschloss sich Fredas Miene schlagartig.

»Ach so, ja. Eis ist immer lecker«, murmelte sie.

»Meinst du, sie passt noch ins Häuschen? Ich weiß ja von meinen Besuchen, dass der Kiosk sich in einem richtigen gemauerten Haus befindet, auch wenn es klein ist. Eine Backstube gibt es doch auch, oder?«

»Stimmt«, erwiderte Freda knapp.

»Super. Ich habe mir gedacht, wir eröffnen ein Eiscafé mit einem zusätzlichen Kuchenangebot. So etwas gibt es bestimmt noch nicht!«

»Nicht dass ich wüsste.«

»Was ist denn?«

»Nichts. Alles bestens. War früher 'ne Bäckerei, das weißt du bestimmt auch noch. Muss nur ... ein bisschen aufpoliert werden.«

Eine gewaltige Untertreibung – was Sophie aber nicht wissen konnte. Sonst wäre sie womöglich am nächsten Morgen schnurstracks wieder zurück nach Frankfurt gefahren.

»Bis jetzt hast du dort alles Mögliche verkauft, richtig? Zeitungen, kleine Snacks, Getränke, abgepacktes Eis?«

»So ungefähr.«

»Muss ziemlich anstrengend sein.«

»Geht so. Neuerdings gibt es ziemlich viel Konkurrenz. Ich habe dieses Jahr auch noch gar nicht aufgemacht.«

»... Aha?« Sophies unangenehmes Gefühl verstärkte sich schleichend. Sie schaute ihre Tante konzentriert an, konnte ihrem Gesicht aber nichts ablesen.

Eine Weile schwiegen die beiden, doch schließlich hielt Sophie es nicht länger aus.

»Warum hast du dann gesagt, ich soll kommen?«, fragte sie. »Wenn es nicht mal Arbeit genug für dich gibt?«

Freda winkte ab. »Arbeit gibt es schon, aber Tatsache ist, dass ich keine Lust mehr dazu habe. Ich will endlich die Reisen unternehmen, die Hinnerk mir immer versprochen hat. Er ist jetzt in Rente, so langsam wird es Zeit.«

Sophies Onkel hatte bis zum Ende des vergangenen Jahres eine Bankfiliale geleitet. Davon, dass die beiden verreisen wollten, hatte sie allerdings bisher nichts gewusst. Hinnerk wahrscheinlich auch nicht, überlegte sie.

Freda stieß eine Art Schnauben aus. »Er hat es mir fest versprochen! Er weiß genau, dass ich diese Enge auf der Insel nicht mehr aushalte!«

Sophie erschrak. Wo geriet sie hier hinein? Mitten in eine Ehekrise? Dabei hatte sie gehofft, Ruhe und Frieden auf Langeoog zu finden, um ihr eigenes Leben neu zu ordnen. Zugleich sorgte sie sich um ihre Tante. Es musste schrecklich für sie sein, ihre Lebensträume zerrinnen zu sehen. Sie fragte sich, was sie an Fredas Stelle tun würde, fand aber keine Antwort darauf.

»Du bist doch ihm zuliebe damals auf die Insel gezogen«, bemerkte sie sanft.

»Ja, ganz genau. Vor exakt achtundzwanzig Jahren und drei Monaten. Was als Kur begonnen hatte, wurde die große Liebe meines Lebens – und das war wirklich gut so, versteh mich nicht falsch. Aber jetzt habe ich lange genug gewartet. Ich will endlich die Welt sehen!«

»Und ... und was sagt Hinnerk dazu?«

»Pah! Der ist zufrieden damit, die Zugvögel zu beobachten. Früher hat er Zinsen und Renditen ausgerechnet, jetzt zählt er Wespenbussarde, Zwergschnepfen und Wellenläufer.«

Sophie konnte sich unter diesen Vögeln nichts vorstellen, aber sicherheitshalber schwieg sie.

Frustriert strich sich Freda durch ihr graublondes Haar, das zu einem praktischen Pagenkopf geschnitten war, und fuhr fort: »Ich träume schon lange von Capri.«

Sophie war verwirrt: »Tut mir leid, Freda, aber ich komme nicht mehr ganz mit. Was willst du im Mittelmeer, wo du es hier im Watt doch so schön hast?«

Ihre Tante lehnte sich zurück, ihr Blick wurde träumerisch.

»Kennst du Axel Munthe?«

»Äh, nein, ich glaube nicht.«

»Das war ein schwedischer Arzt, der sich todesmutig der Cholera-Epidemie in Neapel stellte, um den Ärmsten der Armen zu helfen. Hast du sein ›Buch von San Michele‹ gelesen?«

Sie schüttelte den Kopf und fühlte sich schlagartig müde. Ihr Tag war sehr lang gewesen, und diese vielen Neuigkeiten überforderten sie, aber sie kannte ihre Tante gut genug, um zu wissen, dass sie nicht zu bremsen war, wenn sie erst einmal in Fahrt gekommen war.

»Axel Munthe hatte nämlich einen großen Traum«, fuhr Freda fort. »Es dauerte fast sein gesamtes Leben, bis er ihn verwirklicht hatte, aber er schaffte es: Anfang des vorigen Jahrhunderts baute er eine Villa auf Capri, die ihresgleichen suchte.«

»Ich ... verstehe?« Sophie hatte immer noch keine Ahnung, worauf Freda hinauswollte.

»Hinnerk dagegen hat überhaupt keinen Traum. Er findet es schon anstrengend, morgens das Bett zu verlassen, und dann bringt er den Tag zwischen seinen blöden Vögeln und dem Fernseher herum. Kannst du dir etwas Langweiligeres vorstellen?«

Sophie schüttelte zögernd den Kopf und verbot sich gleichzeitig ein Gähnen.

»So geht das schon seit Monaten, er benimmt sich wie ein Achtzigjähriger. Aber ich habe nicht vor, jetzt schon das Leben einer alten Frau zu führen! Irgendwas werde ich unternehmen. Mir fehlt bloß die zündende Idee.«

»Wie meinst du das denn?«, fragte Sophie erschrocken.

Freda zuckte mit den Schultern. »Weiß ich noch nicht. Aber es wird immer schlimmer mit ihm. Gestern hat er sich doch tatsächlich beklagt, weil es zum Abendessen keine Tomaten gab. Am Samstag würde es bei uns doch immer Tomaten geben.«

»Tomaten«, wiederholte Sophie ein wenig ratlos. Sie begriff nicht ganz das Problem, aber sie hatte den Verdacht, Freda sei nicht nur aufs Festland gekommen, um sie noch an diesem Abend zu begrüßen, sondern vor allem, um sich ihren Frust von der Seele zu reden, ohne dass ihr Mann mithören konnte.

»Ich bin daraufhin aus dem Haus gestürmt und habe einen sehr langen Spaziergang unternommen. Ich glaube, ich war drei Stunden weg.«

»Das ist wirklich lang«, meinte Sophie staunend und

fragte sich, ob ihre Tante in dieser Zeit wohl zweimal die Insel umrundet hatte. Langeoog war nicht sehr groß, elf Kilometer lang und zwischen anderthalb und dreieinhalb Kilometern breit.

»Tja, und als ich heimkam, war Hinnerk außer sich vor Sorge. Ich hatte nämlich mein Handy in der Küche liegen lassen. Richtig aufgeregt hat er sich, was ich höchst interessant fand.«

Jetzt kam Sophie definitiv nicht mehr mit. »Inwiefern?«, fragte sie und schaffte es nicht, das nächste Gähnen zu unterdrücken.

Freda grinste. »Nun, ich weiß jetzt, wie ich ihn aus seiner Lethargie reiße. Aber lass uns morgen weiterreden, du siehst hundemüde aus. Geh schlafen!«

Sophie hatte nicht mehr genug Energie, um zu protestieren, doch sie ging voller Sorge auf ihr Zimmer und fand trotz Erschöpfung lange keinen Schlaf. Als sie endlich wegsackte, träumte sie von der Insel Capri und einem Zitronenbauern, der aussah wie der schöne Riccardo und lachend seine sauren Früchte über ihrem Kopf auspresste.

Beim Frühstück am nächsten Morgen waren Tante und Nichte erneut allein. Sophie war erst spät wach geworden und die anderen Gäste hatten bereits die erste oder die zweite Fähre auf die Insel genommen.

»Ich wollte dich ausschlafen lassen«, erklärte Freda und schlug ihr weiches Ei auf. »Und Hinnerk soll ruhig noch schmoren.«

Sophie nickte und setzte sich. Der Tisch bog sich unter der Last von frischen Hörnchen, krossen Brötchen, verschiedenen Marmeladensorten, Butter und Honig. Sogar eine Aufschnittplatte gab es, dazu einen Teller mit geräuchertem Fisch. Ihr Magen knurrte laut. Am gestrigen Reisetag hatte sie nur wenig zu sich genommen, um nicht müde zu werden, und das Krabbenbrot am Abend war auch schon lange her.

Eine Weile widmeten sich die beiden Frauen schweigend dem Frühstück, wobei Sophie hungrig den größten Teil verputzte, während Freda lustlos an einer Brötchenhälfte knabberte. Sophie hätte vollstes Verständnis für ihre Tante gehabt, wenn diese noch einmal über ihren trägen Mann geschimpft hätte, doch dann wurde sie von ihr überrascht.

»Erzähl mir mal, was mit deinem Freund passiert ist«, forderte sie ihre Nichte auf.

»Ähm – müssen wir nicht langsam los?«

»Unsinn. Die nächste Fähre läuft erst in zwei Stunden aus. Deinen Kleintransporter habe ich zum Autohändler bringen lassen, so wie Bernhard es verabredet hat. Deine beiden Koffer nehmen wir selbst mit, das Monstrum wird von einer Firma verladen und direkt zum Kiosk geliefert.«

»Monstrum«, sagte Sophie und kicherte. »Das passt. Für mich war es bisher nur das Ungetüm.«

»Funktioniert das Ding überhaupt?«

»Ich denke schon. Angelo hat es mir dagelassen. Als Entschädigung sozusagen.«

Und dann sprudelten plötzlich die Wörter nur so aus ihr heraus, und sie sprach darüber, wie oft ihr Freund sie angepumpt hatte, wie unzuverlässig er gewesen war, wie gern er mit hübschen jungen Frauen geflirtet hatte. Sie erzählte sogar von der glutäugigen Carmela Grazia und ihren Herz-Emojis.

»Italiener eben«, schloss sie. »So einer soll mir nie wieder unter die Augen kommen.« Sie musste an Riccardo und Matteo Torrioni denken und schluckte schwer. Es war schon eine Ironie des Schicksals, dass sie auf dem Weg in ihr neues Leben ausgerechnet zwei Italienern begegnen musste.

Freda sagte lange nichts, nachdem Sophie geendet hatte, aber schließlich meinte sie: »Du machst einen großen Fehler.«

»Weil ich einem unzuverlässigen Kerl keine Träne nachweine?«

»Das meine ich nicht. Außerdem weinst du ihm sehr wohl nach, es ist dir bloß nicht bewusst. Ihr seid ein paar Jahre zusammen gewesen, das streift man nicht so einfach ab wie ein aus der Mode gekommenes Kleid.«

Sophie schwieg und kämpfte gegen die Traurigkeit an. Es stimmte ja, so schnell wurde sie ihren Liebeskummer nicht los. Obwohl sie jetzt weit weg von Frankfurt war, hatte sie sich selbst und ihre Erinnerungen mitgenommen.

»Außerdem darfst du nicht gleich alle über einen Kamm scheren. Es gibt zum Beispiel eine Menge gute und zuverlässige Italiener. Ich kenne sogar einen. Er ist ein hilfsbereiter und intelligenter junger Mann, auch wenn er mir neuerdings einigen Ärger macht.«

Sophie ahnte, ihre Tante sprach von Matteo – das mit

dem Ärger verstand sie zwar nicht, erst einmal schwieg sie aber lieber.

Zum Glück redete Freda auch schon weiter. »Ich könnte mir denken, es gab auch schöne Zeiten mit deinem Angelo. Die musst du dir bewahren. Denn wenn du jetzt alles nur schwarzsiehst, verlierst du die glücklichen Erinnerungen. Negative Gefühle, die du für einen anderen Menschen empfindest, fallen auf dich selbst zurück. Sie sprießen in deiner Seele wie Fliegenpilze, und irgendwann bist du vergiftet.«

Auf einmal war Sophie sehr froh, dass sie hier mit Freda saß. Mit ihrem Vater hätte sie ein solches Gespräch nicht führen können.

»Er hat mir damals ein Kakaoherz geschenkt«, sagte sie mit einem vorsichtigen Lächeln.

»Das ist doch schon mal was!«, entgegnete Freda, aber dann ließ sie ihre Nichte in Ruhe erzählen.

»Kennengelernt habe ich ihn vor dreieinhalb Jahren«, begann Sophie. »Aber manchmal kommt es mir so vor, als wäre es erst gestern gewesen.«

Sie hielt sich damals für eine coole Powerfrau, obwohl sie in ihrem Job in der Großbäckerei nicht glücklich war. Aber sie hatte fest vor, demnächst ihr eigenes Café in Frankfurt zu eröffnen, an der Schweizer Straße in Sachsenhausen vielleicht, wo es viel Laufkundschaft gab, oder im kultigen Bornheim, das mehr als ein Szeneviertel, schon eher ein eigenes Dorf war. Außerdem war sie fest entschlossen, sich von keinem Mann mehr etwas vormachen zu lassen, schließlich war sie damals schon vierunddreißig und hatte auch im Privatleben ein klares Ziel vor Augen: Sie wollte eine Familie gründen, mit einem charakterfesten Mann, der sie liebte und den sie liebte. Nicht so leicht zu finden, so ein Typ, in einer schnelllebigen Großstadt mit einem Partyvolk, das von Date zu Date, von Fest zu Fest flatterte.

Sophie jedoch hielt sich für unverwüstlich und gewappnet gegen jegliche kitschige Romantik.

Und dann ging sie mit ihrer besten Freundin Jana ein Eis essen. Das kam häufig vor, die Freundinnen waren sich außerdem sehr ähnlich und amüsierten sich beide gern damit, über die Männer herzuziehen. Alles Loser, alles Schaumschläger, alles Weicheier. Ihre anderen Freundinnen waren da in ihren Meinungen gespalten – je nachdem, wie glücklich ihre jeweiligen Beziehungen oder Ehen gerade waren. Aber Sophie und Jana dachten in dieser Hinsicht wie eine einzige Person: Einen starken, zuverlässigen Mann mussten sie sich wahrscheinlich selbst backen.

Genau! Und Sophie kam damals nicht auf die Idee, es könnte auch ihre Schuld sein, dass ihre Beziehungen scheiterten – dass es an dem Eisklumpen liegen könnte, der anstelle ihres Herzens in ihrer Brust saß. Sie liebte niemanden, niemand liebte sie. Nicht einmal ihr Vater. Seit ihre Mutter gegangen war, hatte sie die Kälte in ihrem Inneren zugelassen. Es war okay. Sie war stark. Ihr konnte keiner was.

An dieser Stelle ihrer Erzählung wurde sie von ihrer Tante energisch unterbrochen: »Rede doch keinen Unsinn, Sophie. Dein Vater liebt dich, du bist sein Ein und

Alles. Er ist vielleicht kein Meister darin, seine Gefühle offen zu zeigen, aber er betet dich an, das muss dir doch klar sein!«

Beschämt senkte Sophie den Blick. »Entschuldige, ja, ich weiß.« Dann sprach sie weiter und schilderte die Überraschung ihrer besten Freundin.

Was dieser Quatsch denn solle, hatte Jana plötzlich gefragt und auf Sophies Bananensplit gezeigt. Ein Herz aus Kakao? Wie krank sei das denn?

Sie stimmte in das Lachen ihrer Freundin ein, zerstörte das Herz, sah nicht auf. Ein paar Tage später jedoch kam sie rein zufällig wieder an der Eisdiele vorbei, diesmal allein. Sie zögerte, ging dann aber doch hinein. Erneut bestellte sie ein Bananensplit, und als es ohne Kakaoherz serviert wurde, war sie seltsam enttäuscht. Dann bemerkte sie, dass ihren Cappuccino ein Herz aus Milchschaum und Schokolade zierte. Sie lächelte, und als sie aufsah, schlug der süditalienische Blitz ein: Vor ihr stand ein ungewöhnlich groß gewachsener, schwarzhaariger Italiener, der sie aus samtenen braunen Augen anschaute.

»Bellissima«, murmelte er, und sie schmolz dahin.

Die taffe, starke Sophie verwandelte sich innerhalb weniger Wochen in eine verliebte junge Frau, die auf keinen guten Ratschlag mehr hörte. Ihre Freundinnen, allen voran Jana, warnten sie vor Angelo Bastelletti. Er sei ein Frauenheld, habe an jeder Hand mindestens drei Mädchen, und Treue sei ein Fremdwort für ihn.

Auch ihr Vater meldete seine Bedenken an, letztlich aber wusste er, dass Sophie erwachsen war, und mischte sich nicht länger ein. Der einzige Mensch, der zu ihr hielt, war ausgerechnet ihre Mutter Juanita.

Sie war schon vor vielen Jahren zurück auf ihre Heimatinsel Ibiza gezogen, weil sie es im kalten Frankfurt neben dem kühlen, blonden Mann nicht länger ausgehalten hatte. Sophie hatte lange gebraucht, um ihr zu verzeihen. Obwohl Juanita stets den Kontakt zu ihr gehalten hatte, war sie furchtbar wütend auf sie gewesen. Bis Juanita ihr eines Tages erklärt hatte, warum sie ihre Tochter damals nicht hatte mitnehmen können, denn sie sei erst Anfang zwanzig und völlig mittellos gewesen. Ihr Traum sei gewesen, auf Ibiza eine Töpferwerkstatt zu eröffnen, aber sie habe nicht gewusst, ob es ihr gelingen würde, für sich selbst zu sorgen, geschweige denn für ein Kind. Da hatte bei Sophie ganz langsam das Verständnis eingesetzt. War sie doch zum Zeitpunkt dieses Gesprächs ungefähr im gleichen Alter und liebte es selbst, mit den Händen zu arbeiten.

Juanita hatte im Laufe der Jahre selbst zwei oder drei Partner gehabt, so genau wusste Sophie es nicht, und mehr Informationen wollte sie eigentlich auch gar nicht. Allerdings gab es da jetzt wohl einen gewissen Manuel, mit dem Juanita schon seit ein paar Jahren zusammenlebte.

Es war Juanita, die Sophie in ihrer Liebe zu Angelo den Rücken stärkte. Es sei egal, was für ein Leben der junge Mann vorher geführt habe, meinte sie. Wenn er jetzt Sophie, und zwar Sophie allein liebe, sei alles in bester Ordnung. Das hatte sie selbst auch geglaubt, zumindest für eine Weile. Nur dass Angelo nach einiger Zeit möglicherweise doch nicht nur sie liebte …

Es gab nie irgendwelche Beweise, aber oft blieb er länger weg als angekündigt, oft erfand er so faule Ausreden, dass selbst Sophie sie nicht mehr glauben konnte. Es kam noch hinzu, dass er die Eisdiele, die er von seinem Onkel übernommen hatte, nicht gut führte, und manches Mal war es Sophie, die ihm aus einem finanziellen Engpass half. Im vergangenen Sommer waren sie zusammen nach Bari gereist, weil Angelo behauptete, er wolle, dass sie seine Familie kennenlernte, aber irgendwann merkte Sophie, dass ihrem Freund von den Verwandten die Leviten gelesen wurden. Sein Leben in Deutschland sei eine Schande für die ganze Familie, er müsse heimkommen und ein anständiger Mann werden. Dabei wurde Sophie angeschaut, als sei sie schuld an allem. Angelo wehrte sich gegen seine Verwandten, Angelo versprach ihnen Besserung, Angelo kehrte mit Sophie nach Frankfurt zurück.

Und er hielt noch ein Jahr durch.

»Tja«, meinte Freda, als Sophie die Luft ausging. »Das ist natürlich nicht schön, aber eine Zeit lang warst du glücklich. Richtig?«

»Ja«, flüsterte Sophie. »Sogar sehr glücklich.«

»Siehst du? Das ist es, was zählt.«

»Deswegen hat es ja auch so wehgetan.«

»Natürlich. Wenn ein Mensch dein Herz berührt, hat er auch die Macht, dir Leid zuzufügen.«

Sophie seufzte. »Aber ich bin über ihn hinweg. Endgültig.«

»Soso.«

Die »Fratelli D'Italia« legten los und brachten ihr einen zweifelnden Blick ihrer Tante ein.

»Den Klingelton muss ich noch ändern«, sagte sie schnell, erkannte den Anrufer und meldete sich so fröhlich, wie es ihr gerade möglich war.

4. Kapitel

»Hallo, Papa.« Sie musste an das denken, was Freda gerade über ihren Vater gesagt hatte, und fügte hinzu: »Schön, dass du anrufst.«

»Ist alles in Ordnung bei euch? Ich habe es schon ein paar Mal bei Freda versucht, aber ihr Handy ist ausgeschaltet. Warum das denn?«

Sophie gab die Frage an ihre Tante weiter. Die machte eine Geste, als würde sie in einem Topf rühren. Mit viel Phantasie konnte das bedeuten, dass ihr Mann noch schmoren sollte. Sophie kicherte.

»Was ist so lustig?«, wollte ihr Vater wissen.

»Nichts, Papa. Alles gut. Wir sitzen noch beim Frühstück und nehmen nachher die Fähre.«

»Aha. Aber irgendwas stimmt nicht. Mich hat heute früh schon dreimal der arme Hinnerk angerufen. Der Mann ist außer sich. Hat Freda ihn etwa verlassen?«

»Ich denke nicht«, erwiderte sie vorsichtig.

»Er klang aber so. Und ich weiß, wie sich das anfühlt.

Sag meiner kleinen Schwester, sie soll sich nicht wie eine verrückte Spanierin benehmen.«

Sophie tat wie ihr geheißen. Freda tippte sich mit dem Zeigefinger gegen die Stirn und murmelte »Olé.«

Um nicht wieder loszukichern, biss sich Sophie auf die Lippen.

»Der Hinnerk ist ein guter Mann«, erklärte Bernhard. »Sie sollte froh sein, so jemanden zu haben. Auch wenn ich es ihm nachtrage, dass er meine Schwester damals fortgelockt hat, so hat er es doch nicht verdient, einfach verlassen zu werden.«

»Vielleicht redest du lieber selbst mit ihr?«

»Gleich. Erst möchte ich erfahren, warum es gestern so spät geworden ist.«

Sie kannte ihren Vater gut genug, um zu wissen, dass sie diesmal nicht mit einer Ausrede davonkommen würde. Also erzählte sie ihm, so wenig dramatisch wie möglich, von dem kleinen Zwischenfall auf der morastigen Weide.

Bernhard sog hörbar die Luft ein. »Du bist mit zwei Italienern zusammengeraten?« Natürlich pickte er sich prompt das Detail heraus, das sie absichtlich nur nebenbei erwähnt hatte.

»Äh, ganz so war es nicht. Sie waren sehr freundlich und haben mir geholfen. Und sie heißen übrigens Riccardo und Matteo Torrioni und betreiben die Eisdiele *Dolomiti* auf Langeoog.«

Freda stieß einen schrillen Pfiff aus, der Sophies Ohren klingeln ließ. »Potzblitz! Du hast schon unseren Inselcasanova und seinen Schattenbruder kennengelernt!«

Schattenbruder, überlegte Sophie. Das passte zu Matteo. Aber dann dachte sie an seine freundliche Art und fand, ihre Tante tue ihm Unrecht.

»Gib mir jetzt meine Schwester«, bat Bernhard.

Sophie reicht Freda das Smartphone. Diese hörte einen Moment zu und sagte dann: »Reg dich nicht unnötig auf, der Deern ist nichts passiert …«, dann schwieg sie wieder, runzelte die Stirn und erklärte: »Deine Tochter ist schon seit einer Weile erwachsen, Bernhard. Und wenn sie gern einen Neuanfang machen will, ist das ja wohl ihre Sache. Ich habe sie keineswegs persönlich an die Nordsee verschleppt.«

Wieder sprach offenbar ihr Vater, denn Fredas Gesichtsausdruck wurde zunehmend düster. »Ach, jetzt hör schon auf! Wenn du dir so viele Sorgen machst, kommst du am besten selbst her. Dann wirst du ja sehen, dass sie glücklich ist.« Anschließend drückte sie einfach das Gespräch weg.

»Schalt das Ding lieber aus«, forderte sie ihre Nichte auf. »Der ist jetzt auf hundertachtzig und macht uns noch die Hölle heiß, bevor wir überhaupt auf Langeoog sind.«

Sophie stellte ihr Smartphone auf stumm. Sie wollte erreichbar bleiben für ihren Vater, denn sie ahnte, wie verlassen er sich im Augenblick fühlte. Als Freda ging, um die Rechnung zu begleichen, schrieb sie ihm noch eine Nachricht. Sie versprach ihm, ihn anzurufen, sobald sie auf der Insel sein würde.

Seine Antwort kam sofort: »Pass gut auf dich auf, Kind!«

Eine halbe Stunde später machten sie sich auf den kurzen Weg zum Hafen von Bensersiel. Jede der beiden Frauen zog einen von Sophies Rollkoffern. Die weißen Säulen der futuristischen Deichbrücken beherrschten für einen Moment den Horizont, und Sophie sah in ihnen ein gutes Zeichen. Sie lockten sie in ihre Zukunft. Am Hafen dümpelten schnittige Segelboote, teure Jachten und einfache Fischkutter einträchtig auf dem ruhigen Wasser, und die Fähre »Langeoog I« nahm ihre Fahrgäste auf.

Bald darauf legte sie ab. Sophie stand an der Reling und hielt ihr Gesicht in den frischen Wind. Es fühlte sich an, als würden all ihre Sorgen davongeweht, während die Nordseeküste langsam hinter ihr zurückblieb. Tief atmete sie die kalte, salzige Luft ein. Die Fahrt sollte vierzig Minuten dauern, und sie wollte jede einzelne Sekunde davon genießen. Der Himmel war blau und so hoch, wie er nur im Norden sein konnte.

»Du willst dir wohl unbedingt eine Mittelohrentzündung einfangen«, schimpfte Freda, packte sie am Arm und zog sie unter Deck in den Salon. »Bei euch in Hessen mag es ja schon fast Sommer sein, aber bei uns hier oben ist es noch verdammt kalt.«

Folgsam ließ Sophie sich auf eine Bank fallen, streckte die langen Beine von sich und lauschte dem rhythmischen Geräusch der Dieselmotoren unter ihnen.

»Ich freue mich«, sagte sie. »Ich freue mich wirklich. Danke, dass du mir dieses tolle Angebot gemacht hast. Ich kann es kaum erwarten, den Kiosk zu sehen.«

»Alles zu seiner Zeit«, erwiderte Freda. Ein abwehrender Ton schwang in ihrer Stimme mit, und wie schon am Vorabend wunderte Sophie sich darüber.

Was war bloß mit ihrer Tante los? Vor zwei Wochen hatte sie ganz anders geklungen, als sie Sophie vorgeschlagen hatte, zu ihr nach Langeoog zu kommen. Sie solle einfach alle Brücken hinter sich abbrechen und noch einmal von vorn anfangen.

Sophie hatte gezögert, aber dann, in einer schlaflosen Nacht, hatte sie eine Entscheidung getroffen. In der Großbäckerei gab es zwar eine Kündigungsfrist, aber Sophie hatte so viele freie Tage angesammelt, dass sie gar nicht mehr zur Arbeit gehen musste.

Innerhalb kürzester Zeit stellte sie ihr gesamtes Leben auf den Kopf und war bereit, einen mutigen Sprung in ihre Zukunft zu wagen.

Weder Bernhards Bedenken noch Juanitas vorsichtige Nachfragen hatten sie von ihrem Plan abbringen können. Ihre Mutter hatte als Erste nachgegeben. Vielleicht sei das ja ihr Erbe an ihre Tochter, dass sie nur auf einer Insel glücklich werden könne. Und da sei es doch egal, ob diese Insel im Mittelmeer oder in der Nordsee liege.

Auch ihrem Vater waren irgendwann die Argumente ausgegangen. Angelo wiederum, der ihr voll schlechtem Gewissen oft Sprachnachrichten aus Bari schickte, war völlig baff gewesen. Das hatte ihr einige Genugtuung verschafft. Sollte er bloß nicht glauben, sie würde sich in eine Ecke verkriechen und ihm nachweinen.

Sophie straffte die Schultern.

Schluss! Sie durfte nicht mehr an Angelo denken! Gleich

würde die Fähre anlegen, und er musste unbedingt zurückbleiben.

Sophie ging wieder an Deck, ohne auf die Mahnungen ihrer Tante zu achten. Sie blickte nach vorn, sah Langeoog auftauchen, den kleinen Hafen, die Dünen, die Salzwiesen, das Watt und die Baumkronen des Inselwäldchens. Sie dachte an den Slogan, den sich findige Insulaner ausgedacht hatten: »Langeoog – Insel fürs Leben«. Wer sich einmal in die Insel verliebte, so hieß es, kehrte immer wieder zurück. Oder, dachte sie, wie in meinem Fall, kommt für immer. Lächelnd schaute sie dem Flug der Möwen zu und lauschte dem Plätschern der Wellen unter dem Kiel.

Alles wird gut, versprach sie sich selbst. Sie hatte das Richtige getan. Nur hier draußen war sie sich dessen sicher. Unten im Salon waren die Zweifel an ihrer Entscheidung drückend geworden, vor allem wenn sie in die verschlossene Miene ihrer Tante schaute.

Als die Fähre anlegte, entdeckte Sophie als Erstes ihren Onkel Hinnerk, der nervös von einem Fuß auf den anderen trat.

»Der sieht aus wie ein Storch mit kalten Füßen«, brummte Freda, die sich inzwischen zu ihr an Deck gesellt hatte.

Sophie unterdrückte ein Kichern. Ganz unrecht hatte ihre Tante nicht, Hinnerk Barensen war groß und dünn, seine Beine wirkten wie Stelzen. Das schüttere graue Haar wehte im Wind, seine blaue Schiffermütze, die er am liebsten trug, knetete er nervös zwischen den Händen. Eigentlich hieß er Hinnerk Störtebeker, aber bei der Heirat mit

Freda hatte er nur zu gern ihren Nachnamen angenommen. Er war es leid gewesen, ständig auf eine mögliche Verwandtschaft mit dem berühmt-berüchtigten Freibeuter angesprochen zu werden. Die existierte übrigens nicht, hatte er seiner Nichte vor Jahren mal verraten – zumal Klaus Störtebeker möglicherweise sowieso nur eine Legende war, denn es gab keine Belege dafür, dass er wirklich gelebt hatte. Als Junge hatte Hinnerk es genossen, so zu heißen, und davon geträumt, selbst die Weltmeere zu erobern. Später war er ruhiger geworden, hatte eine Karriere als Bankkaufmann angestrebt, und der Name war ihm irgendwann nur noch lästig gewesen.

»He, du alter Seeräuber!«, rief Freda jetzt so laut, dass sich sämtliche Passagiere nach ihr umdrehten. »Hast du wieder ein paar gutmütige Matrosen abgeschlachtet?«

Irgendwo hinter Sophie stieß jemand einen kleinen Schrei aus, aber eine Frau meinte: »Keene Angst. Det is det Inselflair.«

Hinnerk wurde inzwischen über und über rot. Kurz sah es so aus, als wollte er sich davonmachen. Ein Storchenbein zeigte noch zur Fähre, das andere strebte fort.

»Mach dir da man bloß keinen Knoten rein!«, rief Freda.

Hinnerk sagte etwas, das Sophie nicht verstehen konnte. Noch dröhnten die Motoren laut über den Anlegeplatz.

Endlich konnten Freda und Sophie die Fähre verlassen, und Hinnerk trat auch gleich auf sie zu.

Bevor er etwas sagen konnte, wollte Freda wissen: »Woher wusstest du, wann wir ankommen?«

Hinnerk hielt sein Smartphone hoch. »Bernhard war so freundlich, mich zu informieren.«

»So. War er das.«

Sophie fürchtete um das Wohlergehen ihres Vaters, aber zum Glück war er ja weit weg.

Nun begrüßte Hinnerk seine Nichte.

»Schön, dass du da bist.« Er umarmte sie, was untypisch für ihn war. Hinnerk Barensen war kein Freund von großen Zärtlichkeiten, schon gar nicht in der Öffentlichkeit. Sophie hielt ihn eine Weile länger fest als nötig, wie das so ihre Art war. Vielleicht wollte sie ihn vor dem unausweichlichen Streit mit Freda schützen, vielleicht suchte sie selbst Halt.

Ich bin hier, dachte sie. Ich bin wirklich hier. Und alles ist so schnell gegangen. Schwindelerregend schnell. Aber sie ahnte: Hätte sie Wochen oder gar Monate zum Nachdenken gehabt, so hätte sie es vielleicht nie gewagt. Manche Dinge mussten im Leben sofort geschehen, sonst passierten sie nie. Kurz überlegte sie, ob sie den Boden küssen sollte, ließ es aber lieber bleiben, zumal sie über Hinnerks Schulter hinweg Riccardo Torrioni entdeckte.

Ausgerechnet ihn! Er ließ ein paar Kisten von der Fähre abladen und zur Inselbahn bringen. Doch offensichtlich konnte er sich von der Szene vor ihm noch nicht lösen. Wie geistesabwesend fuhr er sich durch sein volles braunes Haar und wartete, wie einige andere Leute auch, darauf, dass die Eheleute Barensen ihrem Publikum eine unvergessliche Vorstellung lieferten.

»Wieso bist du hier?«, wollte Freda wissen. »Wir müssen doch sowieso alle mit der Bahn fahren.«

Sophie wusste, Langeoog war eine autofreie Insel. Und wer vom Hafen ins Dorf gelangen wollte, nahm den Zug. Es sei denn, er wollte ein ganzes Stück laufen, oder …

»Ist ja ein Ding!«, rief sie aus, stieß ihre Tante an und wies zum Ende der Landungsstelle. Dort stand ein Ponywagen.

»Du holst uns mit der Kutsche ab?«, fragte Freda ihren Mann fassungslos. »Hast du dir bei deinen Vögeln einen Sonnenstich geholt?«

Hie und da lachten ein paar Umstehende, und Sophie verspürte das dringende Bedürfnis, jemanden zu umarmen. Oder etwas zu essen. Das war auch so eine Angewohnheit von ihr, die sie wohl mit vielen Menschen teilte: Essen bei Stress.

Seit Angelo sie verlassen hatte, war ihre Kalorienzufuhr bedenklich in die Höhe geschossen. Ihr Magen knurrte, gleichzeitig war ihr schlecht – jetzt gerade mochte das daran liegen, dass sie zum Frühstück beim geräucherten Fisch ordentlich zugelangt hatte. So leckeren Aal, Bückling und Makrele hatte sie ja auch ewig nicht mehr gegessen.

Die Übelkeit konnte auch daran liegen, dass sie den Bauch einzog, seit sie Riccardo erblickt hatte. Genauer gesagt: Sie zog den Bauch ein, streckte den Brustkorb raus und stand ein wenig schräg. Das eine Bein war angewinkelt, die Hände waren in die Hüften gestemmt, der Kopf lag leicht im Nacken. Sie hatte diese Haltung jahrelang vor dem Spiegel geübt und fand sich so sehr sexy. Bloß fing jetzt die Umgebung an, sich vor ihren Augen zu drehen.

Vielleicht sollte ich wenigstens mal Luft holen, dachte sie, bevor Freda sagte: »Sophie! Hör auf, hier das Pin-Up-Girl aus den Fünfzigern zu geben, und sag deinem verknöcherten Onkel, eher krieche ich auf allen vieren nach Hause, als dass ich mir von zwei durchgehenden Mustangs den Hals brechen lasse.«

»Pfft …«, machte Sophie, löste die Haltung, atmete tief durch, lockerte die Nackenmuskeln, schlenkerte mit den Armen.

»Pilates oder Tai-Chi musst du hier auch nicht machen«, erklärte Freda freundlich.

Unauffällig linste Sophie in Richtung Riccardo. Verdammt! Der grinste von einem Ohr zum anderen. Er hatte natürlich genau erkannt, dass sie ihn mit ihrem Auftreten beeindrucken wollte. Sie biss sich auf die Unterlippe. Wieso benahm sie sich wie eine Dreizehnjährige, bloß weil ein hübscher Italiener in ihrer Nähe stand? Na ja, hübsch war vielleicht untertrieben. Blendend aussehend traf es eher. Sie wagte vorsichtig einen weiteren Blick.

Aus der Menge der ankommenden Gäste löste sich eine kleine, zierliche junge Frau und stürmte auf ihn zu. Die hatte es nicht nötig, den Bauch einzuziehen und die Brust rauszustrecken. Definitiv nicht.

Ihre Haare fielen in pechschwarzen Kaskaden auf einen in hautengen Jeans steckenden Po. Eine Sekunde lang fürchtete Sophie, Carmela Grazia sei aus Bari angereist, um ihr den nächsten Italiener abzujagen. Bestimmt hatte die hier auch glutvolle Augen, und in ihrem Rucksack trug sie lauter selbst gebastelte Herz-Emojis mit sich herum.

Sophie schüttelte leicht den Kopf. »War Alkohol in dem Räucherfisch?«, fragte sie ihre Tante.

»Was?« Freda war abgelenkt. Sie schimpfte immer noch mit Hinnerk.

Die Schwarzhaarige rief: »Ricky-Liebling! Da bin ich!« Dann machte sie noch ein paar lange Schritte und warf sich ihm an den Hals.

Ricky-Liebling wirkte kurz verwirrt, fast so, als wüsste er nicht, wer sich da an ihn presste. Dann lachte er, erwiderte die Umarmung und küsste die junge Frau ausgiebig. Ein paar Leute wandten sich von Freda und Hinnerk ab. Sie applaudierten spontan.

»Siehste«, hörte Sophie eine inzwischen bekannte Frauenstimme sagen. »Det ist hier imma so. Mehr Äktschion als in Kreuzberg, wa?«

»Wer ist das?«, fragte ein Mädchen und deutete auf die beiden Knutschenden. »Ein Schauspieler? Irgendwoher kenne ich den.«

Andere stimmten zu, bis die Berlinerin erklärte: »Mädels, kriegt euch wieder inne. Det ist bloß der Inselcasanova. Den kenn' ick noch vom letzten Urlaub.«

Woraufhin die Augen einiger Damen aufleuchteten.

Sophie hatte genug. »Können wir jetzt los?«, fragte sie ihre Tante ungeduldig. »Ich habe Hunger.«

»Hunger?« Freda blinzelte verwirrt. »So lange ist das Frühstück doch gar nicht her.«

Hinnerk, der unter der Schimpftirade seiner Frau um ein paar Zentimeter geschrumpft war, richtete sich erleichtert auf.

»Wunderbar, ganz wunderbar. Ich habe einen Tisch bei *Fisch-Klette* reserviert, zur Feier des Tages. Du weißt doch noch, Sophie, das ist dieses urige Lokal, in das du immer gehen wolltest, als du letztes Mal hier warst.«

Sophies letzter Besuch lag locker fünf Jahre zurück, aber das schien Hinnerk nicht weiter zu stören. Vielleicht stimmte es ja auch, was die Insulaner gern sagten: Auf Langeoog gingen die Uhren langsamer. Gerührt drückte Sophie ihren Onkel noch einmal an sich. Dennoch war sie sich nicht sicher, ob Fisch eine gute Idee war. Egal, dachte sie dann. Im Augenblick kam es nur darauf an, hier wegzukommen. Weg von Ricky-Liebling, der immer noch wild rumknutschte und ihr dabei sogar zuzwinkerte.

Echt jetzt? Sie wandte den Kopf ab und verbot sich, noch einmal in die Richtung zu blicken.

»Du. Hast. Einen. Tisch. Reserviert?«, erkundigte sich Freda mit mindestens einer Minute Pause zwischen jedem Wort. »Du?!«

»Ja, freust du dich?«

Falsche Frage, lieber Onkel, hätte Sophie ihm gern gesagt. Ganz falsche Frage. Fredas Gesichtsausdruck verhieß nichts Gutes. Offenbar neigte Hinnerk normalerweise nicht dazu, seine Frau zum Essen auszuführen.

»Danke«, sagte sie selbst daher schnell und hielt ihn weiterhin fest. Oder sich an ihm. »Das ist ganz, ganz wunderbar. Ich freue mich riesig.« Sie hängte noch ungefähr hundert ähnliche Sätze dran, so dass Freda nicht zu Wort kommen konnte.

Irgendwann hatte sich die kleine Menschenmenge zur

Bahn begeben, Ricky-Liebling war samt Anhang verschwunden, Freda wirkte erschöpft von Sophies Dankesrede, und Hinnerk wünschte sich eindeutig zurück zu seinem ruhigen Beobachtungsposten bei den Vögeln, die zwar zwitscherten, ansonsten aber auf Abstand blieben.

5. Kapitel

Die zwei kleinen Ponys schnaubten währenddessen munter vor sich hin, und auf dem Kutschbock rief eine fröhliche junge Frau: »Ihr wisst schon, dass ich euch die Wartezeit auch berechnen muss? Wäre vielleicht ganz gut, endlich mal loszufahren.«

»Halt die Klappe, Annabel!«, zischte Freda. »Du bist keine Taxifahrerin in New York, und deinen Zossen ist es wurscht, wo sie ihre Äppel fallen lassen.«

»Jo!«, rief die Kutscherin kein bisschen beleidigt. »Aber es wäre schon toll, wenn jetzt Tom Cruise über die Düne käme und nach mir pfeifen würde.«

Sophie überlegte, ob das lange Leben auf einer so kleinen Insel bei den Leuten ein paar Drähte im Oberstübchen durchschmoren ließ, aber dann befand sie diese Annabel für sympathisch und ging zu dem Ponywagen.

»Hi, ich bin Sophie.«

»Weiß ich, wir sind doch früher zusammen im Inselwäldchen geritten.«

Nun erinnerte sich Sophie auch an fröhliche Ausflüge auf ungesattelten Pferderücken, an wilde Jagdspiele und abendliches Stockbrotbraten am Lagerfeuer – an die junge Frau selbst besaß sie jedoch keine klare Erinnerung mehr. Es sei denn ... Sie hatte plötzlich ein schlaksiges rothaariges Mädchen vor Augen, mit Sommersprossen, die jedes Jahr mehr wurden.

»Pünktchen? Bist du das?«, fragte sie ungläubig.

Annabel verzog leicht das Gesicht. »So nennt mich jetzt eigentlich niemand mehr.« Tatsächlich hatte diese junge hübsche Frau mit dem einstigen Wildfang nicht viel gemein. Ihr rotes Haar war in weiche Wellen gelegt, die Sommersprossen lagen unter einer gut abdeckenden Creme verborgen, die Figur war an den richtigen Stellen gerundet, an anderen beneidenswert flach. Ohne es zu wollen überlegte Sophie, ob Annabel auch schon den Reizen des Inselcasanovas erlegen war.

»Aber dir sei es verziehen«, unterbrach die Kutscherin ihre Gedanken. »Wir haben uns ja zuletzt mit fünfzehn oder sechzehn gesehen.«

»Wieso eigentlich? Ich bin doch auch später oft zu Besuch auf der Insel gewesen.«

Annabel zuckte mit den Schultern. »Habe lange in Emden gewohnt. Da haben wir uns wahrscheinlich verpasst.«

Während sich hinter ihr Freda und Hinnerk anschwiegen, erfuhr Sophie, dass ihre einstige Freundin Kindergärtnerin geworden war. Sie sei in ihrem Beruf auch sehr glücklich gewesen, erzählte Annabel, doch mit jedem Jahr, das verging, habe sie sich mehr nach ihrer Heimatinsel gesehnt. »Tja, und schließlich habe ich den Reitstall vom alten Kalli übernommen, zu sehr guten Konditionen. So bin ich wieder zu Hause, und mit Kindern arbeite ich ja trotzdem.«

Sophie ließ die Lebensgeschichte ihrer Freundin aus Kindertagen eine Weile auf sich wirken. »Toll«, sagte sie dann. »Du tust, was du am liebsten tust, und wirkst rundherum glücklich.«

Vielleicht urteilte sie so vorschnell, weil Annabel eine gewisse Zufriedenheit ausstrahlte, aber auf einmal wurde sie von ihrer Tante unterbrochen: »Lass man gut sein, Deern. Die Annabel hat es schwer gehabt. Aber nun kommt sie mit ihrer Lütten gut zurecht.«

»Du hast eine Tochter?«

Annabel nickte. »Francesca. Sie ist neun.« Ein zärtliches Lächeln umspielte ihre Lippen.

»Das freut mich für dich«, sagte sie schnell, bevor ihre Gedanken zu wild werden konnten. So fragte sie auch lieber nicht nach dem Vater des Kindes.

Freda hatte sich inzwischen ihrem Schicksal gefügt, stieg hinten auf den Ponywagen und bedeutete Hinnerk, ihr zu folgen.

»Wollen wir mal das gefräßige Taxameter nicht zu lange füttern.«

»Ein Ballen Heu tut's auch!«, rief Annabel lachend und schnalzte mit der Zunge. Sophie beeilte sich, zu ihr auf den Kutschbock zu springen. Die Ponys zogen an, und los ging die gemütliche Fahrt auf einer schmalen Straße neben der Bahnlinie.

»Schön, dass du gekommen bist«, sagte Annabel halblaut. »Ich glaube, du hast deiner Tante sehr gefehlt.«

Augenblicklich verspürte Sophie ein schlechtes Gewissen, weil sie tatsächlich seit fünf oder sechs Jahren nicht mehr auf der Insel gewesen war. Oder waren es sogar eher sieben Jahre? Sie wusste noch, sie war damals gerade dreißig geworden und hatte den ganzen Urlaub lang so getan, als sei alles in bester Ordnung – als gerate sie nicht in Panik, weil sie immer noch Single war, als breite sich ihre Zukunft nicht wie eine elende Ödnis vor ihr aus.

Danach hatte sie Langeoog gemieden, obwohl ihr klar gewesen war, dass Freda darunter litt. Ihre Tante hatte damals für sie die Mutterrolle übernommen, nachdem Juanita zurück nach Spanien gegangen war. Viele Jahre lang war sie stets für ihre kleine Nichte da gewesen, nur der Ruf der Liebe hatte sie von ihr fortlocken können. Aber da war Sophie auch schon zehn gewesen und hatte geschworen, es sei in Ordnung, wenn Freda nach Langeoog zöge. Sie werde eben alle Schulferien auf der Insel verbringen.

Aber irgendwann, dachte sie jetzt, irgendwann haben wir uns eben doch entfremdet. Sie drehte sich halb auf dem Kutschbock um und warf ihrer Tante ein breites Lächeln zu. »Ich bin wirklich froh, dass ich da bin.«

Freda nickte und winkte gleichzeitig hoheitsvoll ein paar Fußgängern zu.

»Lass das«, mahnte Hinnerk. »Du bist nicht die englische Queen in ihrer goldenen Kutsche. Das ist nur ein Ponywagen mit Brettern als Sitzgelegenheit und Gummirädern.«

Freda stieß eine Art Schnauben aus, während Annabel laut protestierte: »Beleidige nicht meine schöne Kutsche, Hinnerk. Und Ricky und Matty sind zwar keine schicken schwarzen Friesen, aber sie haben auch ihren Stolz.« Sie bezog sich auf die prachtvolle große Pferderasse, die ursprünglich aus den Niederlanden stammte.

»Ricky und Matty?«, fragte Sophie und starrte auf die beiden kleinen fuchsfarbenen Kruppen.

Annabel grinste. »Die Namen hat Francesca ihnen gegeben. Sie ist ganz wild auf das Eis der Brüder Torrioni, und wahrscheinlich hatte sie gehofft, öfter eine Kugel umsonst zu bekommen. Na ja, hat geklappt.«

Während nun die ersten Häuser des Dorfes in Sicht kamen, überlegte Sophie, ob dies die einzige Verbindung zwischen Annabel und den Torrionis war. Dann fragte sie sich, warum um Gottes willen sie das interessierte. Hatte sie keine anderen Probleme? Zum Beispiel die Gründung einer neuen Existenz?

Sophie unterdrückte ein Seufzen und schaute nach vorn.

Das Dorf Langeoog erstreckte sich vor ihnen mit seinen weiß durchwirkten Häusern aus rotem Backstein und den spitzen Schindeldächern. Es waren gute, solide Gebäude ohne großen Schnickschnack, dafür gebaut, orkanartigen Winden zu trotzen und Sturmfluten zu überstehen. Trotzdem wirkten sie heimelig, und ihr Anblick faszinierte vor allem Besucher aus mit Hochhäusern überwucherten Großstädten. Die Welt mochte hier nicht so heil sein, wie sie auf den ersten Blick schien, doch der ankommende Gast fühlte sich augenblicklich zufrieden und glücklich.

Seit ihrem letzten Besuch hatte sich kaum etwas geändert, stellte Sophie fest. Sie empfand es als beruhigend, dass alles noch so aussah wie früher. Zwar deutete Annabel mit der langen Kutscherpeitsche auf ein neues Lokal hier und einen Souvenirshop dort, aber sie nickte nur wortlos und fühlte sich ein wenig wie zu Hause. Mehr jedenfalls, als sie sich jemals in der Nordweststadt gefühlt hatte.

»Das neue Hauptbad musst du als Erstes sehen«, sagte Annabel. »Ist im Frühjahr vor drei Jahren fertig geworden. Da stehen jetzt kleine Häuschen am Kavalierpad, alle aus Lärchenholz. Sieht ein bisschen aus wie Schweden in Miniatur, mit einer Holzpromenade davor und langen Bankreihen.«

»Stelle ich mir hübsch vor«, erwiderte Sophie geistesabwesend. »Aber ich glaube, als Allererstes werde ich mir den Kiosk von Tante Freda anschauen. Auf den bin ich am meisten gespannt.«

»Der Kiosk, ach ja.« Annabels Stimme klang auf einmal viel weniger begeistert.

»Was ist denn?«, wollte Sophie wissen. Ein schneller Blick nach hinten zeigte ihr, dass Tante und Onkel in ein Gespräch vertieft waren – genauer gesagt redete Freda auf Hinnerk ein. Es fielen die Worte »Munthe«, »Capri«, »Dolce Vita« und »Fernweh«. Hinnerks Gesicht wurde so lang, als hätte seine Frau ihm eine Reise erster Klasse direkt ins Fegefeuer vorgeschlagen.

Kaum hatte Sophie den Gedanken zu Ende gedacht, warf er prompt ein: »Das ist bestimmt ziemlich heiß auf dieser Insel. Du weißt doch, ich vertrage höhere Temperaturen nicht so gut. Ich bin ein Nordmann.«

»Nordmann, pah! Sei nicht albern. Du bist als Kind mit deinen Eltern aus Wanne-Eickel nach Langeoog gezogen. Dein Vater wollte doch bloß wegen eures Nachnamens hierher.«

Hinnerk öffnete den Mund, kam aber nicht mehr zu Wort. Freda redete sich immer mehr in Rage, also fand Sophie die Gelegenheit günstig, sich bei Annabel mal genauer nach dem Kiosk zu erkundigen. Sie sah das kleine Backsteinhaus vor sich, im Norden direkt neben der Strandkorbvermietung einer rüstigen Witwe namens Pauline Fischer gelegen. Als sie zum letzten Mal auf der Insel gewesen war, hatte Freda kaum Zeit für sie gehabt, so sehr brummte das Geschäft mit kalten Getränken, Eis, Süßigkeiten und belegten Brötchen.

Annabel hatte ihr noch nicht geantwortet, also hakte sie nach. »Sag schon, was los ist. Die beiden hören nicht zu.«

Annabel senkte ihre Stimme zu einem Flüstern. Zwischen Hufgetrappel, Kindergeschrei und Fahrradklingeln war sie kaum zu verstehen.

»Das steht mir nicht zu. Musst dir selbst ein Bild machen.«

»Annabel, bitte. Wir sind doch alte Freundinnen.«

»Ach ja? Hast du dich deshalb so oft bei mir gemeldet? Hast du mich deshalb vorhin nicht mal erkannt?«

»Ich …«

Die Kutscherin winkte ab. »Schon gut. Wir haben uns

einfach aus den Augen verloren. Wenn du magst, können wir ja wieder Freundschaft schließen.«

»Sehr gern.«

»Aber ich verrate trotzdem nichts. Das erscheint mir Freda gegenüber nicht fair.«

»Herrgott! Was kann schon passiert sein? Ist das Haus abgebrannt? In der Nordsee untergegangen? An die italienische Mafia verkauft?«

Upps, dachte sie. Letzteres klang verflixt unlogisch.

»Wie kommst du denn auf die Mafia?«, fragte Annabel prompt und kniff die Augen zusammen.

»Ach, nur so. Wahrscheinlich habe ich an Riccardo und Matteo gedacht.«

»Ach, du kennst die Brüder schon?«

»Mhm.« Bevor sie sich's versah, erzählte sie Annabel von ihrem gestrigen Abenteuer.

Die Kutscherin hörte aufmerksam zu, und erst als Sophie geendet hatte, fragte sie: »Und, wie findest du ihn?«

»Oh, na ja. Also schon sehr attraktiv, aber wenn ich das richtig verstanden habe, ist er ein schrecklicher Frauenheld.«

»Ich meinte nicht Riccardo, sondern Matteo.«

Annabel musste ein paar Fußgängern ausweichen, die der Meinung waren, die Straße gehöre ihnen, da ja keine Autos fuhren. So hatte Sophie einen Moment Zeit, sich von ihrer Überraschung zu erholen. Matteo? Der unscheinbare, dünne Mann mit den dicken Brillengläsern? Konnte es sein, dass es eine Frau unter vierzig gab, die sich für ihn interessierte?

»Sehr nett«, sagte sie schließlich.

Annabel nickte und lächelte in sich hinein.

»Lass dich von seinem unauffälligen Aussehen nicht täuschen«, meinte sie dann. »Matteo ist ein ganz feiner Kerl. Er hat mir mal sehr geholfen. Ich weiß gar nicht, ob ich ohne ihn klargekommen wäre.«

Sophie hätte gern noch mehr erfahren. Warum ausgerechnet Matteo? Vielleicht weil sein nichtsnutziger Bruder Annabel geschwängert und dann sitzen gelassen hatte?

»Bist du verheiratet?«, fragte sie schließlich zögernd.

»Nein«, kam es knapp zurück.

Das hätte Sophie schon eine Warnung sein müssen, dennoch fragte sie weiter: »Und Francesca? Ist sie …«

Erst dann begriff sie, dass sie zu weit gegangen war. Annabels Miene verschloss sich abrupt, und sie wandte den Blick ab. Sophie schaute wieder nach vorn, wo jetzt der kleine Bahnhof in Sicht kam. Am liebsten hätte sie sich selbst geohrfeigt. Wie konnte sie nur so gefühllos sein! Annabel hatte ganz recht. Mochten sie auch als Kinder mal befreundet gewesen sein, im Augenblick waren sie zwei Fremde.

»Bitte entschuldige«, bat sie. »Ich bin sonst gar nicht so indiskret. Wahrscheinlich bin ich einfach durcheinander. Man bricht nicht so oft alle Brücken hinter sich ab.« Selbst in ihren eigenen Ohren klang die Entschuldigung lahm.

Sie bekam nur ein knappes Nicken zur Antwort und ahnte, es würde ein hartes Stück Arbeit werden, Annabels Freundschaft erneut zu gewinnen.

Sie wandte sich zu ihrer Tante und ihrem Onkel um und

unterbrach Freda mitten im Redefluss. »Fahren wir zuerst zu euch?«

Hinnerks Haus stand an der Heerenhusstraße, und zum Kiosk und an den Strand war es nur ein kurzes Stück Weg. Man konnte entweder die kleine Straße Gerk-sin-Spor wählen und kam dabei am Dünenfriedhof vorbei, oder man lief über den Norderpad mit der Aussichtsdüne zur Rechten. Dann galt es nur noch, über einen der vorgeschriebenen Holzwege über die Dünen zu kommen. So oder so würde sie sich in Kürze selbst ein Bild vom Zustand des Kiosks machen können. Zu ihrer Enttäuschung verneinte Hinnerk.

»Annabel setzt uns am Bahnhof ab, und wir gehen direkt zum Essen.«

»Und unser Gepäck?«

»Darum kümmere ich mich«, sagte die Kutscherin. »Gehört zum Service.« Ihre Fröhlichkeit war verschwunden, und Sophie fühlte sich unwohl neben ihr auf dem Bock. Zum Glück zügelte Annabel jetzt die Ponys und ließ ihre Fahrgäste aussteigen.

»Was ist denn mit der auf einmal los?«, wollte Freda von Sophie wissen, als Annabel wieder mit der Zunge schnalzte und ohne einen Gruß weiterfuhr.

»Ach, nichts«, murmelte Sophie. Sie folgte Freda und Hinnerk zu *Fisch-Klette*, nahm in der urigen Kombüse Platz und ließ ihren Onkel Nordseescholle für alle bestellen. Der Hunger war ihr vergangen. Als das Essen kam, stocherte sie lustlos darin herum, antwortete einsilbig auf Fredas Fragen und wünschte sich auf einmal zurück nach

Frankfurt. Ihre Freundin Jana fehlte ihr und auch die anderen Mädels, mit denen sie sich manchmal traf. In Wahrheit, das wusste sie, verfolgten sie ihre Schuldgefühle, weil sie so taktlos mit Annabel umgegangen war. Das machte es aber auch nicht besser.

Auf einmal hielt sie es keine Sekunde länger im Lokal aus.

Sie sprang auf.

»Wo willst du hin?«, fragte Freda.

»Ich … muss hier raus. Wir sehen uns später.«

Schon stürmte sie aus der Kombüse.

»Sophie!«, hörte sie Freda noch rufen, achtete aber nicht darauf. Sie würde nachher eben zu Fuß zu Tante und Onkel nach Hause gehen. Im Augenblick brauchte sie frische Luft, den Blick aufs Meer und den Geruch nach Salzwasser. Bewegung war das Einzige, was ihr helfen konnte. Nach dem gestrigen langen Tag hinter dem Steuer, nach den vielen Grübeleien, den Begegnungen mit den Torrioni-Brüdern und mit Annabel musste sie direkt an die Nordsee gelangen, um sich einmal richtig den Kopf durchpusten zu lassen. Im Laufschritt folgte Sophie der Hauptstraße, ging dann weiter über den Westerpad, ließ den Wasserturm, das Wahrzeichen Langeoogs, links liegen und befand sich bereits mitten in der wundervollen Dünenlandschaft. Natürlich wusste Sophie, dass die Dünen nicht betreten werden durften, denn sie schützten die Insel vor Überflutungen und wurden gehegt und gepflegt. Also hielt sie sich an die gekennzeichneten Wege, spazierte langsam durch diese wundervolle, magisch anmutende Landschaft und bewunderte auf der Seeseite das extra angepflanzte, sehr dichte Zweigwerk. Diese sogenannten Lahnungen halfen entscheidend dabei mit, den Flugsand aufzuhalten und somit ein Abwandern der Dünen zu verhindern.

Schließlich erreichte sie den Strand. Auf Langeoog wirkte er beinahe unendlich lang, immerhin waren es um die vierzehn Kilometer. Es herrschte Flut an diesem Morgen, und nur wenige Badegäste waren im Wasser. Noch war das Meer eiskalt, Sophie bibberte allein bei dem Gedanken, nur einen Fuß hineinzutauchen. In den hölzernen Wachhäuschen der Bademeister herrschte höchste Aufmerksamkeit. Zu leicht konnte es passieren, dass ein unvorsichtiger Schwimmer von der starken Strömung aufs Meer gezogen wurde, sobald die Flut ablief.

Der Wind war frisch, und weit draußen entdeckte Sophie ein paar Wind- und Kitesurfer. Sie zog Turnschuhe und Strümpfe aus und genoss das Gefühl von Sand an ihren nackten Füßen.

6. Kapitel

Viele der bunten Strandkörbe waren bereits von Gästen belegt, obwohl noch keine Hochsaison herrschte, denn sie boten Schutz vor Sonne und Wind und garantierten auch ein wenig Privatsphäre. Familien bauten Sandburgen, junge Pärchen knutschten mit vom Meer salzigen Lippen, ältere Paare stützten sich gegenseitig bei Strandspaziergängen, Silbermöwen und Sturmmöwen nutzten die Unaufmerksamkeit der Menschen, um sich hier ein Stück Fischbrötchen, dort ein Wiener Würstchen zu schnappen.

Sophie hatte davon gehört, dass die Möwen immer frecher wurden, weil sie kaum noch Angst vor den Menschen hatten. Sie musste lachen, als sie sah, wie ein älterer Herr lauthals hinter einem der dreisten Vögel her schimpfte, der gerade ein großes Stück seiner Frikadelle im Schnabel davontrug.

Ihr Lachen flog über den Strand, hoch in den Himmel und über die Nordsee hinaus. Auf einmal fühlte sie sich besser. So war es ihr schon immer ergangen, wenn sie nach Langeoog gekommen war: Jeglicher Kummer blieb zurück, und das Herz wurde leicht. Sie spürte, der Zauber der Insel wirkte noch immer. Sophie fühlte sich zugleich frei und klein, und all ihre Probleme sickerten in den feinen Sand, verkrochen sich in der atemberaubenden Dünenlandschaft, oder wickelten sich um den Strandhafer.

»Es geht mir gut!«, rief sie laut. »Ich bin hier!«

Im Grunde ihres Herzens war sie doch noch eine Optimistin.

Sie fischte ihr Smartphone aus der Hosentasche, ließ sich in den Sand fallen und rief ihren Vater an. Nun, da sie mal fünf Minuten Ruhe hatte, wollte sie ihm sagen, dass er sich keine Sorgen machen müsse. Alles sei wunderbar, sie habe die richtige Entscheidung getroffen. Das ungute Gefühl, das sie bei jedem Gedanken an den Kiosk beschlich, würde sie einfach unterdrücken.

Seltsam, es war besetzt. Sophie wunderte sich gewaltig, denn ihr Vater telefonierte nicht gern mit dem Handy. Er behauptete sogar, er habe es sich nur angeschafft, um den Kontakt zu seiner Tochter aufrechtzuerhalten.

Also versuchte sie es auf dem Festnetzanschluss.

»Barensen«, meldete er sich nach mehrmaligem Klingeln. Er klang leicht gehetzt und irgendwie nervös. Sophie wunderte sich immer mehr.

»Hallo, ich bin es. Telefonierst du gerade auf dem Handy?«

»Nein, wie kommst du darauf?«

»Vielleicht, weil es besetzt ist?«

»Wahrscheinlich hast du dich nur verwählt.«

Sie wollte ihm erklären, wie das mit den eingespeicherten Nummern funktionierte, ließ es jedoch bleiben. Sein Privatleben ging sie nichts an.

»Moment mal«, bat er jetzt, und sie hörte genau, wie er eine Hand über die Sprechmuschel legte und etwas Unverständliches sagte. Nur den Abschiedsgruß verstand sie klar und deutlich.

»Adiós!«

»War das Gabriel?«, fragte Sophie, als ihr Vater sich wieder am Telefon meldete. Sie hatte spontan beschlossen, dass sein Privatleben sie sehr wohl etwas anging, und der spanische Abschiedsgruß, den sie mitgehört hatte, konnte eigentlich nur einem einzigen Menschen gelten.

Na gut, theoretisch auch noch einem anderen, aber Bernhard und seine geschiedene Frau Juanita redeten seit Jahren nicht mehr miteinander. Gabriel Castaneda hingegen war ein ehemaliger Klient von Anwalt Barensen. Angeklagt, die Gäste seines spanischen Restaurants mit Salmonellen vergiftet zu haben, wurde er dank Bernhards Verteidigung freigesprochen – statt seiner wurde ein Lieferant für Hühnerfleisch als Verantwortlicher ausgemacht. Seitdem mussten Bernhard und Sophie keine Rechnung mehr zahlen, wenn sie bei dem Spanier einkehrten, allerdings aßen sie niemals die Hühnchenpaella.

»Gabriel?«, fragte ihr Vater zurück. »Nein … ich, ach so, doch, natürlich. Er lässt dich schön grüßen.«

Doktor Bernhard Barensen stotterte herum? Da stimmte etwas nicht, da stimmte etwas ganz und gar nicht!

Sophie wischte sich ein paar blonde Haarsträhnen aus der Stirn. Der Wind hatte aufgefrischt, und ihr wurde kühl. Einige Gäste verließen bereits den Strand, aber sie blieb, wo sie war. Sie musste unbedingt herausfinden, was da in Frankfurt los war.

»Du lügst, Papa.«

»Wie kommst du denn darauf?«, kam es zurück, allerdings so leise, dass sie ihn kaum verstehen konnte. Um sie herum riefen Eltern nach ihren Kindern, knatterten Handtücher im Wind, kreischten die Möwen. Die Bademeister hissten die rote Fahne. Ein Signal, für alle Schwimmer, sofort aus dem Wasser zu kommen. Der Himmel wurde auf einmal dramatisch dunkel und schwer. Sophie war oft genug auf Langeoog gewesen, um spätestens jetzt zu wissen, dass ein Unwetter mit unglaublicher Geschwindigkeit auf sie zuraste.

Sie musste schleunigst von hier verschwinden und irgendwo Unterschlupf finden. Bis zum Haus ihres Onkels würde sie es nicht mehr schaffen. Aber im Ort konnte sie in einem Café oder einem Laden abwarten, bis das Wetter besser wurde.

Trotzdem blieb sie sitzen, unfähig, sich zu bewegen. Etwas stimmte nicht mit ihrem Vater in Frankfurt. Das spürte sie ganz genau – und sie musste unbedingt herausfinden, was es war. Selbst wenn in der Zwischenzeit die Welt um sie herum unterging. Also sagte sie: »Gabriel ist für einen Monat heim nach Andalusien gefahren, und er hat uns erklärt, dass in dem Dorf, aus dem er stammt, Handyempfang eher ein Glücksspiel ist. Weißt du nicht mehr?«

»Ähm …«

»Willst du mir erzählen, er sei extra in die nächstgrößere Stadt gefahren, nur um dich anzurufen?«

»Warum nicht? Wir sind schließlich alte Freunde.«

Es klang beinahe glaubhaft, aber Sophies Misstrauen war geweckt.

»Papa! Sag mir die Wahrheit!«

»Was ist denn das für ein Krach bei dir?«

Strandspielzeug kullerte an ihr vorbei, und ein zum Teil noch mit Sand gefüllter Plastikeimer landete auf ihrem Fuß.

»Aua! Nichts. Brauchst gar nicht abzulenken. Ich will jetzt wissen, mit wem du gesprochen hast!«

Keine Antwort. »Papa!«

»Sophie! Das klingt nach einem Sturm.« Ihr Vater klang jetzt äußerst besorgt.

»Bloß 'n büschen Wind«, imitierte sie ihre Tante, die sich als Wahlostfriesin gern besonders abgebrüht gab. »Sturm ist erst, wenn die Schafe keine Locken mehr haben.«

»Das ist nicht lustig! Wo bist du?« Sophie hörte die Panik in seiner Stimme. Er war immer ein übervorsichtiger Vater gewesen. Besonders in der Pubertät hatte sie sich von ihm erdrückt gefühlt. Inzwischen wusste sie, er hatte stets nur sein Bestes getan, um sie zu beschützen, auch wenn er manchmal über das Ziel hinausgeschossen war.

»Ich bin am Strand«, gab sie zu. Es wurde ihr jetzt doch ein wenig unheimlich, die Wolkenberge am Horizont hatten eine dunkelviolette Farbe angenommen und über dem

Meer schien der Regen bereits in Sturzbächen runterzugehen.

Eine Weile war nichts zu hören außer einem unregelmäßigen Rauschen im Handy, das sich zu einem lauten Brausen steigerte. Sophie stutzte. Im Handy? Wirklich? Nein! Das Brausen hörte sie mit dem anderen Ohr. Sie hatte nicht gewusst, dass die Wellen so laut sein konnten. Wenn sie früher auf Langeoog gewesen war, hatte sie fast immer allerschönstes Wetter gehabt. Vielleicht mal ein bisschen windig, aber niemals beängstigend stürmisch, dunkel und brausend. Sie schaute sich um. Ja, auch dunkel. Es schien, als sei es plötzlich Nacht geworden.

Auf einmal merkte sie, dass sie allein am Strand war. Alle waren geflüchtet. Nein, nicht alle! Dort kam jemand auf sie zugerannt, so schnell es der tiefe Sand erlaubte.

Die Stimme ihres Vaters wurde jetzt sehr laut. »Geh da weg, schnell!«

Dann war die Verbindung unterbrochen. Erschrocken stand Sophie auf – und wurde auf der Stelle wieder umgeweht.

Mannomann! Das war ja schon ein richtiger Orkan.

Die Gestalt, die da auf sie zugelaufen kam, wedelte mit den Armen. Erst als der Mann schwer atmend vor ihr stand erkannte sie Matteo Torrioni. Er hielt sich nicht mit Höflichkeitsfloskeln auf, sondern packte sie einfach an der Hand, zog sie hoch und dann hinter sich her. Sie folgte ihm zurück über die Dünen, mehr stolpernd als laufend, die Augen voller Sand und Salzpartikel, halb blind und nur mit dieser Hand, die ihr Sicherheit gab. Sie staunte über die

Kraft, die in diesem dünnen Mann steckte, und sie war unendlich dankbar, dass er zu ihrer Rettung geeilt war. Nur ein winziger Teil von ihr wünschte, es wäre sein Bruder gewesen.

Auf der anderen Seite der Dünen war der Sturm nicht ganz so stark, trotzdem blieb Matteo keine Sekunde stehen. Er zog Sophie mit sich, hinein in das nächstbeste Gebäude.

Die Tür fiel mit einem Krachen hinter ihnen zu. Plötzlich herrschte vollkommene Ruhe, nur der Wind toste noch in ihren Ohren. Doch langsam ließ auch dieses Rauschen nach. Sophie rieb sich die Augen und sah sich um. Sie standen in einer Apotheke. Auch andere Leute hatten hier Zuflucht gesucht, und eine junge, dunkelhaarige Frau kam gerade mit einem Tablett voller Becher aus dem Hinterzimmer. Sie verteilte den starken Ostfriesentee, in dem der Kandiszucker, den man hier Kluntje nannte, knisterte. Geduldig hörte sie sich die Berichte über den ungewöhnlichen Sturm an, der viel zu spät im Jahr kam, und dann auch noch so plötzlich, und reichte flauschige Lappen herum, die verdächtig nach Stoffwindeln und Einmalhandtüchern aussahen – was eine Apotheke eben so hergab, um die Leute trocken zu bekommen. Schließlich blieb sie dann vor Matteo und Sophie stehen. Sie war jung und unter dem Kittel sehr, sehr schlank.

Die Frau reichte Sophie einen Becher. »Ich schaue gleich mal, ob ich ein paar Sandalen auftreiben kann.«

Erst da bemerkte Sophie, dass sie noch immer barfuß war. So sehr hatten sie ihre Grübeleien über ihren Vater abgelenkt, dass sie nicht nur vom Unwetter überrascht worden war, sondern auch ihre Schuhe vergessen hatte.

»Danke«, murmelte sie.

Den letzten Becher bekam Matteo, dazu einen besorgten Blick und ein liebevolles Lächeln der Apothekerin.

»Was hast du denn bei dem Wetter da draußen gemacht? Dich weht doch schon ein leises Lüftchen um.«

Sophie wollte Matteo verteidigen, wollte erklären, dass er stark und verlässlich gewesen war, aber sie merkte, es war nicht nötig. Die Neckerei der Apothekerin war nicht böse gemeint. Jetzt nahm sie ihm sogar die Brille von der Nase und putzte sie für ihn.

Kurz erhaschte Sophie einen Blick in Matteos Augen: Sie waren schwarz wie Oliven und tief wie ein Brunnen. Es verschlug ihr regelrecht den Atem. Erst als die Brille wieder auf seiner Nase saß, sorgten die offenbar grau getönten Gläser für den gewohnten Eindruck einer unscheinbaren Farbe.

»Ich habe Freda getroffen«, erklärte Matteo nur. »Sie war außer sich vor Sorge.«

»Und da hat sie ausgerechnet dich um Hilfe gebeten?«

Sophie verstand die Frage der Apothekerin nicht. Was sollte denn ihre Tante gegen die Torrioni-Brüder haben?

Matteo nickte. »Ja, stell dir vor. Sie hat ganz vergessen, dass ich neuerdings der Staatsfeind Nummer eins bin.«

Die Unterhaltung wurde immer rätselhafter, fand Sophie, sagte aber nichts. Vielleicht, so dachte sie, bin ich einfach durcheinander und verstehe alles falsch.

»Na«, fuhr Matteo fort, »und da habe ich versprochen, mich einmal umzuschauen.«

»Musst du eigentlich immer den Helden spielen?«

»Oh, Gina, das war doch nichts Besonderes.« Er legte der Apothekerin einen Arm um die Schultern. »Und wahrscheinlich wollte ich mein schlechtes Gewissen beruhigen.«

Es war eine Geste, die Sophie definitiv störte, auch wenn sie den Grund dafür nicht benennen konnte. Höchstens, dachte sie, sollte er das bei mir machen, denn ich bin ja die von ihm gerettete junge Frau in Nöten.

Zu ihrer Überraschung stellte sie fest, dass er jetzt ohne Weiteres groß genug war, um auch *ihre* Schultern zu erreichen. Nun, da sie barfuß war, überragte er sie sogar um mindestens zwei Zentimeter.

Sophie kam aus dem Staunen gar nicht wieder heraus.

»Stimmt etwas nicht?«, fragte Matteo freundlich.

»Ähm … nein, alles prima. Vielen Dank dafür, dass Sie mir zu Hilfe geeilt sind.«

»Wieso seid ihr denn so förmlich?«, wollte Gina wissen und befreite sich sanft von Matteos Arm. »Hier bei uns duzt man sich ziemlich schnell. Also, ich bin Gina, hast du ja schon gehört. Um ein paar Ecken sind Riccardo, Matteo und ich verwandt, aber ich lebe schon viel länger auf der Insel als die Jungs.«

»Olle Angeberin«, neckte Matteo sie liebevoll.

Die beiden gingen sehr vertraut miteinander um, stellte Sophie fest. Nicht unbedingt wie Verwandte, eher wie ein Liebespaar.

»Freut mich«, sagte sie schnell. »Ich bin Sophie. Matteo und ich haben uns gestern schon kennengelernt. Er hat mich jetzt quasi zum zweiten Mal gerettet.«

Gina grinste. »Tja, so ist er. Immer bereit, den guten Samariter zu spielen.«

»Ich habe ihr gestern nur ein wenig Gesellschaft geleistet«, erwiderte Matteo bescheiden. Dann erklärte er Gina, wie sie sich getroffen hatten, und erwähnte auch den Grund für Sophies Aufenthalt.

Die Apothekerin hob überrascht die Brauen. »Du willst den Kiosk von Freda Barensen übernehmen?«

Sophie runzelte die Stirn. Was hatten die Leute bloß alle? Kaum wurde der Kiosk erwähnt, stieß sie entweder auf Ablehnung oder auf Verblüffung.

»Ganz genau«, erwiderte sie mit fester Stimme. »Und ich will auch ein Café einrichten. Ich bin Bäckerin von Beruf.«

»Sehr schön«, sagte Gina und lächelte, aber die Worte klangen wenig überzeugend, das Lächeln war schwach.

»Nun mach ihr mal keine Angst«, forderte Matteo die junge Apothekerin auf. »Sophie wird das schon schaffen, und wenn sie Hilfe braucht, sind wir ja auch noch da.«

Gina verdrehte die Augen. »Ich sag's ja. Samariter! Wenn ich da an die gute Annabel denke.«

Matteos Miene verdüsterte sich. »Lass Annabel aus dem Spiel.«

Gina war offenbar keine Frau, die sich so leicht den Mund verbieten ließ, was Sophie augenblicklich für sie einnahm. »Na hör mal. Du hast mir tausend Mal brühwarm von Annabels Katastrophen erzählt und mich um Rat gefragt. Da darf ich ja wohl mal eine Bemerkung machen.«

»Nicht in diesem Fall.«

»Weil du Angst hast, ich könnte dir wieder sagen, du lässt dich zu sehr in Dinge reinziehen, die dich eigentlich nichts angehen?«

Matteo schwieg dazu, und Sophie dachte über die rätselhafte Bemerkung nach. Es klang fast so, als hätte Matteo gar nichts mit Annabels Tochter zu tun. Sein Bruder auch nicht?

Sie hoffte, Gina würde weitersprechen, aber zu ihrer Enttäuschung meinte sie: »Schon gut, entschuldige.«

Dann wandte sie sich an Sophie. »Ich schaue jetzt mal nach Sandalen. Komm mich bald wieder besuchen, ja? Meistens ist es hier ziemlich langweilig, nur morgens und am späten Nachmittag habe ich zu tun, wenn die Gäste zum Strand gehen oder wieder zurückkommen. Ansonsten klaut mir unser gesundes Nordseeklima sowieso die meisten Patienten. Und wenn du was brauchst, helfe ich natürlich jederzeit. Ich ziehe den lieben Matteo hier nur gern ein wenig auf.«

Sophie konnte nicht anders als Gina sympathisch zu finden. Die übrigen Wetterflüchtlinge hatten inzwischen die Apotheke wieder verlassen, denn ebenso schnell, wie er aufgekommen war, war der Sturm auch weitergezogen. Gina kam mit ein paar winzigen Flipflops zurück und entschuldigte sich dafür, dass sie nichts Besseres hatte.

»Die sind völlig in Ordnung«, beeilte sich Sophie zu

versichern, obwohl ihre Zehen und die Hacken den Fußboden berührten.

Matteo war mit seinem Smartphone beschäftigt.

»Wir haben wieder Empfang!«, verkündete er. »Ich schreibe schnell Freda, dass du in Sicherheit bist, in Ordnung?«

»Ja, vielen Dank.« Und sie war ihm wirklich unendlich dankbar, nur hatte sie plötzlich das Gefühl, dass ihr alles zu schnell ging. Seit sie sich zum ersten Mal getroffen hatten, waren keine vierundzwanzig Stunden vergangen, und er benahm sich schon so, als würden sie sich seit Jahren kennen.

»Freda und Hinnerk warten zu Hause auf dich«, sagte er prompt.

»Aha.«

»Was ist denn los, Sophie?«

»Nichts, alles bestens.«

Sophie stand in der Apotheke, schaute Matteo an und musste daran denken, dass sie heimlich davon geträumt hatte, auf Langeoog einen anderen Mann kennenzulernen. Am liebsten einen Insulaner, sturmfest und inselverwachsen. Verlässlich, treu, vielleicht ein bisschen wortkarg – aber groß, blond und stark, mit der festen Absicht, Sophie zu seiner Frau zu nehmen und mit ihr eine ganze Reihe großer und blonder Kinder zu zeugen. Der Traum war wirklich sehr geheim gewesen. Nicht mal Jana wusste davon. Sophie war sich auch nicht ganz sicher, ob es tatsächlich das war, was sie wollte. Geschäftlicher Erfolg müsste in diese Zukunftsvision auf jeden Fall noch irgendwie reinpassen, und auch ein gewisses Maß an Unabhängigkeit. Sie sah sich nicht wirklich als treue Fischersfrau, die ihre Brut versorgte und auf die sichere Rückkehr ihres angebeteten Gatten hoffte. Okay, das war jetzt ziemlich klischeehaft, aber das war ihr egal.

So oder so: ein dünner, bärtiger Italiener, der seine Grenzen nicht kannte, gehörte nicht in ihren Traum. Auch nicht sein Bruder, dem der große Michelangelo, hätte er zu dessen Zeit gelebt, ein Denkmal gewidmet hätte.

»Vielleicht magst du mit ins *Dolomiti* kommen? Ich habe dir doch ein Zitroneneis versprochen.«

»Mir ist viel zu kalt, um Eis zu essen!«

Gina mischte sich ein: »Du weißt nicht, was dir entgeht!«

Matteo lächelte und ähnelte plötzlich auf unheimliche Weise Riccardo. Richtig gut sah er aus, was Sophie nur noch mehr verärgerte.

»Bei meinem Zitroneneis wird dir warm«, sagte er lockend.

»Ach …«, begann sie und hätte um ein Haar ein ziemlich gemeines italienisches Schimpfwort hinterhergeschickt, denn davon kannte sie ein paar.

7. Kapitel

»Ich muss zurück«, presste Sophie nur noch hervor, um nichts zu sagen, was sie später eventuell bereut hätte. Immerhin war Matteo Torrioni ein Eisdielenbesitzer. Es war also davon auszugehen, dass er sich mit Eismaschinen auskannte – gut möglich, dass sie noch einmal seine Hilfe brauchen würde. Ganz schön berechnend, fand sie selbst, und kannte sich kaum wieder. Aber dieser Matteo hatte etwas an sich, was sie vollkommen durcheinanderbrachte.

»Ich begleite dich.«

»Nicht nötig, tschüs«, gab sie ziemlich schroff zurück, achtete nicht auf seinen überraschten Blick und verließ die Apotheke, so schnell es die zu kleinen Flipflops erlaubten.

»Was hat sie denn?«, hörte sie Gina noch fragen.

»Vielleicht einen nachträglichen Schock vom Sturm«, antwortete Matteo.

Ha!, dachte Sophie erbost. Wenn die Leute hier glauben, ich sei ein zartes Pflänzchen aus der Großstadt, dann werden sie noch staunen. Warum genau sie wütend war, wusste sie selbst nicht so genau. Sie wollte bloß weg, auf dem schnellsten Weg zu Tante und Onkel. Sie wandte sich nach Norden, bog in die Barkhausenstraße ein und lag kurz darauf überraschend Riccardo Torrioni in den Armen.

Sie hatte ihn zunächst übersehen, denn er bearbeitete gerade eine Markise mit einem Besenstiel, um das Regenwasser abzulassen, während sie nach unten geblickt hatte, wo sich der Riemen ihres rechten Flipflops löste. In der nächsten Sekunde war sie mit einem nackten Fuß weitergestolpert, irgendwo hängen geblieben und aufgefangen worden, während sich gleichzeitig ein Schwall Wasser in ihren Nacken ergossen hatte.

»Du schon wieder!«, rief Riccardo aus und hielt sie fest an seine breite Männerbrust gedrückt. »Machst du das mit Absicht?«

»Was?«, nuschelte Sophie. Sie war kurzzeitig von ihrem beschleunigten Herzschlag abgelenkt. Außerdem wunderte sie sich darüber, dass das kalte Wasser ihr keinen Schauer über den Rücken jagte. In der Apotheke war sie einigermaßen trocken geworden, nun triefte sie wieder wie ein nasser Wischmopp – und genauso sah sie auch aus, fürchtete Sophie. Ihr schönes blondes Haar verwandelte sich bei Nässe in dicke, traurige Strähnen, ihr dünnes T-Shirt offenbarte sämtliche Rundungen, auch die wenig schmeichelhaften. Instinktiv zog sie den Bauch ein, woraufhin Riccardo näher an sie heranruckte.

Sophie knirschte mit den Zähnen. So groß war ihr Bauch nun auch wieder nicht, dass der Mann einen halben Schritt auf sie zu machen musste, wenn sie ihn flach hielt.

Sie kicherte, dann fühlte sie eine gewisse absteigende Hitze.

Mannomann! Dieser Kerl verhinderte nicht nur klare Gedankengänge, er löste auch Gefühle in ihr aus, die sie seit ihrer Anfangszeit mit Angelo nicht mehr gespürt hatte. Ein Vulkan musste ungefähr so empfinden, wenn er ausbrach. Nach ungefähr einem halben Jahr hatte der sich bei Angelo dann in eine gemütliche Allgäuer Bergkuppe verwandelt, was zwar auch nicht zu verachten gewesen war, aber eben nicht dasselbe. Tja, und nun war es wieder da, dieses überwältigende Gefühl.

»Lass mich los, Angelo!«

Ziemlich plötzlich war sie frei und schwankte ein wenig hin und her.

»Ich bin Riccardo.«

Oh nein!

»Äh, sorry. Ich musste gerade an meinen Freund denken. Also, meinen Ex-Freund. Der war vulkanisch und …«

»Vulkanisch?«

Sophie zwang sich, ruhig zu stehen. Irgendwie wurde die Situation nicht besser.

»Kam er auch aus Neapel?«, fragte Riccardo.

»Nee, wieso?«

»Na ja, wir haben den Vesuv.«

»Ach so, nein. Aus Bari.«

Riccardos Miene verriet vollkommene Ratlosigkeit. Ein Zustand, der ihn im Umgang mit Frauen vermutlich nicht oft überfiel.

»Dann verstehe ich das Vulkanische nicht.«

»Macht nichts. Es wurde dann sowieso eine Allgäuer Bergkuppe draus. Und wenn ich es recht bedenke, steht mir der Sinn inzwischen nach einer Langeooger Düne. Nicht zu hoch und schön weich. Aber keine Wanderdüne. Von Wanderern habe ich die Nase voll. Also, von denen, die von mir wegwandern …«, stammelte sie.

»Hast du dir irgendwo den Kopf gestoßen?«

»Wieso duzt du mich eigentlich? Sind wir alte Freunde, oder was?«

Riccardo rückte von ihr ab, stützte sich auf seinen Besenstiel, schaute sie konzentriert an und kam dann zu dem Schluss: »Du bist seltsam.«

Vielleicht war das ja ein Kompliment. Sie dachte ziemlich lange darüber nach, während das Wasser an ihrem Rücken nun doch Kälteschauer über ihre Haut jagte. Riccardo bemerkte es. Klar, ein echter Frauenheld musste aufmerksam sein. Im Idealfall verstand er sogar die Gefühle des weiblichen Geschlechts. Was selbst für eine andere Frau schwierig sein konnte, war für einen Mann eigentlich ein Ding der Unmöglichkeit.

Für Riccardo offenbar nicht, aber er trickste ein wenig. »Du hast einen schweren Tag gehabt.«

Klar, ein Standardsatz, mit dem ein Mann so ziemlich alles abdecken konnte. Kam aber immer gut an.

Sophie entschied, dass er angesichts ihres merkwürdigen Verhaltens sein Bestes gab. Klar, er war deshalb jetzt nicht automatisch ihr liebster Freund – immerhin hatte er sie noch gestern Abend inmitten einer feindlichen Welt allein lassen wollen – aber wenn ein Mann so verflixt attraktiv war wie er und noch dazu vulkanische Gefühle in ihr auslöste, durfte eine Frau schon mal ihre Meinung ändern. Also verzieh sie ihm und lächelte ihn strahlend an, was ihn jedoch noch mehr irritierte, das sah sie am hektischen Blinzeln seiner Augenlider. Davon abgesehen blieb er bewundernswert cool.

»Möchtest du hereinkommen und dich abtrocknen?«

Er machte eine einladende Geste, und erst jetzt nahm Sophie die Eisdiele bewusst war. Ihr war nicht klar, was sie erwartet hatte, vielleicht bloß einen Tresen mit Straßenverkauf, aber nun blickte sie in ein gemütliches, mit roten und weißen Möbeln eingerichtetes Lokal. Gelbliche Deckenlampen spendeten anheimelndes Licht, im Hintergrund entdeckte sie eine Eistheke, die ungefähr dreimal so groß wie in ihrer Vorstellung war. Auch wenn die Eisdiele renovierungsbedürftig wirkte, so strahlte sie doch einen gewissen Charme aus. Sämtliche Gäste im Lokal starrten nach draußen zu ihr und Riccardo, weshalb sie sich ein klitzekleines bisschen unwohl fühlte. An den Wänden hingen erstaunlich geschmackvolle Bilder der italienischen Alpen und auch einige von Neapel, mit dem Vesuv im Hintergrund. Sogar die Langeooger Dünen entdeckte sie auf einem Aquarell. Die verschiedenen Landschaften passten überraschend gut zueinander, lösten in Sophie aber erneut gewisse Gefühle aus, weshalb sie zu Riccardo sagte: »Nein, vielen Dank. Freda und Hinnerk warten auf mich.«

»Wie du meinst.«

Weil sich in ihrem Kopf so viele Ungereimtheiten angesammelt hatten, fragte sie immerhin noch: »Du und dein Bruder, ihr betreibt die Eisdiele zusammen, richtig?«

Riccardo wich ihrem Blick aus. »Na ja, das haben wir. Aber seit diesem Frühjahr steht Matteo auf eigenen Füßen. Es war schwierig, genug für beide zu verdienen.«

»Hat er eine zweite Eisdiele aufgemacht?«

»Nein!«, erwiderte Riccardo seltsam aufgeregt. »Keine Eisdiele. Er …« Aber dann brach er ab, schaute auf ihre Füße und fügte nur noch hinzu: »Warte eine Sekunde. Ich hole dir ein paar Schuhe.«

»Oh, ja, danke.«

Die Sandalen, die sie diesmal bekam, waren ihr drei Nummern zu groß. Der Mann, der sie einst getragen hatte, war wohl ein Fan von Gesundheitsschuhen gewesen. Aus gutem Grund: Das Fußbett war eindeutig von Plattfüßen eingelaufen worden. Ein bisschen ekelte sich Sophie vor den Tretern, obwohl sie die Dinger sicherheitshalber kurz unter das noch tröpfelnde Wasser der Markise gehalten hatte. Aber sie hatte keine Wahl, halb barfuß würde sie nicht heil bis zu Hinnerks Haus kommen.

Riccardo gehörten die Sandalen mit Sicherheit nicht. Kein Italiener würde jemals so etwas anziehen, nicht einmal, wenn es die einzigen Schuhe im gesamten Land sein sollten.

Irgendein Gast hatte die mal vergessen, vielleicht weil er seinen Plattfüßen das Gefühl von Freiheit schenken wollte.

Unbeholfen stakste Sophie durch die Nachbarschaft und gelangte ohne weitere Zwischenfälle in die Heerenhusstraße.

Inzwischen war es Nachmittag, und der Himmel leuchtete in einem unschuldigen, klaren Blau, als hätte er nichts verbrochen – als hätten seine Kumpel, die Gewitterwolken, nicht erst vor einer halben Stunde die kleinen Menschen da unten in Angst und Schrecken versetzt.

Sophie wurde langsamer, je näher sie ihrem Ziel kam. Das lag nicht nur an ihren mehr und mehr schmerzenden Füßen – sie fürchtete sich vor dem, was sie erwartete. Fredas ganz und gar seltsame Art, wenn Sophie sie nach dem Kiosk fragte, Hinnerks hilfloses Verhalten im Umgang mit seiner unzufriedenen Frau, ihre eigene ungewisse Zukunft – das alles konnte den Wunsch aufs Ankommen kräftig dämpfen. Immerhin, so blieb ihr Zeit, ihren Blick schweifen zu lassen. Auf Langeoog waren nur wenige alte Häuser erhalten, das wusste Sophie von früheren Besuchen. Aber die Insulaner hatten zum Glück keine hässlichen Bettenburgen hochgezogen, sondern sich auf ihre Wurzeln besonnen und den dörflichen Charakter mit rotem Backstein und spitzen Dächern erhalten.

Die Vorgärten waren gepflegt und bunt, die Häuser vom Regenguss frisch gewaschen, Kinder spielten fröhlich auf der Straße.

Als Sophie endlich vor dem Haus ihres Onkels stand, überfiel sie auf einmal ein Gefühl des Heimkommens. Alles war noch genau so, wie sie es in Erinnerung hatte: Das zweistöckige Gebäude stand mit der Breitseite zur Straße, der Backstein wirkte zwar ein wenig dunkler als früher, aber das mochte auch an der Nässe liegen. Im Garten wuchsen Hecken- und Kartoffelrosen, und ein großer Sanddornbusch versperrte teilweise die Sicht auf die hölzerne Eingangstür. Auf dem schrägen Dach, daran erinnerte sich Sophie, hatte ihr Onkel einen Ausguck eingerichtet, von wo aus er die Zugvögel beobachten konnte, wenn er mal nicht in der Natur unterwegs war. Der Schuppen, ebenfalls ein stabiles, gemauertes Gebäude, stand direkt neben dem Haupthaus. Einst mochte er als Garage angelegt worden sein, aber da Privatfahrzeuge schon seit Langem verboten waren, wurde er seitdem für alles Mögliche genutzt. Hinnerk hatte mal erzählt, früher habe er dort mit seinen Freunden wilde Partys gefeiert – Sophie hatte sich ihren Onkel beim besten Willen in keiner Weise wild vorstellen können. Später wurde der Schuppen zum Lagerraum für den Kiosk umfunktioniert. Sophie erinnerte sich an Paletten voller Konserven und haltbarer Lebensmittel. Sie fragte sich, ob ihre Eismaschine vorerst dort untergekommen oder direkt zum Kiosk gebracht worden war. Ob sie mal nachschaute? Vielleicht erst mal am Kiosk.

Etwas hinderte sie daran, die Gartenpforte zu öffnen und auf das Haus zuzugehen. Vielleicht war es die Stille. Nichts war zu hören, nichts rührte sich. Waren Tante und Onkel womöglich gar nicht da? Aber nein, Matteo hatte doch ausgerichtet, sie würden zu Hause auf Sophie warten. Woher kam dann nur dieses Gefühl, dort drinnen sei niemand?

Unwillkürlich schauderte Sophie. Dann sagte sie sich, die beiden saßen vielleicht einfach in der Küche, die nach hinten rausging. Dennoch scheute sie aus irgendeinem Grund davor zurück, hineinzugehen. Sie machte kehrt, streifte die schrecklichen Sandalen ab und lief barfuß in Richtung Strand. Jetzt war es ihr egal, ob ihre Fußsohlen Schaden nahmen. Sie wollte bloß weiter.

Ich will mir nur vorher den Kiosk ansehen, sagte sie sich. Damit ich auf ein ernstes Gespräch mit Freda vorbereitet bin. Später würde noch Zeit genug sein, um herauszufinden, was zwischen Tante und Onkel vorging. Sophie konnte nur hoffen, nicht in deren Ehekrise hineingezogen zu werden. Aber sie fürchtete, genau das würde passieren, sobald sie über die Schwelle trat. So lieb sie die beiden hatte – so sehr sehnte sie sich auch nach Frieden.

Als sie am Dünenfriedhof vorbeikam, überlegte sie, kurz zu verweilen. Dort befand sich das Grab der Sängerin Lale Andersen. Die Interpretin des weltberühmten Liedes »Lili Marleen« hatte sich nach dem Krieg auf ihre Lieblingsinsel zurückgezogen, ihre Fans pilgerten bis heute zu ihrer letzten Ruhestätte mit dem schlichten Grabstein und brachten Blumen mit.

Sophie entsann sich, wie sie als Teenager zusammen mit Annabel seufzend dort gestanden und von einer dramatischen Liebe in Kriegszeiten geträumt hatte. Dann waren ihr die vielen Gräber der Gefallenen, Flüchtlinge und Kriegsgefangenen aufgefallen, und sie hatte sich einen Dummkopf geschimpft.

Nein!, befahl sie sich jetzt. Ich gehe weiter. Ich will endlich den Kiosk sehen!

Also tauchte sie tiefer in die Dünenlandschaft ein und setzte ihre Schritte auf dem Holzweg vorsichtig, um sich keinen Splitter einzufangen. Sie erreichte den Strand ganz im Norden, kam bei Pauline Fischer vorbei und winkte ihr betont fröhlich zu. Die Strandkorbvermieterin winkte zurück, schaute erst verblüfft, dann besorgt und verschwand ohne ein Wort in ihrer Bude.

Nur fünf Schritte weiter löste sich das Rätsel um den Kiosk.

Sophie erstarrte.

Oh nein!, dachte sie. Oh nein! Oh nein! Oh nein! Das darf nicht wahr sein.

Sie schloss die Augen, öffnete sie wieder. Das Bild, das sich ihr bot, war noch immer dasselbe: All ihre schönen Zukunftsträume schienen davonzuschwimmen wie leere Muschelschalen bei ablaufendem Meerwasser.

Sie sah sich schon zurück nach Frankfurt fahren, als gescheiterte Existenz, gezwungen, bei ihrem Vater unterzukriechen, bis sie in irgendeiner Brötchenfabrik wieder vorgefertigte Rohlinge aufbacken durfte. Sie hörte bereits die mitleidigen Worte ihrer Freundinnen, glaubte sogar, Matteo, Riccardo, Annabel und Gina spöttisch lachen zu hören.

Sophie brach zusammen. Sie sank in die Knie und weinte haltlos vor sich hin. Ein paar Urlauber, die sich nach dem Unwetter noch einmal an den Strand gewagt hatten, sprachen sie an. Ob es ihr gut gehe, ob sie etwas für sie tun könnten. Einer von ihnen packte sie sogar an den Schultern und zog sie energisch hoch.

Ach nein, das war gar kein Urlauber. Das war Pauline Fischer – hinter ihrem Tränenschleier erkannte Sophie das runzelige, freundliche Gesicht der Witwe.

»Nun mach man hier keine Show, Deern. Komm mit. Ich geb dir erst mal einen Schluck auf den Schreck.«

Willenlos ließ Sophie sich mitziehen. Paulines Büdchen war eingerichtet wie das Wohnzimmer einer alten Dame, inklusive Porzellanpuppen, Schondeckchen und Häkelkorb, alles im Miniaturformat. Sie drückte Sophie auf einen Hocker, verschwand kurz in ihrer Küchennische und kam mit einer Flasche eisgekühltem Aquavit wieder. Pauline Fischer mochte zwar wie eine gemächliche, häkelnde Seniorin aussehen, aber sie führte ihre Angestellten mit harter Hand, war eine tüchtige Geschäftsfrau und konnte saufen wie ein alter Seebär.

Das erste Glas brannte in Sophies Kehle, das zweite verbreitete eine angenehme Wärme in ihrem Innern, das dritte trocknete ihre Tränen.

»So«, sagte Pauline zufrieden. »Nu mal Butter bei die Fische. Wat ist los?«

»Ich bin am Ende«, entgegnete Sophie, und schon kamen ihr wieder die Tränen.

Es brauchte zwei weitere Gläser Aquavit, bis sie in der Lage war, Pauline alles zu erzählen. »Ich dachte, ich baue mir hier eine Zukunft auf, aber daraus wird wohl nichts.«

»Dat ist man ein ordentlicher Schlamassel«, urteilte die Witwe. Sie hockte auf einer schmalen Campingliege, auf der sich Sophie nie und nimmer hätte ausstrecken können.

Es dauerte eine Weile, bis Sophie begriff, dass der größte Teil dieses Schlamassels direkt vor ihr stand – auf der zweiten Bude direkt neben der Strandkorbvermietung hatte sie nämlich einen Schriftzug gelesen: *Paulines Eck*. Und dort hatte es so gut wie alles zu kaufen gegeben, was sonst auch Freda angeboten hatte, nämlich Zeitungen, Getränke, Snacks, Süßigkeiten oder abgepacktes Eis.

Pauline, die offenbar begriff, dass Sophie ihre Schlüsse gezogen hatte, verschränkte nun angriffslustig die Arme vor der Brust.

»Ich hatte keine Wahl, Deern. Die Freda war schon letzten Sommer nicht mehr bei der Sache. Hat ständig vergessen, Ware nachzubestellen, war mürrisch zu den Urlaubern. Und das Häuschen ist mehr und mehr verfallen. Haste ja selbst gesehen. Meine Gäste haben sich immer wieder bei mir beklagt. Da habe ich halt selbst einen Kiosk aufgemacht.«

»Du hast Freda in den Ruin getrieben!«, schrie Sophie, die sich schlagartig nüchtern fühlte.

»Nee, dat hat se schon selbst erledigt. Ich habe bloß versucht, meine Gäste zu halten. Die finden nämlich überall auf Langeoog einen Strandkorb, wennse wollen, und dazu alle Läden und Buden. Außerdem …«

»Was?

»Na ja, die Torrioni-Brüder haben auch ihren Teil dazu beigetragen.«

»Ich verstehe nicht«, erwiderte Sophie, plötzlich wieder verwirrt und kleinlaut.

»Dann muss ich dir das wohl in allen Einzelheiten erklären …«

8. Kapitel

Der Monat Juli brachte dem Norden Deutschlands bestes Sommerwetter. Manch einer stöhnte über die ungewöhnliche Hitze, aber wer das Glück hatte, in Meeresnähe zu sein, der genoss an strahlenden Tagen die warme Sonne und in lauen Nächten den Blick auf den gar nicht so kühlen Mond und die besonders hell glitzernden Sterne. Auf Langeoog beschwerte sich niemand über die Temperaturen. Am hohen blauen Himmel waren nur von Zeit zu Zeit ein paar freundliche Schäfchenwolken zu sehen, keine Gewitterfront verhagelte den Gästen ihre kostbaren Urlaubstage, und die Einheimischen freuten sich über ein Bombengeschäft.

Na ja, nicht alle, dachte Sophie und versuchte, sich ein paar Sorgenfalten aus der Stirn zu wischen. Es gelang ihr nicht. Sie fühlte sich, als sei sie nicht nur einen Monat, sondern mindestens ein Jahr älter geworden. So viel war auf sie eingestürzt, seit sie nach Langeoog zu ihrer Tante Freda gekommen war, um ein neues Leben zu beginnen. Ein Leben als stolze Besitzerin eines Eiscafés direkt am Strand hatte sie sich vorgestellt, als sie damals hier angekommen war, im Gepäck einen großen Liebeskummer und eine fast ebenso große, alte Eismaschine.

Sophie seufzte schwer und ließ sich auf das rote Mäuerchen am Denkmal für Lale Andersen sinken. Sie hatte einen Strandspaziergang unternommen, um endlich den Kopf freizukriegen, aber obwohl sie eine beachtliche Strecke zu Fuß zurückgelegt hatte, war sie innerlich kein Stück weitergekommen.

Nun hockte sie am späten Nachmittag hier wie ein Häufchen Elend und sah zum Wasserturm hinauf, als könnte der ihr helfen.

»Du stehst da seit mehr als hundert Jahren«, flüsterte sie. »Also musst du wissen, wie es geht, dass man auf der Insel bleiben kann.«

Denn das war das Einzige, was Sophie sicher wusste: Sie wollte nicht mehr fort. Obwohl sie es schwer hatte, obwohl alles sich gegen sie wandte – ihr Platz war hier auf Langeoog, nicht mehr in Frankfurt. Wenn sie über die manchmal spiegelglatte Oberfläche des Meeres schaute, fühlte sie sich ruhig, wenn die Nordsee hohe Wellen an den Strand warf, spürte sie eine neue Kraft, die sie vorher nicht an sich gekannt hatte, und wenn es in Strömen regnete, war es, als wollte der Himmel sie reinwaschen von allen Sorgen. Okay, geregnet hatte es seit zwei Wochen nicht mehr, aber sie wusste genau, wie gut es tat.

So hatte sie in Frankfurt nie empfunden, und sie dachte gar nicht daran, dieses herrliche Gefühl aufzugeben.

Ihr Blick ging wieder zum Turm. Weiß gestrichen mit rotem Dach, einem achteckigen Sockel und einem breiteren oberen Wassertank mit kleinen angedeuteten Fenstern, das war das Wahrzeichen Langeoogs. Obenauf befand sich noch ein kleines, begehbares Dachgeschoss mit Aussichtsfenstern, das ebenfalls mit roten Dachpfannen gedeckt war. Der Turm stand markant auf der Kaapdüne am seeseitigen Ende der Hauptstraße. Das Original wurde 1909 fertiggestellt, nachdem zwei Jahre zuvor eine schwere Sturmflut die meisten Hausbrunnen der Insel versalzen hatte. Er fasste rund hundert Kubikmeter Wasser und half damals sowohl Insulanern wie auch den immer zahlreicher kommenden Badegästen dabei, die trockenen Sommermonate zu überstehen.

Sophie war schon als Kind nach oben gestiegen, hatte übers Meer und auf die Nachbarinseln geschaut, und einmal, an einem besonders klaren Tag, hatte sie in weiter Ferne sogar Helgoland erspäht. Heute zog sie nichts hinauf, denn sie bemerkte, wie die Besucher sich am Eingang drängten, und blieb lieber, wo sie war. Hier neben Lale Andersen, die, wie konnte es anders sein, an einer Laterne lehnte.

»Und du?«, raunte Sophie der Bronzestatue zu. »Hast du es auch so schwer gehabt?«

Im nächsten Moment schämte sie sich schrecklich. Lale Andersen war Jahrgang 1905 gewesen. Sie hatte zwei Kriege miterlebt und war von den Nazis mit einem Auftrittsverbot belegt worden, weil ihr Soldatenlied »Lili Marleen« in all seiner Melancholie auf beiden Seiten der Front geliebt wurde. Diese Frau hatte große, schwere Kämpfe ausgetragen, während sie selbst, Sophie, nur um ihr Geschäft bangen musste.

Nun gut, um ihr Geschäft und um ihr Herz. Letzteres war nämlich auf dem besten Weg, wieder einmal verloren zu gehen. Wegen …

Ein kräftiges Schnauben in ihrem Nacken ließ sie zusammenfahren. Dann drehte sie sich um und musste herzlich lachen. »An dich habe ich gerade gedacht.«

»Wow!«, rief ihre Freundin Annabel vom Rücken ihres Ponys aus. »Ich fühle mich geehrt.«

»Ich meinte nicht dich, sondern Ricky«, erklärte Sophie, stand auf und strich dem Pony über das samtweiche Maul. »Beziehungsweise an den Mann, nach dem er benannt ist.« Sie hatte Ricky an der kleinen Blesse auf der Stirn erkannt, sein Pferdekumpel Matty war durchgehend fuchsfarben.

Annabel ließ sich aus dem Sattel gleiten, kam zu Sophie, legte den Kopf schräg und sah sie an. Sie musste dabei zu ihr hochsehen, denn kaum jemand war so groß wie Sophie, aber sie schaffte es trotzdem, streng und selbstsicher dreinzublicken.

»Schlag dir Riccardo endlich aus dem Kopf!«

Gemeint war Riccardo Torrioni, der bestaussehendste Italiener auf der ganzen Welt und berüchtigter Inselcasanova. Er und sein Bruder Matteo hatten bis vor Kurzem zusammen die Eisdiele *Dolomiti* betrieben, bis sich Matteo mit einem zweiten Geschäft selbstständig gemacht hatte, an das Sophie jetzt lieber nicht denken wollte.

»Wenn das so einfach wäre«, sagte sie zu ihrer rothaarigen Freundin. Annabel hatte früher den Spitznamen Pünktchen getragen, wegen ihrer vielen Sommersprossen. Sophie selbst war blond, ganz der nordische Typ.

Nun lächelte Annabel und nahm ihre Freundin kurz in den Arm. Sie wusste um Sophies Eigenart, Menschen zu umarmen, und kam ihr zuvor, wahrscheinlich, um ihre kritischen Worte abzuschwächen. Dann machte sie einen halben Schritt zurück.

»Vielleicht hilft es dir ja, wenn du mit dem Wasserturm und der Statue sabbelst, aber ich habe da so meine Zweifel.«

Sophie spürte, wie sie rot wurde. »Wie lange bist du schon hier?«

»Lange genug. Und Ricky trägt keine Hufeisen, deshalb konnten wir uns anschleichen. Er hat auch keinen Ton von sich gegeben, bis er dir in den Nacken geprustet hat.«

»Hinterhältiger Spion«, sagte Sophie böse zu dem Pony, das jedoch völlig unbeeindruckt an ihrer Jeanstasche knabberte. Ricky wusste, wo er zu suchen hatte. Lachend fischte Sophie ein Stück altes Brot heraus und hielt es dem kleinen Fuchswallach mit der flachen Hand hin.

Annabel, Francesca und die Ponys waren für Sophie in den vergangenen Wochen eine Art Zuflucht geworden. Wann immer ihr alles über den Kopf gewachsen war, hatte sie sich auf ein altes Fahrrad von Freda geschwungen und war quer durch den Ort bis zum Rand des Inselwäldchens gefahren. Dort betrieb Annabel den kleinen Reitstall mit insgesamt sechs Ponys, einem Übungsplatz und zwei Kutschen. Er hieß schlicht *Kallis Peerstall*, und Sophies Freundin war nie auf die Idee gekommen, ihn umzubenennen. Mit den größeren Betrieben auf der Insel konnte er nicht mithalten, aber es hatte sich herumgesprochen, dass Annabel ein besonderes Händchen im Umgang mit Kindern hatte. Außerdem hielt sie die Preise niedrig. So konnte sie mit ihrer Tochter recht gut von den Einnahmen leben. Wann immer Sophie dorthin kam, wurde gerade irgendein Spiel veranstaltet: eine Schnitzeljagd auf dem Ponyrücken im Inselwäldchen, eine Orientierungsfahrt mit den beiden Kutschen oder auch eine Dressurprüfung für Anfänger. Dann hob sich jedes Mal Sophies Laune, und sie machte eine Weile mit, bevor sie zurück zu ihrem Kiosk, ihren Pflichten und ihren Problemen radelte.

»Wolltest du mir nicht nachher noch beim Aufbau der Hindernisse helfen?«, fragte Annabel jetzt. »Wieso vertrödelst du hier deine Zeit?«

Schuldbewusst hockte sich Sophie wieder auf das Mäuerchen. Ein kleines Springturnier stand an, und sie hatte ihre Hilfe zugesagt.

»Ich musste dringend mal raus, und Freda sagte, sie schafft es im Kiosk gerade allein. Da bin ich einfach losgelaufen.«

»Verstehe.« Annabel setzte sich neben sie und ließ Ricky am langen Zügel etwas Gras rupfen.

»Ist was Besonderes los?«

Sophie seufzte. Wenn sie Annabel nicht hätte! Ihre Spielkameradin aus Kindertagen war der einzige Mensch, dem sie regelmäßig ihr Herz ausschütten konnte. Die Freundinnen in Frankfurt, besonders Jana, hörten ihr zwar stets geduldig zu, verstanden aber nicht genau, was da oben auf dieser Nordseeinsel Seltsames passierte.

»Nichts. Das ist es ja! Die Leute rennen Pauline die Bude ein, aber zu uns kommt fast niemand. Nur irgendwelche alte Leutchen, die bei Freda schon seit vierzig Jahren kaufen. Und die nehmen dann höchstens eine Flasche Wasser oder Pfefferminzbonbons.«

Annabel ließ sich davon nicht beeindrucken. »Wann willst du denn endlich damit anfangen, Kuchen zu backen?«

Eine häufig gestellte Frage, die Sophie nicht zu beantworten wusste. Es fehlte an Geld, um die Bäckerei wieder in Schwung zu bringen, sogar an den nötigen Mitteln, um die Zutaten in angemessenen Mengen einzukaufen. Also zuckte sie nur mit den Schultern.

Annabel kratzte am Ende des Zügels herum. »Aber deine Kekse waren der Renner.«

Sophie nickte. Am vergangenen Wochenende hatte sie die für Langeoog typischen Mandel-Sanddorn-Kekse aus Mürbeteig gebacken. Die Gäste hatten sie ihr regelrecht aus der Hand gerissen.

»Aber ich musste in Tante Fredas Küche arbeiten, und mehr als sechs Bleche habe ich nicht geschafft. Das lohnt nicht.«

»Die Kinder waren enttäuscht. Du hattest ihnen eine große Tüte Kekse versprochen, und am Ende bekamen sie nur ein paar zerbrochene Reste.«

»Tut mir leid.« Sophie seufzte traurig.

»Ach was.« Annabel lachte. »Mach dir deswegen man

keinen Kopp. Ich finde nur, du solltest damit weitermachen. Es gibt ja gute Bäckereien und Cafés auf Langeoog, aber da oben am Nordstrand hättest du bestimmt eine ganze Menge Kunden.«

»Aber wie? Ich bräuchte mindestens einen neuen professionellen Backofen, und der allein kostet schon einige Tausend Euro.«

»Bist du sicher, dass es der alte nicht mehr tut?«

»Keine Ahnung, aber er sieht nicht besonders vertrauenswürdig aus.«

»Du könntest die Eismaschine verkaufen oder eintauschen.«

»Nein!« Obwohl das Monstrum noch immer ungenutzt im Schuppen bei Tante und Onkel stand, brachte Sophie es nicht übers Herz, sich davon zu trennen. Es war das Einzige, was ihr von Angelo blieb. Zwar stellte sie fest, dass sie immer seltener an ihren Ex-Freund dachte, aber diese Eismaschine war das einzige Bindeglied zu einer Zeit in ihrem Leben, in der sie mal sehr glücklich gewesen war.

»Ich werde sie vielleicht noch brauchen«, erklärte sie und hörte selbst, wie lahm die Ausrede klang.

Annabel erwiderte nichts, schaute sie nur skeptisch von der Seite an.

»Weil du davon ausgehst, besseres Eis als Matteo zu machen?«

»Grmpf!«, stieß Sophie aus, sprang hoch und verpasste der Laterne einen Fußtritt. Die war jedoch auch aus Bronze, und ein scharfer Schmerz schoss durch ihren großen Zeh.

»Auauauau«, jammerte sie und hüpfte auf einem Bein hin und her.

Ein paar Touristen blieben feixend stehen, Ricky glotzte sie mit dem Maul voller Gräser und Blätter an, Annabel lachte bloß. »Dann tritt doch lieber Matteo, der ist nicht ganz so hart.«

»Gute Idee.« Sophie setzte sich wieder, rieb sich den schmerzenden Zeh. »Dieser elende Verräter!«

»Wieso Verräter?«

»Na, er hat mir schon bei unserer ersten Begegnung schöne Augen gemacht, hat mir auf der Insel seine Hilfe angeboten und mich sogar vor dem Sturm gerettet. Nur um dann seinen blöden Eiswagen direkt neben den Kiosk zu pflanzen.« Das war der zweite große Schock am Tag ihrer Ankunft gewesen. Nicht nur, dass die Strandkorbvermieterin Pauline Fischer ein Büdchen betrieb, in dem ihre Gäste von Süßigkeiten bis zu kalten Getränken alles Wichtige kaufen konnten, nein! Es war noch viel schlimmer geworden: Auf der anderen Seite des Häuschens, in dem sich Tante Fredas Kiosk befand, hatte ein wunderschöner, nostalgischer Eiswagen gestanden, einer mit fröhlicher Markise, bunten Wimpeln, hohen Rädern und glänzenden, silbern leuchtenden Hauben über den Eisbehältern. Einer, der in jedem Menschen die schönsten Kindheitserinnerungen weckte – an heiße Tage in der Stadt, am See, im Park oder am Meer, wenn endlich der Eismann kam, seine Glocke bimmeln ließ und fröhlich sein »Gelati!« rief.

Klar, dass Tante Freda auf ihren abgepackten Eissorten sitzenblieb.

»Da kriegst du aber die Reihenfolge durcheinander«, sagte Annabel sanft. »Matteo war zuerst da.«

»Das stimmt doch gar nicht! Zuallererst war da Tante Fredas Kiosk. Und dann hat es dieser Italiener gewagt, ausgerechnet dort seinen blöden Wagen hinzustellen.«

»Er hat doch versucht, es dir zu erklären.« Annabel neigte dazu, Matteo bei jeder Gelegenheit zu verteidigen. Sosehr Sophie die Freundin schätzte, so wenig mochte sie dieses Verhalten. Von ihrem bösen Blick ließ sich Annabel jedoch nicht beirren. »Es war einer der wenigen Plätze, an denen die Pacht für den Stellplatz noch erschwinglich war. Für ihn war es am Anfang auch nicht leicht. Aber er wollte unbedingt etwas Eigenes aufziehen.«

»Dann hätte er einen anderen billigen Platz wählen können.«

Annabel ließ den Einwand nicht gelten. »Schon vergessen? Er hat Freda sogar gefragt, und sie hatte nichts dagegen.«

»Weil sie da bereits nicht mehr zurechnungsfähig war. Im Geiste weilt sie doch schon seit letztem Sommer auf Capri.« Ihre Wut wurde immer größer, aber sie hütete sich davor, noch einmal irgendwo gegenzutreten. Das Pochen in ihrem großen Zeh ließ nur langsam nach.

»Nein«, korrigierte Annabel sie mit einem leicht ungeduldigen Unterton in der Stimme. Sie hatten dieses Gespräch schon des Öfteren geführt, und so langsam war sie es offensichtlich leid. »Freda hat gedacht, so ein schicker Eiswagen könnte auch ihr eigenes Geschäft beleben. Bloß hat sie irgendwie nicht mehr mitgezogen. Der Kiosk blieb immer öfter geschlossen, und so haben Pauline auf der einen und Matteo auf der anderen Seite den ganzen Umsatz gemacht.«

Sophie wusste das alles nur zu gut, trotzdem hegte und pflegte sie ihren Zorn auf Matteo. Mit fast ebenso viel Kraft bemühte sie sich um Gleichgültigkeit seinem Bruder gegenüber. Leider war Verliebtheit oder zumindest starke Anziehungskraft noch viel schwerer zu zügeln. Zurzeit wusste sie nie so recht, was sie eigentlich empfand. Bei Matteo verspürte sie auch so etwas wie Eifersucht auf die schöne Apothekerin, die sich manchmal bei ihm ein Eis holte. Sie war davon überzeugt, dass es zwischen den beiden gefunkt hatte. Annabel lachte, als Sophie ihren Gedanken laut ausgesprochen hatte. »Quatsch. Die beiden verstehen sich gut, sind aber kein Liebespaar. Gina ist mit einem Insulaner verheiratet.«

Sophie fragte sich, ob sie erleichtert sein sollte. Sie kam zu keinem Ergebnis.

»Ich wünschte, ich wäre den Torrionis nie begegnet!«, stieß sie aus.

»Vergiss nicht, sie sind meine Freunde.«

»Ach, alle beide?«

Annabel schaute weg. Wie üblich. Sie war bisher nicht bereit gewesen, mehr über ihr Verhältnis zu Riccardo und Matteo zu verraten. Nur dass Matteo ihr in ihren Anfängen auf der Insel sehr geholfen hatte, das wusste Sophie. Dagegen hatte sie für ihren Verdacht, Francesca könnte Riccardos Tochter sein, bisher weder eine Bestätigung noch eine klare Verneinung erhalten.

Äußerlich kam das Kind ganz nach ihrer Mutter, es war überhaupt keine Ähnlichkeit mit den Torrionis zu erkennen.

»Ich wünsche sie trotzdem zum Teufel!«, schimpfte Sophie weiter. Heute war ein besonders frustrierender Tag, und sie wollte ausnahmsweise mal keine Rücksicht auf die Freundin nehmen. »Oder dahin, wo der Pfeffer wächst! Oder weit raus ins Wattenmeer!«

Annabel kicherte. »Zwei arme ausgesetzte Italiener draußen im Schlick.«

Auch Sophie musste grinsen. »Ein hübsches Bild. Und den Eiswagen können sie gleich mitnehmen.« Sie stutzte, als ihr eine ganz und gar verrückte Idee kam.

»Sag mal, deine Ponys sind doch ziemlich stark, oder?«

Annabel riss die Augen auf. »Denk nicht mal dran, Sophie!« Sie erhob sich, zog Ricky heran und schwang sich wieder in den Sattel.

»Du gehst jetzt zurück und löst deine Probleme wie eine vernünftige, erwachsene Frau«, sagte sie, während sie die Zügel verkürzte. »Und du redest nicht mehr mit dem Wasserturm und der Statue. Versprich mir das, sonst muss ich mir ernsthaft Sorgen machen.«

»Okay«, erwiderte Sophie. »Ich werde es versuchen. Bis nachher!«

Annabel lächelte und ritt langsam in Richtung Inselwäldchen davon. Sophie machte sich leicht humpelnd auf in die entgegengesetzte Richtung. Sie vermied den Ort, um bloß keinem ihrer Widersacher zu begegnen, und lief an den Dünen entlang. Nur ganz langsam spürte sie, wie sie ruhiger wurde. Tief atmete sie ein und aus. Der leichte Wind zerzauste ihre Haare, die Sonne wärmte sie, das Salz legte sich auf ihren Lippen ab. Tief in ihrem Herzen wusste Sophie, sie tat Matteo unrecht. Aber mit dem Herzen war das so eine Sache. Es benahm sich selten so, wie sie es gern hätte.

9. Kapitel

Weit war Sophie nicht gekommen, als ihr Handy klingelte. Ein Shantychor sang: »An der Nordseeküste, am plattdeutschen Strand …« Ja, sie hatte ihren Klingelton der neuen Heimat angepasst. Mehr hatte sie gegen die italienischen Verwicklungen in ihrem Leben allerdings bisher nicht unternehmen können.

»Papa«, sagte sie, als sie den Anruf annahm. »Geht es dir gut?«

Bernhard Barensen ließ die Frage unbeantwortet, stattdessen legte er sofort los: »Wieso meldest du dich so selten? Du hattest versprochen, mir regelmäßig zu erzählen, wie es dir auf Langeoog bei Freda und Hinnerk geht.«

»Entschuldige«, erwiderte Sophie, plötzlich zerknirscht. »Hier war ziemlich viel los.«

»Das interessiert mich nicht. Und nur, dass du es weißt: Ich komme nach Langeoog.«

»Wie bitte …?« Ihr überbesorgter Vater war ungefähr der letzte Mensch, den sie jetzt gebrauchen konnte. Zudem hatte sie ihn ganz bewusst so gut wie nie angerufen. Sophie konnte nicht gut lügen, und ihr Vater hätte schnell gemerkt, dass in ihrem neuen Leben so einiges nicht in Ordnung war. Mochte sie auch auf die vierzig zugehen, Bernhard Barensen benahm sich wie eine Glucke, seit Sophies Mutter Juanita die Familie verlassen hatte und zurück auf ihre Heimatinsel Ibiza gezogen war.

»Papa, das ist wirklich nicht nötig«, sagte sie schnell. »Hier läuft alles recht gut. Natürlich gibt es ein paar Anfangsschwierigkeiten, aber …« Sie bemerkte selbst, wie unglaubwürdig sie klang, und brach ab.

»Davon will ich nichts hören. Ich werde mir ein Bild von der Lage verschaffen. Du kannst mich morgen um elf Uhr am Fähranleger abholen.«

»Morgen Vormittag? Aber …« Dann begriff sie. »Du bist schon unterwegs.«

»Ganz recht. Ich lege gerade eine Pause ein und werde am Abend in Bensersiel sein.«

Sophie wollte etwas sagen, ihn anflehen, wieder umzukehren, aber da hatte er das Gespräch schon unterbrochen.

Das kann ja lustig werden, dachte sie voller böser Ahnungen.

Sie erreichte das Haus ihres Onkels Hinnerk und überlegte noch, wie sie ihm und Freda die Neuigkeit beibringen sollte. Beide würden wahrscheinlich auch nicht begeistert sein. Sie hatten derzeit selbst genug Probleme, und ein kritischer Bruder und Schwager käme ihnen ungelegen. Erst als Sophie bereits die Gartenpforte geöffnet hatte, merkte sie, dass etwas nicht stimmte, denn ihr Onkel Hinnerk kam auf sie zugestürmt. Die Schiffermütze saß schief auf seinem Kopf, sein Hemd war aus der Hose gerutscht und wehte um seinen knochigen, langen Körper.

»Sie ist fort!«, rief er aufgelöst.

Sophie machte zur Sicherheit einen Schritt zurück, aber ihr Onkel bremste kurz vor ihr ab. »Wo ist sie?«

»Wer?«, fragte Sophie, obwohl sie es schon ahnte.

»Deine Tante! Meine Frau! Freda!«

»Ist sie denn nicht im Kiosk?«

»Nein! Der ist zu. Pauline hat gesagt, sie ist da weg, gleich nachdem sie dich heimgeschickt hatte.«

»Oh …« Auf einmal wurde ihr bewusst, was sie verdrängt hatte. Freda war seltsam gewesen, als sie Sophie schon ganz früh am Morgen fortgescheucht hatte. Anders als sonst. Ganz ruhig, irgendwie nach innen gekehrt. Den ganzen Juni lang hatte Sophie ihre Tante nervös erlebt, unzufrieden, ständig auf ihren Mann schimpfend, der sich von Langeoog nicht wegbewegen wollte – weil er lieber die Vögel beobachtete, als die Welt zu sehen, und es vorzog, seine Ruhe zu haben, als noch einmal etwas zu erleben. Und sie hatte von Capri geschwärmt, von der Insel im Mittelmeer, die sie unbedingt besuchen wollte.

Heute jedoch hatte sie keinen Ton gesagt, sondern war nur stillschweigend ihrer Arbeit nachgegangen, die hauptsächlich darin bestanden hatte, Schokolade von einem Regal ins andere zu räumen und dann auf den Strand zu schauen, weil keine Kunden kamen.

»Zu mir hat sie nur gemeint, ich könne mir freinehmen,

weil nicht viel los sei«, erklärte sie und schaute auf das zweistöckige Backsteinhaus, halb in der Hoffnung, ihre Tante würde sich gleich an einem der Fenster zeigen. Was nicht geschah.

»Sie ist also nicht bei dir«, stellte Hinnerk unnötigerweise fest und stieß den Atem aus. Es klang wie ein Röcheln.

»Nein.« Sie trat vor, um ihn aufzufangen, weil er auf einmal schwankte, aber dann stand er ganz still, sah zum Himmel hoch, auf dem jetzt größere Wolken nach Süden zogen, und kniff ein paar Mal die Augen zusammen, als müsste er Tränen wegblinzeln. Sophie hoffte, er sei nur vom hellen Nachmittagslicht geblendet. Ein Onkel Hinnerk, der seine Gefühle offen zeigte, war ihr unheimlich. Der ehemalige Bankdirektor war ein rationaler Mann, den so leicht nichts aus der Ruhe bringen konnte.

»Dann hat sie die Fähre genommen. Ich habe schon all unsere Bekannten angerufen. Seit zwei Stunden hat sie niemand mehr auf der Insel gesehen.«

Nun ließ er die Schultern herabsacken, drehte sich um und schlurfte zurück zum Haus.

Sophie folgte ihm. Er ging direkt in die Stube, die mit alten, schweren Möbeln eingerichtet war. Die Sessel mit hohen Lehnen, das mit dunklem Samt bezogene Sofa, die Beistelltischchen aus Kirschbaumholz und der antike Kronleuchter – all das war nicht nach Sophies eigenem Geschmack, und doch hatte sie sich hier schon immer heimisch gefühlt.

Hinnerk sank in seinen Lieblingssessel am Fenster. Dort

konnte er stundenlang sitzen, rausschauen und jeden vorbeifliegenden Vogel kommentieren.

Sophie hockte sich auf eine Armlehne. Ihr Onkel war kein Mann, der körperliche Nähe suchte, aber im Augenblick hatte sie das Gefühl, er brauchte sie.

»Glaubst du …«, begann er, räusperte sich kräftig, setzte noch einmal an: »Glaubst du, sie hat es wahrgemacht?«

Sophie dachte an die vielen Male, an denen Freda ihren Mann nur auf die Folter gespannt hatte. Nur zu gern hatte sie Hinnerk glauben lassen, sie sei abgereist, dabei hatte sie bloß ihr Handy ausgestellt und war für einen Tag aufs Festland gefahren oder hatte bei einer Freundin auf der Insel übernachtet. Aber diesmal, das spürte Sophie, war es anders.

»Ja«, sagte sie sanft. »Ich glaube, sie ist wirklich aufgebrochen.«

Ihr Onkel saß ruhig da, aber Sophie spürte, wie sein Körper sich anspannte. Ganz so, als müsse er bereit sein, jederzeit aufzuspringen, um seine Freda zurückzuholen.

»Nach Capri?«, hakte er nach.

»Mhm.«

Hinnerk ballte die Hände zu Fäusten. »Aber warum nur? Was hat diese verdammte Insel da unten, was Langeoog nicht hat?«

»Das Unbekannte«, versuchte Sophie zu erklären.

Hinnerk schaute bloß ratlos zu ihr auf.

»Das Unbekannte«, wiederholte er leise. »Und was soll daran so anziehend sein? Wichtig ist im Leben, dass man weiß, wo sein Platz ist.«

Und genau in diesem Punkt, dachte Sophie, gehen die Meinungen von Onkel und Tante weit auseinander.

»Sie hat mal ein Buch gelesen«, fuhr sie fort. »Von einem schwedischen Arzt namens Axel Munthe, der vor mehr als hundert Jahren dort ein Haus gebaut hat. Ich glaube, heute ist die Villa ein Kunstmuseum.«

»Ich weiß«, knurrte Hinnerk. »Ich war schon drauf und dran, das verdammte Buch im nächsten Priel zu versenken.«

Sophie unterdrückte ein Kichern. Sie konnte sich ihren Onkel bei keinerlei rabiaten Handlungen vorstellen.

»Wenn ich bloß wüsste«, sinnierte Hinnerk halblaut, »was ihr eigentlich hier fehlt. Wir haben doch alles, um uns ein schönes Leben zu machen. Gut, der Kiosk wirft keinen Gewinn mehr ab, aber wir sind doch auch nicht darauf angewiesen. Meine Pension ist mehr als ausreichend, und ich habe jahrelang umsichtig an der Börse investiert. Wir haben keine Sorgen.«

»Ich denke«, sagte Sophie vorsichtig, »es geht ihr nicht ums Geld.«

Das schien ihn nun vollkommen zu irritieren. »Aber worum denn dann?«

Sie seufzte. Wie sollte sie diesem liebenswerten, ruhigen Mann erklären, dass seine Frau sich noch etwas anderes erhoffte als ein beschauliches Dasein? War Sophie dafür überhaupt die richtige Ansprechpartnerin? Ihr eigenes Leben war so durcheinander, dass sie selbst kaum noch wusste, was sie eigentlich wollte. Daher schwieg Sophie ziemlich lange, und auch Hinnerk sagte nichts mehr.

Draußen fiel die Dämmerung sanft auf die Insel und hüllte die Welt in Zwielicht. Erst als der Himmel schon fast dunkel war, sprach ihr Onkel wieder.

»Meine Frau hat mich verlassen.«

»Nein, Hinnerk. So darfst du das nicht sehen.«

»Wie sonst?«

»Sie ist mal ausgebrochen. Sie macht eine Reise.«

»Eine ziemlich weite Reise.«

»Es hätte schlimmer kommen können.«

»Inwiefern?«

»Sie hätte ein Buch über Hawaii oder Papua-Neuguinea entdecken können.«

»Papua-Neuguinea«, wiederholte Hinnerk und stieß einen seltsamen Laut aus. Es dauerte einen Moment, bis Sophie begriff, dass er lachte. Sie stimmte mit ein, vorsichtig, unterdrückt, so wie er es tat.

»Danke«, sagte er schließlich. »Du machst es mir etwas leichter. Sie will wahrscheinlich einfach mal etwas anderes von der Welt sehen. Glaubst du, sie kommt bald wieder?«

»Ich ... hoffe es.« Sie war sich keineswegs sicher. Mochte Hinnerk Trost im Gedanken finden, seine Frau sei bloß zu einer Urlaubsreise aufgebrochen, Sophie fürchtete, Freda könnte wesentlich größere Pläne haben. Obwohl sie zu ihm gerade noch etwas ganz anderes gesagt hatte.

»Du gehst doch nicht auch weg, oder?«, fragte Hinnerk mit einem leichten Zittern in der Stimme.

»Aber nein«, versprach sie, obwohl sie schon seit dem Tag ihrer Ankunft von einer eigenen Wohnung träumte. Auf Dauer wollte sie nicht bei Tante und Onkel wohnen, sie war schließlich keine zwölf mehr. Gern hätte sie wieder ein Privatleben, ein Liebesleben gehabt. Prompt sah sie bei diesem Gedanken Riccardo vor sich: groß, mit braunem Wuschelhaar und schwarz blitzenden Augen, das markante Kinn leicht erhoben, die vollen Lippen zu einem verführerischen Lächeln verzogen. Oder auch zu einem spöttischen Grinsen – sie war sich da nie so ganz sicher. Ein schmerzhaftes Ziehen in der Herzgegend ließ sie aufspringen.

»Was hast du denn?«, fragte Hinnerk.

»Ach, nichts. Alles gut.« Wie hätte sie ihm sagen sollen, dass sie sich ausgerechnet in den Inselcasanova verknallt hatte? Dass sie ständig davon träumte, ihn zu küssen, ihn zu berühren … na ja, und so weiter. Ihr Onkel hätte das nicht verstanden. Er gehörte zu der seltenen Spezies Mensch, die immer nur ein und dieselbe Person geliebt hatte.

Sophie warf ihm einen zärtlichen Blick zu. Am liebsten hätte sie ihn jetzt umarmt, aber sie wusste ja, dass er das nicht mochte. Ihre Angewohnheit, Menschen an sich zu drücken, war auf Langeoog fast zum Erliegen gekommen, denn außer Annabel und Francesca ließ sich niemand von ihr drücken. Das fiel ihr wirklich schwer. Ihren Vater hatte sie früher immer umklammern dürfen. Ach, und ihr Vater war auch so ein Mann, der immer nur die eine Frau geliebt hatte – Sophie hatte ihn jedenfalls nie mit einer anderen Partnerin erlebt, in mehr als dreißig Jahren nicht, seit ihn Juanita verlassen hatte. Schon seltsam, wie ähnlich sich Fredas Bruder und ihr Mann waren.

Schlagartig fiel ihr die Neuigkeit ein, mit der sie noch

gar nicht hatte herausrücken können: »Papa ist auf dem Weg hierher! Morgen um elf hole ich ihn ab.«

Hinnerk riss ruckartig den Kopf zu ihr herum. Er hatte wieder aus dem Fenster geschaut, aber nun war sein Blick scharf auf Sophie gerichtet.

»Dein Vater kommt nach Langeoog?«

»Ja.«

»Das ist ein abgekartetes Spiel!«

Sie kam nicht ganz mit. »Wie meinst du das?«

»Ganz einfach: Die eine geht, um alleine Abenteuer zu erleben, der andere kommt, um mich von einer Verzweiflungstat abzuhalten.«

Sophie erschrak bis ins Mark. »Du meinst ... du würdest ... dir etwas antun?«

»Rede keinen Unsinn, Kind. Aber ich könnte beschließen, Freda nachzufahren.«

Seltsam, was manche Leute unter einer Verzweiflungstat verstanden.

»Und nun kommt Bernhard, um mich hier festzuhalten.«

»Ähm ... also ...«

Hinnerk war jetzt ganz außer sich. Er sprang auf und stapfte aufgeregt in der Stube hin und her. Sein Kopf schrammte dabei ständig knapp am Kronleuchter vorbei. »Oder sie treffen sich auf dem Festland und reisen dann gemeinsam weiter. Ja, genau, das ist es!«

»Hinnerk, bitte ...«

»Dein Vater war damals dagegen, dass Freda zu mir nach Langeoog zog. Nun hat er seine späte Rache!«

»Also, das geht jetzt zu weit! Papa ist kein nachtragender Despot. Außerdem weiß er gar nichts von Fredas Abreise.«

»Woher willst du das wissen?«

»Ich habe vorhin erst mit ihm telefoniert. Da wusste ich selbst noch nicht Bescheid, und er sagte, er wolle sich persönlich davon überzeugen, ob es mir bei euch auf Langeoog gut geht. Bei euch! Verstehst du?«

Hinnerk blieb stehen und runzelte die Stirn. »Es könnte immer noch eine Finte sein.«

»Jetzt hör aber auf!«

»Na gut. Ich rufe Bernhard an und bitte ihn, Freda abzufangen. Zur Not mit Gewalt! Und dann soll er sie morgen zurückbringen.«

»Schluss jetzt. Du wirst nichts dergleichen tun! Erwachsene Menschen benehmen sich nicht so!«

Da schien es plötzlich, als weiche alle Kraft aus ihrem Onkel, und er ließ sich zurück in seinen Sessel sinken. »Sie fehlt mir so«, flüsterte er.

Sophie schluckte. Großes Mitgefühl überflutete sie. Wenn jemand wie Hinnerk so etwas sagte, dann musste es wirklich schlimm um ihn stehen.

Weil ihr kein echter Trost einfiel, verkündete sie: »Ich mache uns jetzt erst mal Abendessen.« Sie versuchte, dabei so energisch wie ihre Tante zu klingen, und fügte hinzu: »Es ist Sonntag, deswegen gibt es Matjes mit Sahne, Zwiebeln und Bratkartoffeln.« Sophie hatte sich längst an Hinnerks Eigenart gewöhnt, an bestimmten Tagen der Woche nur bestimmte Gerichte zu essen. Im Gegensatz zu Freda, die sich über den ewig gleichen Trott aufregte, fand sie selbst diese Routine eher angenehm. Sie fand, man musste dadurch nicht so viel Zeit darauf verwenden, zu überlegen, was man kochen könnte. Außerdem gefiel es ihr, dass schon um halb sieben gegessen wurde.

Hinnerk warf ihr einen verschleierten Blick zu. »Matjes? Das ist mir egal. Ich habe keinen Hunger. Koch einfach, was du magst.«

Diese Bemerkung zeigte ihr, wie schlimm es wirklich um ihn stand, und Sophie hielt es auf einmal keine Sekunde länger im Haus aus.

»Was dagegen, wenn ich vorher einen kleinen Spaziergang mache?« Sie verriet ihm nicht, dass sie bereits den halben Nachmittag herumgelaufen war.

Er winkte müde ab. »Geh nur, Kind.«

Sie ahnte, er würde nach ihrer Rückkehr noch genauso sitzen, wie sie ihn nun verließ. Vielleicht mit dem Handy im Schoß, auf dem er alle halbe Stunde versuchte, seine Frau zu erreichen.

Sophie lief diesmal direkt in den Ort, und erst als sie in die Barkhausenstraße einbog, machte sie sich bewusst, wo sie hinwollte. Vor der Eisdiele *Dolomiti* blieb sie unschlüssig stehen. Nicht nur drinnen, auch draußen auf dem Bürgersteig herrschte Hochbetrieb, Riccardo hatte hier ein paar Tische und Stühle hingestellt. Jeder einzelne Platz war besetzt, doch die Gäste wirkten unzufrieden und riefen vereinzelt nach der Kellnerin. Sophie kannte sie flüchtig. Sie war ein unscheinbares Mädchen namens Lena, das sich hier im Sommer sein Studiengeld aufbesserte. Mehr Personal könne er sich nicht leisten, hatte Riccardo ihr einmal erklärt. Er müsse vorsichtig wirtschaften, denn im Winter mache die Eisdiele mehr Verluste als Gewinne, und er habe schon überlegt, in den kalten Monaten ganz zu schließen. Heute wirkte Lena vollkommen überfordert. Sie rannte zwischen den Tischen hin und her, schien aber die vielen Bestellungen durcheinanderzubringen. Drinnen ging es noch chaotischer zu. Riccardo stand mit hochrotem Kopf hinter der Eistheke und versuchte, gleichzeitig Bestellungen aufzunehmen, Eisportionen zu bereiten und die Kasse zu bedienen.

Kurz entschlossen trat Sophie ein und ging auf Riccardo zu. »Kann ich helfen?«

Er sah sie erstaunt an. »Mein Bruder, der Idiot, hat versprochen, heute hier zu sein«, sagte er dann. »Er wollte seinen blöden Eiswagen abschließen und schon vor einer Stunde da sein. Anscheinend rennen ihm die Leute aber auch die Bude ein.«

Über Matteo und sein gut laufendes Geschäft wollte Sophie jetzt lieber nicht nachdenken.

»Gibt's hier irgendwo noch eine Schürze?«, fragte sie daher nur.

»Eine Schürze?« Endlich begriff Riccardo und strahlte plötzlich über das ganze Gesicht. »Du bist ein Engel!« Einen Moment zögerte Sophie noch. Mein, Gott, dachte sie, worauf habe ich mich da eingelassen? Was würde sie tun, wenn einer der Gäste sie erkannte und dann per Inselfunk verbreitete, Freda Barensen sei wohl endgültig pleite, weil ihre Nichte einen anderen Job hatte? Aber dann schaute sie in Riccardos dunkle Augen und beschloss, dass es ihr egal war, was die Leute sagen würden. Sie schnappte sich Block und Bleistift, steuerte den ersten Tisch an und fragte: »Was darf es sein?«

Eine halbe Stunde später kam Ordnung in das Chaos, und auch draußen wurden die Gäste mit Cappuccino, Bananensplit und Erdbeerbecher versorgt. Es war bereits nach acht, als Riccardo und Sophie gemeinsam die Tische abwischten und den Boden fegten. Alle Gäste waren inzwischen nach Hause oder in ihre Ferienunterkünfte zum Abendessen gegangen. Die Kellnerin Lena hatte Riccardo heimgeschickt, sie war völlig fertig gewesen. Sophie hingegen fühlte sich so gut wie lange nicht mehr. Zum ersten Mal seit Wochen hatte sie das Gefühl gehabt, wirklich gebraucht zu werden.

10. Kapitel

»Das hat Spaß gemacht«, sagte Sophie.

»Und der Abend ist noch nicht vorbei«, erwiderte Riccardo. Sie blickte in Riccardos schwarze Augen und schluckte schwer. Sie standen sehr dicht voreinander im leeren Lokal. Der Abend war noch nicht vorbei, hatte er gesagt. Was meinte er damit? Hegte er etwa gewisse Absichten? Wollte er etwa … Nein! Oder doch?

Seit Wochen flirtete Riccardo mit ihr und ignorierte dabei gänzlich, dass sie mit seinem Bruder auf Kriegsfuß stand. Mehr noch: Die Tatsache, dass Matteo und Sophie einander befehdeten, schien ihn noch zusätzlich anzustacheln. Aber sie hatte das nie ernst genommen, schließlich konnte Riccardo aus einer ganzen Reihe wunderschöner Frauen wählen, die bergeweise Eis verputzten, nur um in seiner Nähe zu sein, und dabei auch noch auf magische Weise ihre perfekten Figuren behielten.

Es war überall bekannt auf Langeoog, dass die Eisdiele *Dolomiti* ihren Erfolg nicht nur der köstlichen

Eiscreme, sondern auch Riccardos Charme zu verdanken hatte.

Bin ich jetzt an der Reihe?, fragte sich Sophie mit bangem Herzen. In Windeseile machte sie gedanklich Inventur an sich selbst. Okay, heute früh hatte sie geduscht, seitdem aber war sie stramm marschiert und … ach Mist, sie trug natürlich nicht die wunderschönen Dessous, die sie sich noch vor ihrer Abreise in Frankfurt gekauft hatte. Sie war mit Jana in ein sündhaft teures italienisches Geschäft auf der Zeil gegangen, und die Freundin hatte darauf bestanden, dass Sophie sich für ihr Inselabenteuer das passende Rüstzeug zulegte.

»Ich habe ganz bestimmt nicht vor, mir einen neuen Freund zu angeln«, hatte Sophie protestiert.

»Das musst du auch nicht. Aber vielleicht gibt es ja einen knackigen Insulaner, mit dem du dich im Watt vergnügen willst«, hatte Jana erwidert und ein Nichts aus weißer Spitze hochgehalten.

Sophie war in haltloses Lachen ausgebrochen. »*Weiß* ist vielleicht nicht die richtige Farbe fürs Watt.«

Sie hatte sich schließlich für ein weinrotes Ensemble entschieden. Sehr sexy, sehr italienisch.

Tja, gerade lag es im Haus ihrer Tante tief in Sophies Wäschekommode vergraben. Für den täglichen Gebrauch war es nämlich eher untauglich, weshalb sie auch heute ziemlich langweilige Baumwollwäsche trug.

Also, nein, sie war nicht vorbereitet. Und wenn sie es recht bedachte, ging ihr das jetzt auch zu schnell. Hier mal ein Zwinkern, dort ein Lächeln, hin und wieder ein Streifen ihres Arms, das wie zufällig wirkte – weiter war Riccardo bisher nicht gegangen. Sollte er glauben, sie würde ihm jetzt willenlos um den Hals fallen, so hatte er sich gründlich geschnitten. Was bildete der sich eigentlich ein?

Sophie spürte gerechten Zorn in sich aufsteigen, ihr wurde so heiß, dass sie nicht mehr ganz sicher war, ob es sich bei diesem Gefühl wirklich nur um Wut handelte.

Langsam nahm sie ihre Schürze ab, faltete sie zusammen und legte sie auf die Eistheke. Riccardo rückte unauffällig ein winziges Stück näher heran.

Überrascht stellte sie fest, dass sie nicht mehr automatisch den Bauch einzog. Auf wundersame Weise waren in den vergangenen Wochen sowieso einige Kilos gepurzelt. Das neue Leben, dachte sie. Und die viele Bewegung. So sehr war sie mit den Gedanken an ihre Figur beschäftigt, dass sie erst nach einem Moment Riccardos Finger an ihrer Wange spürte. Schon wallte der Zorn wieder in ihr auf – oder was immer das war.

Bevor sie jedoch losschimpfen konnte, nahm Riccardo seine Hand wieder weg, leckte den Zeigefinger ab und sagte: »Eindeutig Erdbeereis.«

»Oh.« Verwirrt wischte sie sich über die Wange.

Er reichte ihr eine Serviette und sie rieb sich damit kräftig ab.

»Lass die Haut dran«, sagte er schmunzelnd – sie ahnte, er wusste genau, was in ihr vorging, und machte sich über sie lustig. Sie ließ die Hand sinken.

»Schokolade?«, fragte er.

»Wo?«

»Wie bitte?« Nun war es an ihm, verwirrt zu sein.

»Habe ich noch irgendwo einen Fleck?«, fügte sie erklärend hinzu.

»Nein, ich möchte dich zu einem Schokoladeneis einladen.«

»Ach so.« Zorn und das andere Gefühl fielen in sich zusammen wie eine von der Flut überspülte Sandburg.

Das hatte er gemeint. Kein erotisches Zwischenspiel, bloß ein Schokoladeneis.

»Gern«, sagte sie hilflos. Sie fühlte sich wie eine unsichere Dreizehnjährige, und das mit siebenunddreißig Jahren! Schlimm, fand Sophie. Ziemlich schlimm.

»Setz dich.« Er wies mit der Hand zu einem Ecktisch mit gemütlicher Polsterbank. »Ich werde dir was zaubern.«

Zaubern gern, überlegte sie. Aber bitte kein Eis.

Völlig erledigt von dem Hin und Her widerstreitender Gefühle nahm sie gehorsam Platz und sah zu, wie er hinter der Theke geschäftig mit einem hohen, gläsernen Eisbecher, mit Portionierer, Eiskugeln und Sahne hantierte.

»Vielleicht brauchst du doch zusätzliches Personal«, sagte sie, um Sachlichkeit bemüht.

»Kann ich mir nicht leisten, weißt du doch. So wie heute geht es hier selten zu. Ich habe schließlich auch einige Konkurrenten. Manchmal denke ich sogar daran, ganz aufzuhören.«

»Wirklich?«, fragte Sophie erstaunt.

Riccardo hob die Schultern. »Ich bin es leid, den ganzen Tag nur Eis zu servieren. Viel lieber möchte ich etwas tun, bei dem ich in der Natur bin.«

»Interessant«, murmelte Sophie, obwohl sie sich Riccardo an keinem anderen Ort vorstellen konnte.

Was er ihr schließlich vorsetzte, war eine Portion, die sie im Leben nicht schaffen konnte. Ganz unten in der Schale entdeckte Sophie eine Eiskugel, die fast so schwarz war wie Riccardos Augen. Die darüber war einen Hauch heller, und so ging es weiter, bis ganz oben eine Kugel aus weißer Schokolade mit Schlagsahne und Schokoraspeln das Meisterwerk abrundete.

»Ich habe auch ein Gläschen Nocino drangetan«, erklärte Riccardo. »Das ist ein Walnusslikör aus Kalabrien. Bin gespannt, wie du die Mischung findest.«

»Sieht lecker aus«, sagte sie ehrlichen Herzens. »Aber ich fürchte, ich kann mich nicht bis ganz unten durcharbeiten, selbst wenn ich bis morgen Zeit hätte.«

Riccardo lachte herzlich und zauberte einen zweiten langstieligen Löffel aus seiner Schürzentasche. »Ich helfe dir.«

Sophie hatte nicht gewusst, wie sinnlich es sein konnte, gemeinsam ein Eis zu essen. Sie und Riccardo waren tief über den Eisbecher gebeugt, ihre Gesichter berührten sich beinahe. Die Löffel klirrten manchmal leise aneinander, Riccardos volle Lippen schlossen sich um die cremige Substanz, und seine Zunge blitzte kurz hervor, um einen Klecks aus dem Mundwinkel zu lecken. Dem eigenen Mundwinkel, zum Glück. Andernfalls hätte Sophie für nichts mehr garantieren können.

Ein bisschen fühlte sie sich wie Susi im Film »Susi und Strolch«, als die beiden vierbeinigen Helden sich eine Portion Spaghetti mit Fleischbällchen teilten.

Sie schmolz förmlich dahin und bekam gar nicht so richtig mit, was sie da zu sich nahm – es hätte genauso gut ein Becher voller Muschelschalen sein können. Irgendwas knackte tatsächlich wie eine dünne Schale zwischen ihren Zähnen.

»Das sind die Stückchen Bitterschokolade«, erklärte Riccardo, als sie ihn danach fragte. »Ich fürchte, ich muss sie ein wenig weicher kriegen.«

Sophie hätte ihm gern erklärt, dass ihr das überhaupt nichts ausmachte. Auch dass sie eigentlich nur Vollmilchschokolade mochte, maximal Vollmilch-Nuss, verschwieg sie.

»Es ist sehr lecker«, nuschelte sie.

Ab wann genau Matteo vor dem Tisch gestanden und sie beide beobachtet hatte, wusste sie später nicht zu sagen.

Irgendwann spürte sie nur, dass die Atmosphäre sich verändert hatte, so, als hätte sich die vorher elektrisch aufgeladene Luft plötzlich in dichten, wabernden Seenebel verwandelt.

»Ist das dein Ernst?«, hörte sie plötzlich Matteos Stimme.

Kurz erschrak sie, bis sie merkte, dass er in diesem verurteilenden Tonfall mit seinem Bruder sprach.

»Du ziehst mit Sophie die Schokoeis-Nummer ab? Ausgerechnet mit ihr?«

Riccardo lachte nur, er war kein Stück verlegen. Sophie hingegen wünschte, sie könnte einfach unter den Tisch rutschen. Aber zwischen Bank und Kante war nicht genug Platz, flacher Bauch hin oder her.

Die »Schokoeis-Nummer«? War sie etwa kurz davor gewesen, auf die billigsten Verführungskünste des Inselcasanovas reinzufallen? Und was sollte das eigentlich heißen, ausgerechnet mit ihr? Wer war sie denn, die am meisten gehasste Bürgerin von Langeoog? Oder eine hässliche, glitschige Qualle?

Sie spürte, wie sie rot anlief, überlegte scharf und sagte: »Ich finde, die weiße Schokolade verbindet sich sehr leidenschaftlich mit den eher bitteren Geschmacksknospen.«

Sie schlug sich die Hand vor den Mund, und während beide Brüder sie anstarrten, versuchte sie es noch einmal: »Die weiße Schokolade geht eine sinnl… eine gute Verbindung mit den bitteren Geschmacksnoten ein.«

Uff!

»Ich gehe dann mal lieber.« Immerhin. An dem Satz war nichts Zweideutiges. Sie rutschte von der Bank, achtete darauf, keinen der Brüder zu berühren oder auch nur anzusehen, verließ die Eisdiele und marschierte nach Hause. Im Rücken spürte sie ihre Blicke. Riccardo schaute mit Sicherheit amüsiert, eventuell auch lüstern, Matteo wütend oder enttäuscht – ob von seinem Bruder oder von ihr, das wusste sie nicht so genau.

»Verdammt!«, stieß sie aus. »Verdammt! Verdammt! Verdammt!«

Ein alter Herr, der seinen Dackel Gassi führte, zuckte zusammen und verschwand dann schnell hinter einer Hausecke.

Super, dachte Sophie. Jetzt erschrecke ich schon Senioren. Sie presste die Lippen aufeinander, um bloß keine Flüche mehr auszustoßen, und lief weiter. Als sie den Ortsrand erreicht hatte, verlangsamte sie ihren Schritt. Hinnerk hatte genug eigene Sorgen, er musste nicht auch noch erleben, wie seine Nichte völlig aufgelöst und außer Atem heimkam.

Sie schaute hoch in den nun fast ganz dunklen Abendhimmel. Einzelne Wolken waren undeutlich zu erkennen. Sie rauschten an den Sternen vorbei wie Wellen auf dem Meer. Sophie blieb ganz stehen, legte den Kopf in den Nacken und beobachtete so lange das wundervolle Naturschauspiel, bis ihr Atem ruhiger ging und ihr Herz wieder gleichmäßig schlug.

Nach einer Weile hatte sie sich endlich so weit gefasst, dass sie selbst über den Zwischenfall schmunzeln konnte. Riccardo war tatsächlich der geborene Verführer. Und sie wäre ihm um ein Haar auf den Leim gegangen beziehungsweise auf die Eiscreme – trotz ungünstiger Unterwäsche und anderer Hindernisse. Sie war sich nicht ganz sicher, was sie empfinden sollte, Erleichterung oder Enttäuschung.

Wenn Matteo nicht aufgetaucht wäre …

Matteo. Ihre Stimmung verdüsterte sich schlagartig. Hatte er ihr nun den Abend verdorben oder sie gerettet? Wenn sie bloß wüsste, was von beidem stimmte!

Sophie stieß einen leisen Seufzer aus. Nur kurz hatte sie in Matteos Augen geblickt, und trotz der dicken Brillengläser hatte sie einen Ausdruck wahrgenommen, den sie nicht recht hatte einordnen können. Eifersucht auf seinen Bruder? Verachtung für Sophie?

Er war so schwierig einzuschätzen!

Sie beschloss, einfach wütend auf Matteo zu sein, und auf einmal wusste sie auch, wie sie es ihm heimzahlen könnte. Aber zunächst wollte sie nach Hinnerk sehen.

Im Haus war alles dunkel, auch in der Stube. Hinnerk saß noch immer in seinem Sessel, schaute aus dem Fenster und rührte sich nicht.

Sophie erschrak furchtbar. Er war doch nicht etwa still und heimlich in eine bessere Welt hinübergegangen?

Aber da sprach er, und seine Stimme klang zwar heiser, aber eindeutig lebendig. »Du warst lange weg, Freda.«

»Ich bin Sophie«, gab sie mit zittriger Stimme zurück.

Hinnerk wandte sich halb im Sessel um und sah sie an. »Ach ja, Sophie. Hast du etwas von Freda gehört?«

Sie checkte ihr Handy. An diesem hektischen Nachmittag hatte sie es ausgeschaltet, und als Riccardo ihr den bombastischen Eisbecher hinstellte, hatte sie vollkommen vergessen, dass es so etwas wie moderne Kommunikationsmittel gab.

Nichts. Nur eine SMS von ihrem Vater: Er sei gut in Bensersiel angekommen und erwarte sie am nächsten Vormittag pünktlich um elf am Fähranleger.

»Tut mir leid, nein«, gab sie ihrem Onkel Auskunft.

Er nickte, als habe er nichts anderes erwartet, und stand mühsam auf.

»Ich habe zu lange hier herumgesessen, meine Beine sind ganz steif.«

Da sie nicht wusste, was sie darauf antworten sollte, schwieg Sophie.

Hinnerk lächelte schmal. »Ich gehe schlafen. Morgen sieht die Welt schon wieder anders aus.«

Sophie musste hart schlucken. Als sie früher in den Ferien auf Langeoog manchmal einen Kinderkummer heimbrachte, hatte ihr Onkel sie am Abend genau mit diesen Worten getröstet.

Eine Welle von Zärtlichkeit überrollte sie, und auf einmal war es ihr egal, ob er Nähe mochte oder nicht.

Sie schlang ihre Arme um seinen knochigen Oberkörper und drückte ihn fest an sich.

»Alles wird gut«, flüsterte sie. Ein dummer Spruch und ein unzulänglicher Trost, aber sie spürte, wie etwas von seiner Anspannung wich.

»Es geht schon, Lütte.« Er löste sich sanft von ihr. »Eine ordentliche Mütze voll Schlaf, und ich bin wieder wie neu.«

»Hast du überhaupt was gegessen?«

Müde schüttelte er den Kopf.

»Ich kann dir schnell was machen.«

»Danke, aber ich habe keinen Hunger.«

Sophie wusste, es hatte keinen Sinn, darauf zu bestehen. Onkel Hinnerk konnte stur wie ein ostfriesischer Krabbenfischer sein. Kaum hatte er die Stube verlassen, rief sie Freda an. Zu ihrer größten Überraschung war ihre Tante sofort am Telefon.

»Wo bist du?«, fragte Sophie als Erstes.

»In Neapel.«

»Was?!«

»Reg dich nicht auf, Sophie. Es ging nicht anders. Ich

musste heimlich fort, sonst hätte ich nie den Mumm dafür aufgebracht.«

»Aber wie bist du so schnell ... die Fähre, die Autofahrt ... das dauert doch Tage!«

»Du vergisst, dass Langeoog einen kleinen Flugplatz hat. Eine alte Freundin hat mir geholfen, sie hat mich in ihrer zweisitzigen Maschine nach Hamburg gebracht. Dort habe ich den einzigen Direktflug nach Neapel bekommen. Nun bin ich ziemlich müde, und mein Hotel ist das Gegenteil von komfortabel. Also machen wir es bitte kurz.«

Sophie gab sich alle Mühe, mit dem Tempo ihrer Tante mitzuhalten. Schließlich konzentrierte sie sich auf das Wesentliche. »Hinnerk geht es sehr schlecht.«

»Wie meinst du das?«

»Er ist irgendwie ... wie versteinert.« Besser konnte sie es nicht ausdrücken.

»Pah! Der wird sich schon einkriegen. Morgen schnappt er sich wieder sein Fernglas und seine Gummistiefel und latscht über die Salzwiesen.«

»Das glaube ich nicht«, erwiderte Sophie. »Es hat ihn schwer getroffen, dass du so einfach verschwunden bist.«

»Papperlapapp!« Aber Fredas Stimme klang schon weniger energisch.

»Du kümmerst dich doch um ihn, oder?«, fragte sie.

»Ich tue, was ich kann, aber heute wollte er nichts essen.«

Freda regte sich furchtbar auf und gab Sophie eine ganze Reihe Anweisungen, wie sie den Onkel zu versorgen hatte. Als sie endlich das Gespräch beendeten, schwirrte Sophie der Kopf vor lauter Befehlen. Ganz kurz wünschte sie, ihre Tante hätte ihr nicht auch noch diese Last aufgeladen. Sie hatte wirklich schon genug eigene Sorgen. Aber dann erinnerte sie sich daran, wie bereitwillig die beiden sie bei sich aufgenommen hatten und wie sie ihr schon als Kind das Gefühl vermittelt hatten, sie sei auf Langeoog genauso zu Hause wie in Frankfurt. Das würde sie ihnen nie vergessen, und deshalb wollte sie tun, was in ihrer Macht stand, um Freda und Hinnerk zu helfen.

Ihr eigenes Liebesleben konnte sie dafür vorübergehend auf Eis legen. Es taugte ohnehin nicht viel.

»Auf Eis legen«, sagte sie laut und dachte an ihre Rachepläne. Ohne noch länger zu überlegen machte sie sich ans Werk: Es gab eine Verbindungstür zwischen Küche und Schuppen, was ihr sehr gelegen kam. Die mannshohe, rundliche Eismaschine, die ihr Ex-Freund Angelo ihr dagelassen hatte, stand dort still und friedlich. Eigentlich hätte das Monstrum, wie Tante Freda es nannte, im Häuschen untergebracht werden sollen, in dem sich auch der Kiosk befand. Es war nämlich Sophies Idee gewesen, außer den üblichen Süßigkeiten und Snacks auch selbst gemachtes, frisches Speiseeis anzubieten. Aber wegen der Konkurrenz des verflixten Matteo hatte davon vorerst keine Rede sein können. Seine Eiscreme war köstlich, das wusste Sophie, weil sie Annabels Tochter als Spionin engagiert hatte. Von jeder Sorte holte Francesca zwei Kugeln in zwei Eistüten. Sophie probierte und musste zähneknirschend zugeben, das Erdbeereis war köstlich, ebenso die Sorten Pistazie, Nougat, Himbeere und Schokolade. Aber geradezu himmlisch lecker war Matteos Zitroneneis. Einmal davon kosten, und man glaubte, irgendwo auf Sizilien zu sein, in der lauen Luft des Südens, mit dem Duft der Zitrusfrüchte in der Nase.

Tja, hatte Sophie überlegt. Da ergab es wenig Sinn, eigenes Eis herzustellen, vor allem weil sie selbst nur wenig Erfahrung damit hatte. Angelo hatte ihr zwar gezeigt, wie es ging, und sie auch den einen oder anderen Handgriff tun lassen, von einer Ausbildung konnte jedoch keine Rede sein.

Aber nun hatte sie die Nase voll. Sie würde Matteo schlagen! Mit seinen eigenen Waffen!

Wild entschlossen ging sie ans Werk. Zunächst bereitete sie in der Küche die Zutaten vor, kratzte das Mark aus zwei Vanilleschoten, vermischte es mit Eigelb, Sahne, Zucker und Milch. Vanilleeis, hatte sie sich gedacht, war als Testprodukt gut geeignet, da es sehr leicht zusammenzustellen war.

Wenig später ging sie mit der vollen Schüssel in den Schuppen, zog die Plane vom giftgrünen Monstrum, füllte die Masse in den dafür vorgesehenen Behälter, stöpselte den Stecker ein und schaltete die Eismaschine an.

Dann explodierte die Welt.

11. Kapitel

Jemand rief ihren Namen – es klang, als sei er ganz weit weg. Sophie hatte ein lautes Brausen im Ohr, dagegen kam die ferne Stimme nicht an. Außerdem war sie abgelenkt, weil da etwas über ihr Gesicht lief. Sie fuhr sich mit einem Finger über die Wange, leckte ihn ab. Es schmeckte nach Sahne mit Vanille. Ganz langsam begann ihr Kopf wieder zu funktionieren. Sahne? Vanille? Da war doch was gewesen! Sie stellte fest, dass sie auf dem Fußboden saß. Ihr Steißbein sandte heftige Schmerzwellen aus. Endlich ließ das Brausen etwas nach. Sie schlug die Augen auf und stieß einen Schrei aus.

»Nur die Ruhe«, sagte Matteo. Auf einmal klang er ganz nah. Kein Wunder, er hockte ja direkt neben ihr. Wie war er denn hierher in den Schuppen gekommen? Hatte die explodierende Eismaschine ihn irgendwie hergezaubert?

Sophie stellte fest, dass sie sich offenbar auch den Kopf gestoßen hatte, denn ihre rechte Schläfe pochte, die Gedanken wirbelten umher und ergaben keinen Sinn.

Immerhin: Der Schuppen stand noch. Vielleicht war doch nicht die Welt in die Luft gegangen, sondern nur ein winziges Stück? Das Monstrum stand auch an seinem Platz, still, giftgrün, mit ein paar cremigen Flecken. Die einzelne Glühbirne im Schuppen war ausgegangen, aber durch die offene Küchentür drang ausreichend Licht herein.

»Was ist passiert?«, fragte sie krächzend. Ihr Hals war furchtbar trocken. Dankbar trank sie einen Schluck von dem Wasser, das Matteo ihr in einem Glas anbot.

»Genau weiß ich das nicht. Aber ich schätze mal, du hast versucht, die Eismaschine in Gang zu bringen.«

»Hmm.«

»Als ich an der Gartenpforte stand, sah ich einen Lichtblitz im Schuppen. Außerdem hat was gescheppert. Da bin ich reingelaufen, um nachzusehen, was los ist.«

Er nahm seine Brille ab und putzte sie. Sophie erhaschte einen Blick in seine unglaublich schwarzen Augen. Auch wenn es nicht möglich schien, sie waren noch dunkler als die seines Bruders.

»Es …« Sie musste sich räuspern. »Es hat sich angefühlt wie eine Explosion.«

»So aus der Nähe kann das gut sein. Aber ich schätze, es war nur ein Kurzschluss.«

»Ein Kurzschluss?«, wiederholte sie, ihr Kopf brauchte immer noch ein wenig länger, um Informationen zu verarbeiten.

»Ist naheliegend. Wie lange ist die Maschine nicht mehr benutzt worden?«

»Ähm ... keine Ahnung.«

»Ist die Elektrik gewartet worden?«

Sie hob nur die Schultern.

»Sind alle Behälter, der Kühlzylinder und die Schläuche gründlich gereinigt worden?«

Sophie ersparte sich diesmal ein Schulterzucken – das Ergebnis sprach ja für sich.

»Tja«, sagte Matteo. »Ich fürchte, da waren ein paar Zugänge verstopft, die Maschine hat dagegen angearbeitet, bis die Kabel überhitzt wurden. Außerdem hast du wohl die Klappe nicht gut geschlossen, nachdem du die Eismasse eingefüllt hast. Deshalb ist die auch wieder rausgekommen.«

»Willst du damit sagen, meine Eismaschine hat Verstopfung?«

»Ja, so ungefähr.«

»Und sie hat mich angespuckt?«

Matteo grinste. »Wenn du es so ausdrücken möchtest.«

Sophie starrte ihn an. »Tja, was anderes hätte ich von dem Ding wohl nicht erwarten dürfen.«

Im Geiste schickte sie mehrere deftige italienische Flüche zu Angelo nach Bari.

Matteo wich ihrem Blick aus und setzte sich die Brille zurück auf die Nase. Sofort wirkte er wieder unscheinbar. Zum ersten Mal fragte sie sich, ob er die Sehhilfe wirklich brauchte oder sie nur trug, um nicht aufzufallen. Neben seinem strahlenden Bruder war es für ihn vielleicht leichter, ganz zu verschwinden, anstatt neben ihm bestehen zu wollen.

Die Schmerzen an der Schläfe ließen langsam nach, das Steißbein hingegen protestierte heftig, als Sophie vorsichtig aufstand.

»Aua!«

»Warte, ich helfe dir.«

Matteo kam auf die Füße und reichte ihr die Hand. Und wieder spürte sie dieses Gefühl von Wärme und Geborgenheit. Genauso hatte sie empfunden, als er sie vor einem Monat vor dem Sturm gerettet hatte.

»Danke«, sagte sie leise, als sie wieder auf den Beinen war. Sie schaute sich um. Abgesehen von der Vanilleeismasse, die sich kleckweise im Schuppen, auf dem Monstrum und auf ihr selbst verteilt hatte, schien tatsächlich nichts weiter geschehen zu sein. Sie schauderte, als sie daran dachte, was passiert wäre, wenn durch den Kurzschluss ein Feuer ausgebrochen wäre.

Als sie dies laut aussprach, erwiderte Matteo ruhig: »Ich hätte es gelöscht.«

»Ja«, sagte sie. »Das hättest du.«

Ihre Gedanken flogen zu ihrem Onkel, der ahnungslos in seinem Zimmer schlief, und sie schauderte gleich noch einmal. Ob sie Matteo wohl kurz umarmen durfte, nur so aus Dankbarkeit? Sophie entschied sich dagegen. Sie fürchtete, sie würde sich vielleicht nicht mehr von ihm lösen können. Außerdem fiel ihr gerade noch rechtzeitig ein, dass sie ihn ja eigentlich hassen musste.

»Was machst du überhaupt hier? Bist du mir etwa gefolgt?«

»Nein ... ja.«

»Was denn nun?«

»Ich hatte ein schlechtes Gewissen wegen meines Auftritts. Und ich wollte mich bei dir entschuldigen.«

Ihr Augen wurden groß. »Tatsächlich?«

»Wundert dich das?«

»Und wie!«

Angelo hätte sich lieber kreuzigen und vierteilen lassen, als einen Fehler einzugestehen und dafür um Verzeihung zu bitten. Riccardo war, so wie Sophie ihn einschätzte, ähnlich gestrickt. Ein Mann, noch dazu ein südländischer Mann, der sich freiwillig entschuldigte, war in ihrem Umfeld ein wahrhaft seltenes Exemplar.

»Wofür genau willst du dich denn entschuldigen?«, fragte sie, immer noch ungläubig.

»Ist jetzt erst mal nicht so wichtig. Wo ist euer Sicherungskasten?«

»Im Keller. Du musst durch die Küche in den Flur gehen, da führt eine Treppe hinunter.«

»Kann ich dich kurz allein lassen?«

»Natürlich.« Als er zurückkam, war die Glühbirne bereits wieder aufgeflackert.

»Glück gehabt«, sagte er. »Die Sicherung war nur rausgesprungen.«

»Super, vielen Dank. Und jetzt erzähl mir, wofür du um Verzeihung bitten willst. Für deinen Auftritt vorhin?«

Matteo antwortete nicht sofort. Mit einem Blick überzeugte er sich davon, dass es ihr wirklich gut ging, dann fing er an, im Schuppen herumzusuchen. Sophie begriff, er war ein Mann, der gern etwas zu tun hatte, während er ein

Gespräch führte. Darin waren sie sich sehr ähnlich. Auch sie beschäftigte oft die Hände, weil sie dann besser nachdenken konnte. Im Moment jedoch war sie froh, hier an die Schuppenwand gelehnt zu stehen, in kleinen Schlucken das Wasser zu trinken und sich unauffällig das Steißbein zu reiben. Während sie ihn so beobachtete, fiel ihr noch etwas auf: Er war nicht mehr ganz so mager wie noch vor einem Monat.

»Machst du Krafttraining?«, fragte sie unvermittelt.

Matteo antwortete nicht. Wahrscheinlich war es ihm unangenehm, so genau taxiert zu werden.

Schließlich fand er, was er gesucht hatte, und zog einen schweren Werkzeugkasten aus einem Regal. Dann überzeugte er sich davon, dass die Eismaschine nirgendwo mehr ans Stromnetz angeschlossen war, und rückte ihr mit Schraubenziehern, Ölkännchen, Hammer und Drahtschere zu Leibe.

Sophie hatte plötzlich Angst um das Monstrum. »Tu ihm nicht weh!«, bat sie.

Matteo schaute zu ihr rüber. »Du hängst an dem Ding?«

»In gewisser Weise … ja.«

»Ein Geschenk von deinem Freund, richtig?«

»Ex-Freund«, korrigierte sie ihn schnell. Aus unerfindlichen Gründen war es ihr wichtig, dass Matteo diesen Unterschied wusste.

»Ex-Freund, alles klar.« Einen Moment verharrten seine Hände untätig in der Luft, dann begann er, die ersten paar Schrauben zu lockern.

»Keine Sorge«, sagte er. »Ich werde vorsichtig sein.

Aber ich muss nachschauen, wo die Kabel durchgeschmort sind. Außerdem braucht die Maschine eine gründliche Reinigung, und ich will feststellen, ob Teile von ihr verrostet sind. Sie besteht leider nicht aus komplett rostfreiem Edelstahl wie die heutigen Modelle.«

Verrostet, wiederholte Sophie im Stillen. Das klang überhaupt nicht gut. Am Ende fiel die ganze Maschine gleich vor ihren Augen in sich zusammen. Sie fragte sich, wie sehr sie das schmerzen würde, und stellte zu ihrer eigenen Überraschung fest, dass es ihr gar nicht so viel ausmachte. In dem Moment, als ihr das Monstrum fast um die Ohren geflogen war, hatte sie unbewusst schon mit ihm abgeschlossen. Es gab Leute, die besseres Eis machen konnten als sie, und die zudem über moderne Gerätschaften verfügten. Sie selbst sollte sich aufs Backen konzentrieren. Darin war sie wirklich gut.

Schon erstaunlich, überlegte sie weiter, wofür so ein Schlag gegen den Kopf gut sein konnte. Sie wollte Matteo sagen, er könne sich die Arbeit sparen, denn sie werde das Ding verschrotten lassen, sofern sie einen Schrotthändler fand, der es ihr abnahm. Doch dann bemerkte sie, wie Matteo mit zärtlicher Geste über die Außenwand strich, während seine Hand mit dem Schraubenzieher geradezu aufreizend langsam arbeitete, um bloß nicht den grünen Lack zu zerkratzen. Ein Lächeln umspielte seine Mundwinkel.

»Woher weißt du denn überhaupt, was du da machen musst?«, fragte sie daher nur.

»Mein Großvater Gaetano hatte ein ähnliches Modell. Er hat mir alles über die Eiszubereitung beigebracht.«

Er arbeitete weiter, langsam und konzentriert, während er erzählte. »Die Eismaschine meines Großvaters stammte aus den fünfziger Jahren. Ich schätze mal, diese hier ist nicht viel jünger.«

»Gut möglich.«

»Aber Gaetano erklärte mir damals, seine Maschine sei das Beste, was die Industrie je hervorgebracht habe. Und man müsse sie pflegen und ihr gut zureden, ihr mit Zärtlichkeit begegnen und ihr auch mal Zeit lassen, sich auszuruhen.«

Sophie lachte. »Man könnte meinen, er sprach von einer Frau.«

»Ganz recht. Deshalb nannte er seine Maschine auch *La Diva*. Wie dem auch sei – er war stadtbekannt für seine hervorragende Eiscreme. Selbst aus den Straßen der Reichen kamen die Leute ins Viertel Sanità, um bei Gaetano Torrioni ihr Eis zu kaufen.«

Sophie schwieg, während ihr Herz ihm zuflog. Er ist ein guter Mann, dachte sie plötzlich. Einer, der auf seine Familie stolz ist und sein Erbe in Ehren hält.

Mittlerweile hatte sich Matteo zum Innenleben des Monstrums vorgearbeitet und schüttelte mehrfach sorgenvoll den Kopf.

»Hier ist alles voll mit uralter, vertrockneter Eiscreme.«

»Igitt.«

»Ich glaube nicht, dass sich jemand oft die Mühe gemacht hat, die Maschine zu reinigen. Und natürlich verfügten diese Modelle nicht über fest integrierte Duschbrausen.«

»Armes altes Ding«, murmelte Sophie. Dann gähnte sie herzhaft.

Matteo kehrte dem Monstrum den Rücken zu und kam zu ihr. »Tut mir leid. Du musst erschöpft sein, und ich halte dich hier mit langweiligen Geschichten über meinen Großvater auf.«

»Du hast dich schon wieder entschuldigt«, stellte sie erstaunt fest.

Er grinste schief. »Ja, und meine erste Entschuldigung galt übrigens der unglücklichen Sache mit dem Eiswagen.«

Augenblicklich wallte Zorn in ihr auf. »Du hast meiner Tante das Geschäft ruiniert!«

»Nein«, erwiderte er leise. »Das hat sie ganz allein geschafft, und das weißt du.«

Sophie wollte widersprechen, aber sie wusste ja, dass er recht hatte.

»Eigentlich wirkte sie sogar froh«, fuhr Matteo fort, als sie nichts sagte. »Sie hat mir verraten, dass sie schon lange wegwill und nur auf einen guten Grund wartet, damit sie verschwinden kann.«

»Das hat sie dir verraten?«

»Freda und ich sind gute Freunde. Wir haben auch damals zusammen Annabel geholfen, als sie mit ihrer kleinen Tochter zurück auf die Insel kam und nicht wusste, wohin.«

Davon hatte Sophie schon gehört, aber dass auch Freda der jungen Mutter zur Seite gestanden hatte, war ihr neu.

»Und Riccardo?«, fragte sie spontan. »Was hatte er damit zu tun?«

»Mit dem Eiswagen?«

Nein, wollte sie erwidern, mit Annabel. Aber etwas in seinem Blick brachte sie dazu, einfach zu nicken. Matteos Schultern, eben noch angespannt, sackten ein wenig herab.

»Es wurde immer schwieriger, miteinander auszukommen«, erzählte er. »Mein Bruder glaubte, er sei der Chef, dabei sind wir gleichberechtigte Partner. Ständig wollte er zum Beispiel mit neuen Eissorten herumexperimentieren, während ich eher für die traditionellen Geschmacksrichtungen bin.«

Eigentlich gefiel ihr Riccardos Ansatz besser, dachte Sophie. Aber dann fuhr Matteo fort: »Versteh mich nicht falsch – ich finde es auch spannend, Eiscreme mit einem Hauch Chili oder Basilikum zu testen, aber wir sind hier auf Langeoog, nicht auf Sardinien oder Hawaii. Unsere Gäste hängen an den gewohnten Dingen, und das gilt auch für Eiscreme. Vanille, Schokolade, Erdbeere, noch ein paar Früchte, das war's. Mein Zitroneneis ist jetzt ziemlich erfolgreich, aber ich habe letztes Jahr den ganzen Sommer gebraucht, um den Leuten sogar das schmackhaft zu machen.«

»Verstehe«, murmelte sie und speicherte dieses Wissen für ihr eigenes Geschäft ab. Sofern sie den Kiosk noch irgendwie zum Laufen bringen konnte, wollte sie sich an traditionelle Kuchen, Torten und Plätzchen halten. Kaffee könnte sie ebenfalls anbieten, den guten deutschen Filterkaffee, und Tee natürlich, starken Ostfriesentee. Ihr Kiosk könnte in ein Café verwandelt werden; sie wusste, Freda besaß auch eine Lizenz für die Bewirtung von Gästen.

Aber das Eis?, überlegte sie. Irgendwie fehlte etwas, wenn es kein Eis gab.

Matteo hatte inzwischen weitergeredet, aber sie war abgelenkt gewesen. Erst jetzt hörte sie wieder genau zu.

»... und so habe ich beschlossen, mich aus der Gelateria zurückzuziehen. Zumal die Einnahmen für zwei Leute kaum reichten. Es ist so gut wie unmöglich, über die schwachen Monate zu kommen.«

Sie fragte sich, ob die Differenzen der Brüder auch mit Riccardos Ruf als Frauenheld zu tun hatten. Eigentlich war sie sich da ziemlich sicher, wollte aber lieber nicht so genau nachfragen.

»Den Eiswagen habe ich im Internet gefunden. Er war ziemlich übel zugerichtet, und ich habe den ganzen Winter gebraucht, um ihn herzurichten.« Ein leiser Stolz schwang in seiner Stimme mit.

»Es ist wirklich ein Schmuckstück geworden«, gab sie zu. »Steht bloß an der falschen Stelle.«

Bevor er etwas erwidern konnte, hob sie die Hand. »Ich weiß, ich weiß. Annabel hat es mir erklärt. Trotzdem ist es eine ziemlich unglückliche Situation.«

Matteo nickte. »Das stimmt.«

Etwas anderes interessierte sie. »Deine Eiscreme stellst du nach wie vor bei euch in der Gelateria her, richtig?«

»Ja, natürlich. Der Wagen dient nur dem Verkauf.«

»Und gibt es da keinen Ärger mit Riccardo?«

Matteo musterte sie mit einem intensiven Blick, bevor er antwortete: »Nein. Wir haben eine klare Abmachung. Und ich hatte vor, heute Abend dort zu arbeiten.«

»Oh«, machte sie und spürte, wie sie rot wurde.

Er war so nett, nicht näher auf die Susi-und-Strolch-Nummer einzugehen. »Normalerweise fange ich erst morgens um sechs an. Aber heute wollte ich etwas Neues ausprobieren.«

Er lachte, als er ihren ungläubigen Gesichtsausdruck bemerkte. »Ja, so ungefähr einmal pro Saison experimentiere ich auch gern.«

»Und worum geht es da?«, fragte sie neugierig und war sehr froh über den Themawechsel.

»Francesca hat mir neulich ein paar von deinen Keksen zum Probieren gebracht.«

»Ha!«, stieß Sophie aus. »Das Kind ist eine Doppelagentin!«

Matteo prustete los. »Weil sie immer ganz unauffällig zwei Eiskugeln in zwei Eistüten gekauft hat? Das ist mir gar nicht aufgefallen.«

Sophie konnte nicht anders. Sie lachte mit ihm.

Die noch immer leicht feindlich aufgeladene Stimmung zwischen ihnen entspannte sich und wurde beinahe freundschaftlich.

Als beide wieder ruhig waren, sagte Sophie: »Meine Kekse haben dich also auf eine Idee gebracht.«

»Genau. Ich wollte ein Sanddorn-Eis anrühren.«

»Mit Sirup oder Gelee?«

»Das weiß ich noch nicht, deshalb wollte ich ja ein wenig experimentieren. Vielleicht auch mit getrockneten Beeren oder sogar tiefgefrorenen. Es gibt auch einen hochprozentigen Schnaps …«

»Super«, meinte Sophie grinsend. »Eine Eistüte und du bist fahruntüchtig.«

Wieder lachten sie beide, bis es Sophie plötzlich zu viel wurde. Zu viel Nähe, zu viel Vertrautheit. Sie erinnerte sich daran, dass dieser Mann immer noch ihr Konkurrent war.

»Freda ist fort«, sagte sie daher. »Sie hat Hinnerk verlassen, weil sie nicht mehr weiterwusste.«

Matteo schluckte, er musste die Neuigkeit wohl erst mal verdauen.

»Das ist nicht der Grund«, entgegnete er nach einer Weile jedoch entschieden. »Wenn sie abgereist ist, dann liegt das an ihrem Fernweh. Ich denke, das weißt du auch genau.«

»Aber warum hat sie mich überhaupt auf die Insel geholt, wenn hier alles den Bach runtergeht?«

»Wer weiß? Vielleicht dachte sie, du brauchst diesen Neuanfang. Vielleicht hatte sie auch noch die leise Hoffnung, du könntest den Kiosk wieder in Schwung bringen.«

»Das ist unlogisch.«

»Stimmt. Aber ein Teil von ihr hängt an dem Kiosk. Schließlich hat sie ihn ihr halbes Leben lang betrieben.«

»Aber nun ist sie weg. Hinnerk ist verzweifelt. Ich bin allein.«

Tränen sammelten sich plötzlich in ihren Augenwinkeln, und sie schluchzte leise.

»Du solltest schlafen gehen«, sagte Matteo sanft. »Vorhin hast du dich mächtig erschrocken. Das macht sich vielleicht jetzt bemerkbar.«

Sophie nickte müde. »Das werde ich tun. Gehst du auch nach Hause?«

»Ja, bald. Wenn du es erlaubst, werde ich mich noch ein wenig mit dieser grünen Diva hier beschäftigen.«

Erneut nickte Sophie. Sie ahnte, er wollte noch bleiben, um über sie zu wachen. Schon war ihr wieder ein wenig leichter ums Herz.

12. Kapitel

Sophie schlief lange an diesem Montag. Die Sonne schien bereits hell ins Zimmer, als sie erwachte. Sie stellte fest, dass ihr Kopf kaum noch schmerzte. Das Steißbein hingegen schien noch lädiert zu sein, sie würde wohl ein paar Tage nicht gut sitzen können. Rasch ging sie unter die Dusche und wusch sich die restliche Eiscreme aus den Haaren. Unwillkürlich fragte sie sich, was Matteo gedacht haben mochte, als er sie so bekleckert vorfand. Dann entschied sie, dass ihr das eigentlich völlig unwichtig war.

Sophie war schon angezogen, rubbelte sich aber noch die Haare trocken, als ihr Handy den Eingang einer Nachricht meldete. Sofort dachte sie an ihren Vater, der inzwischen vermutlich im Hafen von Bensersiel auf die Abfahrt der Fähre wartete. Überrascht stellte sie fest, dass die Nachricht von Freda kam.

»Wie geht es Hinnerk?«

Sophie versuchte, ihre Tante anzurufen, kam aber nicht durch.

»Habe ihn heute Morgen noch nicht gesehen«, schrieb sie zurück. »Wo bist du?«

»Auf dem Tragflächenboot. Es ist wundervoll. Es durchpflügt mit atemberaubender Geschwindigkeit den Golf von Neapel.«

Als Sophie nicht antwortete, schrieb Freda weiter: »Die Luft hier ist ganz anders.«

»Riecht sie nach Müll und Abgasen?«, erkundigte sich Sophie.

»Sei nicht albern. Die Stadt liegt längst hinter mir. Ich kann Capri schon sehen. Es duftet nach Süden. Den Geruch des Nordens habe ich satt.«

Sophie legte das Handtuch beiseite. Sie wusste nicht, was Freda hatte. Sie selbst liebte den Duft von Langeoog über alles: Hier roch es kühl und salzig, nach frisch gepulten Krabben, nach feuchtem Sand und dem nassen Gras der Salzwiesen nach einem Regenguss. Bevor sie etwas Entsprechendes schreiben konnte, kam schon die nächste Nachricht von Freda: »Es ist wundervoll, ich fühle mich so frei wie noch nie. Aber wenn ich auf das blaue Wasser schaue, sehe ich Hinnerk vor mir. Wie eine Spiegelung. Das stört mich.«

»Wenn man fortgeht«, schrieb Sophie, »nimmt man sich selbst und seine Probleme mit.«

Lange kam nichts von Freda. Schon glaubte Sophie, die Tante sei sauer und werde ihr nicht mehr antworten. Aber dann schrieb sie doch noch: »Fräulein Neunmalklug redet wohl aus Erfahrung. Bis bald.«

Sophie seufzte, steckte das Handy in die Jeanstasche und

verließ das Zimmer. Sie fand Hinnerk in der Küche, wo er angestrengt in eine Teetasse schaute.

»Guten Morgen«, sagte sie betont fröhlich. »Liest du deine Zukunft in den Teeblättern?«

Er blickte hoch, runzelte die Stirn. »So ein Unsinn. Ich frühstücke und denke nach.«

»Da ist aber kein Essen auf dem Tisch.«

»Tee reicht mir.«

Na toll, dachte Sophie. Wenn Freda länger wegbleibt, werde ich ihn wahrscheinlich mit Gewalt füttern müssen.

»Aber etwas ist komisch«, sagte Hinnerk nachdenklich, während Sophie sich aus der noch warmen Teekanne bediente.

»Was denn?«

»Ich hätte eben schwören können, dass mich Freda anschaut.«

»Aus dem Tee?«

»Mhm. Glaubst du, ich verliere den Verstand?«

Sophie schüttelte den Kopf und fragte sich gleichzeitig, wie es um ein langjähriges Ehepaar wohl bestellt war, das sich bei der ersten Trennung gegenseitig in verschiedenen Flüssigkeiten erblickte. Sie presste die Lippen aufeinander, trank hastig ihren Becher leer und sagte, sie müsse zum Fähranleger.

»Moment mal! Was war eigentlich gestern Nacht los? Ich glaube, ich habe seltsame Geräusche gehört.«

»Ach, nichts«, erwiderte sie so beiläufig wie möglich. »Ich wollte nur mal mit der Eiszubereitung anfangen.«

»Mit dem alten Ding im Schuppen? Bist du lebensmüde? Das ist eine Zeitbombe.«

»Ähm …«

»Sophie, versprich mir, dass du da nicht mehr rangehst! Ich habe sie mir in den letzten Tagen mal angeschaut. An einigen Stellen ist sie schwer verrostet, und die Elektrik sieht mir vollkommen marode aus. Beim ersten Anschalten könnte sie dir um die Ohren fliegen oder den Schuppen und das Haus abbrennen lassen. Womöglich sogar das ganze Dorf!«

»Ich …« Verflixt, dachte sie. Das hätte er mir auch schon gestern sagen können.

»Hat die überhaupt noch TÜV?«

»Was?«

»Du weißt genau, was ich meine. Maschinen aller Art müssen regelmäßig überprüft werden.«

»Also ich weiß das alles nicht. Und keine Sorge, mit der Maschine ist alles in bester Ordnung. Ich habe nur ein bisschen Krach hier in der Küche gemacht.«

Weil sie wusste, dass sie gerade dunkelrot wurde, wandte sie sich schnell ab. Eine so fette Lüge kostete sie eine Menge Überwindung, aber sie sagte sich, sie log, um Hinnerk nicht noch mehr Sorgen zu bereiten.

»Tschüs, ich muss dann los.«

Seine Antwort hörte sie nicht mehr. Um keinen Verdacht zu erregen, ging Sophie zunächst ganz normal aus dem Haus, umrundete dann jedoch das Grundstück, schlich durch den hinteren Garten und schaute durch ein ziemlich dreckiges Fenster in den Schuppen. Zu ihrer größten Erleichterung stand die Eismaschine da, als wäre sie nie angerührt worden. Sofern Matteo irgendwelche Teile ausgebaut hatte, waren sie offenbar alle wieder an ihrem Platz. Die Maschine wirkte höchstens ein Stückchen sauberer, und auch der Schuppen schien zu glänzen. Aber wer darauf nicht achtete, würde nichts bemerken. Schon wollte Sophie sich abwenden, als ihr auffiel, dass etwas fehlte. Die Plane! Verdammt! Sie lag sorgfältig zusammengelegt in einer Ecke.

Was nun? Durch die Küche konnte sie nicht in den Schuppen gelangen, durch die vordere Tür auch nicht. In beiden Fällen wäre sie von ihrem Onkel entdeckt und dann bestimmt zur Rede gestellt worden. Sie entschied sich für den einzig möglichen Weg, krabbelte durch das zum Glück niedrig angesetzte Fenster, bedeckte die Maschine mit der Plane und krabbelte wieder hinaus. Ihr helles T-Shirt wies nun einige Flecken auf, aber darauf konnte sie jetzt keine Rücksicht nehmen, denn es war höchste Zeit, ihren Vater abzuholen. Sophie schnappte sich Fredas altes Fahrrad und flitzte über die Insel.

Sie erreichte den Fähranleger, als ihr Vater gerade das Schiff verließ. Sophie bremste, stieg ab und versuchte, wieder zu Atem zu kommen, bevor sie ihm gegenübertrat.

»Kind, wie siehst du denn aus!«, rief er entsetzt, als er sie erblickte.

»Ist nur ein bisschen Schmutz, Papa.«

Bernhard Barensen, wie immer tadellos gekleidet, verzog ganz leicht das Gesicht. »Nun, ich hoffe, mein Besuch hält dich nicht allzu sehr von deinen – ähm – Freizeitaktivitäten ab.«

Das fing gar nicht gut an, fand Sophie und blickte sich Hilfe suchend um. Zu ihrer Erleichterung entdeckte sie Annabel mit ihrem Ponywagen. Die Freundin half gerade einem älteren Ehepaar auf die hintere Bank.

»Komm mal mit, ich möchte dir jemanden vorstellen«, sagte sie zu ihrem Vater.

Bernhard folgte ihr, blieb aber missgestimmt.

»Hallo, Annabel«, sagte Sophie strahlend. Mit ihrer herzlichen und fröhlichen Art würde ihre Freundin den alten Miesepeter bestimmt gnädig stimmen.

Zu ihrer größten Überraschung aber verdunkelte sich Annabels Gesichtsausdruck, und sie sagte nur: »Moin.«

Knapper ging es nicht.

»Was ist denn?«, fragte Sophie zaghaft. Dann fiel es ihr ein.

»Oh, Mist!«, rief sie aus. »Ich wollte ja gestern beim Aufbau der Hindernisse mit anpacken. Tut mir leid! Ich … na ja … ich habe bei Riccardo ausgeholfen und darüber völlig die Zeit vergessen.«

Bernhard Barensen sah von einer jungen Frau zur anderen. Dann wandte er sich an seine Tochter: »Ich dachte, du baust hier ein Geschäft auf? Stattdessen betätigst du dich bei verschiedenen Leuten als freiwillige Helferin. Und das da?« Er deutete auf das verschmutzte T-Shirt. »Hast du heute Wattwürmer gerettet?«

Annabels glockenhelles Lachen ließ sie beide zusammenzucken.

»Das muss dein Vater sein!«, rief sie aus. »Schönen guten Tag. Tut mir leid, dass ich eben etwas stinkig war. Normalerweise ist auf Sophie absolut Verlass. Na dann, Leute, ich muss mal los. Hühott Ricky und Matty!« Sie schnalzte zusätzlich mit der Zunge, und die Ponys setzten sich in Bewegung.

Bernhard Barensens Mundwinkel verzogen sich zu einem halben Lächeln.

»Eine feine junge Frau«, urteilte er. »Wäre sie nicht rothaarig und sommersprossig, würde sie mich glatt an deine Mutter in dem Alter erinnern.«

Sophie staunte. Es war höchst ungewöhnlich, dass ihr Vater von sich aus eine Bemerkung über Juanita machte. Normalerweise musste sie ihm alles aus der Nase ziehen.

Aber sie ließ die Sache auf sich beruhen, bis sie im Zug saßen. Das Rad hatte sie in den Gepäckwagen gebracht. Nach ihrer Ankunft hakte sie sich bei ihm ein und meinte: »Lass uns gemütlich zurückgehen. Dein Koffer wird direkt zum Haus geliefert.«

Ihr Vater nickte. Mit der einen Hand blieb sie bei ihm eingehakt, mit der anderen führte sie das Fahrrad mit. Sophie war froh, dass der direkte Weg sie nicht am *Dolomiti* vorbeiführte. Sie wusste nicht, wie sie reagieren sollte, wenn sie einem der Brüder Torrioni begegnete, und sie hatte keine Ahnung, wie sie ihrem Vater dann ihr merkwürdiges Verhältnis zu den beiden erklären sollte. Außerdem gab es wichtigere Dinge, die sie mit ihm besprechen musste.

Dummerweise wusste sie nicht, wie sie es am besten anstellen sollte. Womit sollte sie beginnen? Mit dem beruflichen Fiasko oder mit Fredas Verschwinden? Ihr fielen einfach keine guten Argumente ein, die ihr Leben und das ihrer Verwandten nicht wie ein komplettes Desaster aussehen ließen.

Also plauderte sie über das Wetter, über die gute Luft, über die Schönheiten der Insel, über ihre Freundschaft mit Annabel, über …

»Jetzt gib mal Ruhe, Kind«, sagte ihr Vater endlich. »Du redest ja wie ein Wasserfall. Was ist denn wirklich los?«

Mist! Sie hatte vergessen, dass ihr Vater sie stets durchschaute. »Ach, weißt du, es läuft nicht alles so, wie es sollte.«

»Geht das auch ein wenig präziser?« Er war stehen geblieben und hatte nun sein strengstes Anwaltsgesicht aufgesetzt. Es war nicht mehr weit bis zum Haus von Onkel und Tante. »Was genau ist bisher schiefgegangen?«

»Hm, so ziemlich alles.«

»Sophie!«

»Entschuldige, ich erkläre es dir gleich. Aber komm mit rein. Hinnerk wird sich freuen, dich zu sehen.«

»Wieso denn bloß Hinnerk?«

Aber Sophie weigerte sich, noch ein weiteres Wort zu sagen. Sie packte das Fahrrad mit beiden Händen und schob es vorwärts. Ihrem Vater blieb nichts weiter übrig, als ihr zu folgen.

Schweigend bogen sie in die Heerenhusstraße ein, schweigend gingen sie nacheinander durch die Gartenpforte, liefen über die Platten aus Spritzbeton, erreichten die Haustür.

Sophie stellte das Fahrrad an der Wand ab und wollte die Tür gerade öffnen, als sie von innen aufgerissen wurde.

Hinnerk kam heraus und rief sofort aufgeregt: »Wo ist meine Frau?«

»Was soll die dumme Frage!«, entgegnete Bernhard. »Wo ist meine Schwester?«

Irgendwie klangen die beiden älteren Männer ziemlich besitzergreifend, fand Sophie. Zum ersten Mal brachte sie Verständnis für Freda auf.

Hinnerk und Bernhard starrten sich feindselig an.

»Hast du sie etwa wieder entführt?«, wollte Bernhard wissen.

»Ich habe meine Frau noch nie entführt. Sie ist freiwillig damals zu mir gezogen.«

»Freiwillig – dass ich nicht lache! Du hast sie verhext.«

»So etwas nennt man Liebe. Aber davon verstehst du nicht viel.«

»Könntet ihr mal aufhören? Alle beide?«

Sophie wurde glatt überhört. Sie begriff, dass ihr Vater mit dem Verstand damals seiner Schwester seinen Segen gegeben hatte. Mit dem Herzen jedoch hatte er es ihr übel genommen, dass sie ihn und Sophie verlassen hatte. Nachdem bereits seine Frau das Weite gesucht hatte, durfte nicht auch noch seine Schwester gehen. Und damit er mit Freda trotzdem weiterhin Umgang pflegen konnte, musste er die gesamte Schuld auf den ahnungslosen Hinnerk übertragen haben – nach bald dreißig Jahren kam das jetzt raus.

»Wir sind sehr glücklich miteinander!«, stieß Hinnerk aus.

»Schön! Das kann sie mir vielleicht selbst erzählen.«

Auf einmal wich alle Luft aus Hinnerks Lungen, und er wurde leichenblass. Sophie sprang vor und stützte ihn. Die Auseinandersetzung mit seinem Schwager hatte kurz seine Lebensgeister geweckt, nun erinnerte er sich wieder daran, dass seine Frau fort war.

»Sophie«, sagte Bernhard streng. »Was geht hier vor sich? Wo ist Freda?«

»Auf … Reisen«, gab sie zurück. »Hilfst du mir mal?«

Gemeinsam packten sie Hinnerk unter den Achseln, schleiften ihn durch den Flur und brachten ihn in die Stube.

»Aufs Sofa«, kommandierte Sophie. Als ihr Onkel sicher in den Kissen lag, richtete sie sich auf und schaute ihren Vater streng an. Was er konnte, das konnte sie schon lange. »Du hättest ihn fast umgebracht mit deinen Anschuldigungen!«

»So ein Unsinn«, gab er unwirsch zurück, aber der Schreck stand ihm ins Gesicht geschrieben.

»Erzählst du mir jetzt endlich mal, was wirklich vorgefallen ist?«

Anstatt gleich zu antworten, ging Sophie zur Anrichte, suchte nach einer Flasche Schnaps, fand nur Rum, zuckte mit den Achseln. Der tat es auch. Sie goss die goldbraune Flüssigkeit in drei Gläser, reichte jedem der Männer eines und trank ihr eigenes mit einem großen Schluck aus. Hinnerk und Bernhard zögerten kurz, folgten dann aber ihrem Beispiel. Der Onkel bekam wieder Farbe im Gesicht, und Bernhards tiefe Stirnfalten glätteten sich ein wenig.

Stille trat ein, die keiner zu unterbrechen wusste. Bis Sophie eine Idee hatte.

»Ihr beide bleibt jetzt hier und sprecht euch aus. Ihr habt nämlich viel gemeinsam. Die eine Frau ist nach Ibiza abgehauen, die andere nach Capri.«

»Dazwischen liegen Jahrzehnte!«, protestierte Bernhard.

»Meine Frau hat mich nicht verlassen!«, begehrte auch Hinnerk auf.

»Ist egal«, gab Sophie ungerührt zurück. »Ich glaube, ihr werdet viele Ähnlichkeiten finden. Tschüs. Ich habe zu arbeiten.«

Die Flasche stellte sie vor die beiden Männer auf den Sofatisch. Sollten sie sich ruhig bedienen. Sie zog sich schnell ein frisches T-Shirt an und machte, dass sie fortkam.

Draußen überlegte Sophie kurz, ob sie nicht lieber zu Annabel fahren sollte, um sie noch einmal um Verzeihung zu bitten. Anderseits kannte sie die Freundin inzwischen gut genug, um zu wissen, dass sie nicht nachtragend war. Sie schickte ihr nur eine Nachricht und versprach, so bald wie möglich wieder zu *Kallis Peerstall* zu kommen.

Dann machte sie sich auf dem Weg zum Kiosk. Mochte das Geschäft schlecht laufen, mochte Pauline Fischer ihr die Kunden abspenstig machen, mochte Matteo mit seinem Eis die Leute anlocken. Der Kiosk war ihr, Sophies, Geschäft, und sie würde nicht tatenlos zusehen, wie er unterging.

Als sie am Eiswagen vorbeikam, lächelte Matteo ihr zu. Sie lächelte zurück, blieb aber nicht stehen, um mit ihm zu sprechen. Sie wusste einfach nicht, was sie von ihm halten sollte. Einerseits war er bisher nur freundlich zu ihr gewesen, andererseits aber auch ein scharfer Konkurrent. Ziemlich verzwickt, die Sache. Besser war es also, sie hielt sich von ihm fern.

Pauline hingegen war ein anderes Kaliber: Die Witwe ließ sich nicht mit einem Lächeln abspeisen. Kaum sah sie, dass Sophie den Kiosk öffnete, gab sie einem ihrer Angestellten ein paar Befehle und kam herüber.

»Na, Deern? Ist das eine Uhrzeit, um ein Geschäft zu öffnen? Nach zwölf Uhr? Kein Wunder, dass du keine Gewinne machst. Ich bin seit Sonnenaufgang hier.«

Sophie hegte den Verdacht, dass Pauline überhaupt nie nach Hause ging, sondern einfach in ihrem gemütlich eingerichteten Büdchen schlief. Sie war nämlich auch bis spät in den Abend dort anzutreffen.

»Ich hatte was zu erledigen«, antwortete sie vage. Pauline war nicht ihre Chefin, und sie sah nicht ein, warum sie sich vor ihr rechtfertigen sollte.

»Wie geht es Hinnerk und deinem Vater?«

Sophie unterdrückte ein Stöhnen. Natürlich wusste Pauline längst über alles Bescheid. Auf Langeoog flogen die Gerüchte schneller als eine Möwe bei Windstärke acht.

»Beiden geht es gut«, versuchte sie das Gespräch abzuwürgen.

Aber nicht mit Pauline. Sie verlangte Einzelheiten. Also ergab sich Sophie in ihr Schicksal – sie hatte ohnehin keine Kunden zu bedienen. So erzählte sie von Freda und Capri.

»Ist ja 'n Ding!«, rief Pauline aus, als sie geendet hatte. »Ich habe nur läuten gehört, die Freda ist aufs Festland abgehauen. Aber Capri? Blaue Grotte? Rote Sonne im Meer? Heißblütige Caprifischer? So 'n Schiet!«

»Sie ist nicht auf der Suche nach Liebesabenteuern«, entgegnete Sophie streng.

»Tja, Deern. Zu dumm, dass man im Leben oft genau das findet, was man gerade nicht sucht.« Dabei musterte sie Sophie so scharf, dass diese sofort wusste: Auch ihr Einsatz bei Riccardo im *Dolomiti* war Inselgespräch.

Und die Sache mit dem gemeinsamen Schokoladeneis? Wusste Pauline auch davon? Sie forschte genau im Gesicht der älteren Frau, fand aber keinen Hinweis darauf.

»Ich helfe eben gern«, sagte sie daher nur.

Pauline stieß eine Art Schnauben aus. »Lass bloß die Finger von dem Mann, der ist nicht gut für dich. Nimm lieber Matteo. Ihr zwei würdet gut zusammenpassen.«

Sophie starrte Pauline an. »Das ist bestimmt das Letzte, was ich jemals tun werde.«

Achselzuckend ging Pauline daraufhin zurück in ihr Büdchen.

13. Kapitel

Den restlichen Tag verbrachte Sophie weitestgehend allein im Kiosk. Hin und wieder kamen Kunden, kauften aber nur Kleinigkeiten wie eine Tüte Drops, ein paar Flaschen Wasser oder Chips. Gute Geschäfte, das wusste sie schon längst, waren damit nicht zu machen. Als nichts zu tun war, setzte sie sich draußen vor das Häuschen. Dort stand eine alte Holzbank, und die Nachmittagssonne wanderte langsam über Sophie hinweg.

Wenigstens werde ich braun, überlegte sie bitter, und beschloss, künftig in Tanktop und Shorts zur Arbeit zu kommen. Sie hatte sich ein dickes Kissen mit hinausgenommen, dennoch machte sich ihr immer noch lädiertes Steißbein bald bemerkbar, und sie stand wieder auf.

Was nun?

Sie wäre gern runter zum Ufer gelaufen. Es herrschte Flut, und sie stellte es sich herrlich vor, in die Brandung zu springen. Natürlich nur bis zu den Knien. In den Ferien auf Langeoog hatte Sophie gut schwimmen gelernt, aber das lag Jahre zurück, und seitdem hatte sie nur selten Gelegenheit gehabt, schwimmen zu gehen.

Aus den Augenwinkeln bemerkte sie die Menschenschlange vor Matteos Eiswagen und ballte unwillkürlich die Hände zu Fäusten. Dann schaute sie wieder zum Ufer, und erneut zurück zum Eiswagen.

Ach, dachte sie, könnte ich nur …

Sie verbot sich jeden weiteren Gedanken in diese Richtung und ging wieder hinein, um das Elend nicht weiter mit ansehen zu müssen.

Eine Mutter um die vierzig kam mit ihrer Tochter im Teenageralter zum Kiosk. Das Mädchen wirkte gelangweilt, aber die Mutter war ausnehmend freundlich. »Sie haben nicht zufällig wieder diese Kekse von neulich? Die waren köstlich. Besser als in jeder Bäckerei auf der Insel.«

»Leider nein, tut mir leid.«

»Ach, das ist aber schade. Nicht wahr, Rebecca?«

Rebeccas Gesicht verdunkelte sich.

»Ich hole mir jetzt ein Eis«, verkündete sie und trabte zu Matteo hinüber. Sie reihte sich neben einem breitschultrigen Jungen in die Schlange ein und konnte auf einmal ganz bezaubernd lächeln.

»Teenager«, sagte die Mutter und zwinkerte Sophie zu. »Man weiß nie, was sie wollen. Eben noch hat Rebecca darauf bestanden, nach den Keksen zu fragen, jetzt will sie doch plötzlich Eis. Aber selbst wenn sie beides zusammen auf einem Teller hätte, würde sie bestimmt wieder etwas dran auszusetzen haben.«

Sophie zwinkerte zurück. »Wie lange bleiben Sie denn

noch?«, fragte sie dann. »Ich werde zusehen, dass ich wieder etwas backe. Vielleicht mache ich sogar eine echte Friesentorte.«

Die Augen der Touristin leuchteten auf. »Das wäre wundervoll. Wir sind noch die ganze Woche hier – sofern Rebecca nicht auf einer verfrühten Abreise besteht. Sie kann ziemlich anstrengend sein, wissen Sie? Sie ist meine Tochter, und ich liebe sie über alles. Aber fünfzehn ist ein schreckliches Alter. Sie bringt es fertig und spielt mir irgendeine Krankheit vor, nur um zurück nach Stuttgart zu kommen. Dabei sollten diese zwei Wochen uns beiden helfen, wieder ein besseres Verhältnis zueinander zu bekommen.« Sie seufzte schwer.

Sophie nickte nur mitfühlend. Gäste schütteten ihr gern mal ihr Herz aus, das war auch bei Freda schon so gewesen. Zwar wusste sie auf deren Probleme sonst selten eine Antwort, aber diesmal grinste sie und sagte: »An Ihrer Stelle würde ich mir keine Sorgen darüber machen, dass sie schnell wieder weg will. Es ist wahrscheinlicher, dass sie irgendwann gar nicht mehr nach Hause will.«

Rebecca hing inzwischen am Arm des Jungen, tat cool, himmelte ihn in Wahrheit aber an.

»Na fein«, meinte die Stuttgarterin. »Aber aus der Mutter-Tochter-Zeit wird wohl auch nichts.«

Sie kaufte zwei Rätselhefte, erinnerte Sophie noch einmal an die versprochene Friesentorte und verzog sich in ihren Strandkorb.

Eine Weile blieb Sophie unschlüssig hinter dem Verkaufstresen stehen. Etwas von dem, was die Frau gesagt hatte, hatte irgendwie ihr Interesse geweckt. Aber sie kam einfach nicht mehr darauf, was es gewesen war.

Schließlich zuckte sie mit den Schultern und ging nach hinten in die kleine Backstube, um sich einen Überblick zu verschaffen. Ein ähnlicher Plan gestern im Schuppen war schrecklich schiefgegangen. Sie hoffte einfach, sie würde heute mehr Glück haben.

Ihr Handy hatte sie inzwischen auf lautlos gestellt. Es waren einige Nachrichten von Freda, Hinnerk und ihrem Vater eingegangen, aber im Augenblick hatte sie einfach keinen Sinn für deren Probleme. Ihre berufliche Zukunft, ihr Überleben auf Langeoog ging vor. Ihrem Vater gegenüber hatte sie allerdings ein schlechtes Gewissen – schließlich hatten sie sich einen Monat lang nicht gesehen, und er war in den Norden gekommen, um sie zu besuchen. Sie nahm sich fest vor, am Abend ein paar Stunden mit ihm zu verbringen. Sie könnten zusammen essen gehen, vielleicht in eines der ausgezeichneten Fischrestaurants der Insel.

Derart mit sich selbst im Reinen stieß Sophie die Tür zur Backstube auf. Zunächst sah sie nur Spinnweben und dicke Staubschichten. So weit war sie auch schon in den vergangenen Wochen gekommen, bevor sie die Tür schnell wieder zugeschlagen hatte. Sie war einfach nicht bereit gewesen, sich der möglicherweise katastrophalen Wahrheit zu stellen. Diesmal jedoch hielt sie durch, und nachdem ihre Augen sich an das schwache Licht gewöhnt hatten, entdeckte sie einen großen, altmodischen Backofen, zwei elektrische Rührgeräte, die ungefähr so alt waren wie ihre Eismaschine, einen erstaunlich großen Arbeitstisch sowie offene Regale mit allerlei Behältern, Backblechen und Gerätschaften.

»Gar nicht übel«, sagte sie laut. »Vielleicht muss nur mal gründlich durchgeputzt werden.«

Bei ihrem Glück, das ahnte sie, würde es natürlich nicht so einfach sein. Vermutlich war der Backofen zu viele Jahre kalt geblieben, um noch zu funktionieren, und sie würde wie befürchtet einen neuen anschaffen müssen. Die Rührgeräte bewegten wahrscheinlich nur noch Luft und die Bleche wurden vom Rost zusammengehalten. Aber ihr alter Optimismus gewann die Oberhand, und sie machte sich mit Besen, viel Wasser und Lappen ans Werk.

Es wurde Abend, bis Sophie glaubte, den gröbsten Schmutz beseitigt zu haben. Die Backstube sah fast so aus, als könnten hier jederzeit frische Brötchen und leckeres Gebäck produziert werden. Zwar blitzte noch nicht alles so, dass es ihren Vorstellungen von Hygiene entsprach, aber für den Augenblick gab sie sich mit dem Ergebnis zufrieden. Außerdem war sie völlig erschöpft, ihr tat jeder Muskel im Körper weh, und sie konnte kaum noch die Arme heben. Ein nicht unbeträchtlicher Teil des Drecks war auf ihr selbst gelandet, und Sophie verspürte den unbändigen Drang nach einer Dusche oder einem Bad im Meer. Inzwischen war allerdings Ebbe, also blieb nur die Dusche.

Sophie ging nach draußen, schloss das Häuschen ab und schaute sich um. Die meisten Gäste hatten den Strand verlassen, nur hier und da sah sie Spaziergänger, die noch die frische Abendluft genossen. Pauline saß an der Kasse ihrer Strandkorbvermietung und rechnete mit einem Ehepaar ab. Matteo war damit beschäftigt, an seinem Eiswagen die langen, verschließbaren Rollos herunterzulassen.

Bevor einer der beiden sie ansprechen konnte, beeilte sich Sophie, fortzukommen.

Das Haus ihres Onkels war leer. Sie erschrak ein bisschen, schaute sich dann aufmerksam um. In der Küche lag ein Zettel auf dem Tisch. »Wir sind bei *Fisch-Klette*«, stand da in der Handschrift ihres Vaters. »Der Hunger war größer als unsere Feindschaft. Komm nach, wenn du magst.«

Sie grinste. Typisch Papa. Und klug wie gewohnt. Weil sie nicht auf seine Nachrichten reagiert hatte, war er zum Schreiben einer guten alten Notiz übergegangen.

Kurz checkte sie ihr Handy. Freda berichtete von einer zauberhaften Pension namens *Maria* etwas außerhalb des Ortes Capri und wollte wieder wissen, wie es ihrem Mann ging.

»Frag ihn doch selbst«, erklärte Sophie laut und antwortete nicht.

Ihr Vater hatte sich mehrfach erkundigt, wann sie zurückkäme, ihre Mutter hatte ebenfalls zweimal geschrieben. Wie das Leben so sei im hohen Norden, hatte sie gefragt. Ob es wirklich so schrecklich kalt sei. Sophie schmunzelte. Juanita war äußerst kälteempfindlich, schon in Frankfurt hatte sie die deutschen Winter gehasst. Auf einer windumtosten Insel wie Langeoog würde sie es vermutlich nur in den Sommermonaten aushalten.

Sie schrieb ihr schnell zurück, dass alles gut sei, was nicht wirklich stimmte. Aus einer Eingebung heraus berichtete sie noch von Bernhards Besuch.

Die Antwort kam innerhalb von Sekunden. »Ich weiß. Bis bald, mein Schatz.«

Verwirrt schaute Sophie auf das Display. Seit wann waren ihre Eltern wieder in Kontakt? Das musste nämlich der Fall sein, denn woher sollte Juanita sonst von Bernhards Aufenthalt auf Langeoog wissen? Okay, ihr Vater hatte eine Haushälterin, vielleicht hatte sie seine Ex-Frau darüber informiert. Aber das schien Sophie nun doch zu weit hergeholt.

Sie rieb sich über die Stirn, spürte, wie sie dabei einige Schmutzpartikel auf der Haut verteilte, und beeilte sich, unter die Dusche zu kommen.

Eine halbe Stunde später war sie unschlüssig, was sie tun wollte. Klar, sie konnte ihren Vater und ihren Onkel im Restaurant treffen, aber etwas hielt sie davon ab. Sie würde nur wieder in deren Probleme reingezogen werden, vielleicht auch versuchen, herauszufinden, seit wann ihre Eltern wieder miteinander sprachen. Doch all das war ihr zu viel an diesem Abend. Immer noch lauerte ein halber Gedanke irgendwo in ihrem Kopf. Er hatte etwas mit ihrer Arbeit zu tun, aber jedes Mal, wenn sie ihn beinahe zu fassen bekam, verschwand er wieder.

Sophie beschloss, einen langen Spaziergang zu unternehmen. Sie bereitete sich ein Brot zu, biss ein paar Mal davon ab, steckte eine Flasche Wasser ein und machte sich auf den Weg. Diesmal nicht zum Strand, sondern in die entgegengesetzte Richtung. Sie verspürte ein Bedürfnis nach Ruhe, um nachdenken zu können.

Deshalb lief sie quer durch den Ort bis zum Inselwäldchen. Kaum war sie zwischen Birken, Erlen, Pappeln und Ebereschen in diese andere Welt eingetaucht, wusste sie, es war die richtige Entscheidung gewesen. Tiefe Ruhe lag über dem ungewöhnlichen Wäldchen. Ungewöhnlich deshalb, so wusste Sophie, weil Langeoog ein weitgehend sandiges Eiland war. Die Entstehungsgeschichte dieses besonderen Ortes kam eher traurig daher: Das Wäldchen war auf dem Areal des von den Nationalsozialisten gebauten Militärflughafens entstanden. Und dennoch war es eine Wohltat, auf den Wanderpfaden zu gehen und tief die Luft einzuatmen, die hier würziger und irgendwie friedlicher roch.

Sie war noch nicht weit gekommen, als sie bemerkte, dass sie nicht die Einzige war, die auf die Idee eines Waldspaziergangs gekommen war. Ein Pärchen lief vor ihr her, und Sophie hatte sie bald eingeholt. Die beiden gingen aber auch verflixt langsam! Kein Wunder, dachte sie, wenn man die ganze Zeit wie zwei Kletten aneinanderhing. Erst als sie mit einem leisen »Entschuldigung« auf dem schmalen Waldweg an den beiden vorbeigehen wollte, erkannte sie Riccardo … und Annabel!

Alle drei blieben überrascht stehen. Riccardo fasste sich als Erster. »Hallo, Sophie.«

Sie schwieg, blickte nur von einem zum anderen. Ihr Herz wusste nicht, was es fühlen sollte. Wahrscheinlich stand es unter Schock. Ihre beste Freundin auf der Insel und der Mann, der sie vor kaum vierundzwanzig Stunden mit einem Schokoladeneis verführen wollte, spazierten Arm in Arm durch den lieblichen Wald.

Annabel räusperte sich ein paar Mal, bevor sie sprach. »Es ist nicht so, wie du denkst.«

»Ach nein? Was denke ich denn?«

Annabel löste langsam ihren Arm von Riccardos Hüfte, und er nahm seine Hand von ihrer Schulter.

»Wir sind gute Freunde«, sagte er.

Sophie glaubte ihm kein Wort. »Ja, klar. Und Francesca ist das Ergebnis eines Spazierganges.«

Sie sah, wie Annabel bleich wurde. »Was?«

»Du hast mich schon verstanden. Aber wisst ihr was? Mich geht das alles nichts an, richtig?«

»Könnte man so sagen«, erwiderte Riccardo, wirkte jedoch leicht verunsichert.

Annabel aber wurde jetzt richtig zornig. »Du hast sie ja nicht mehr alle! Wie kommst du darauf, dass Francesca Riccardos Tochter sein könnte?«

»Ist sie es nicht?«

Annabel würdigte sie keiner Antwort. Sie machte einfach auf dem Absatz kehrt und stapfte davon. So schnell verschwand sie im Gehölz, dass Sophie keine Zeit hatte, zu reagieren.

Erst nach ein paar Augenblicken rief sie: »Annabel! Komm zurück!«

»Sinnlos«, erklärte Riccardo. »Die hast du erfolgreich verjagt.«

»Aber sie ist ganz allein. Was ist, wenn sie sich verläuft?«

»Annabel? Im Inselwäldchen?« Riccardo lachte. »Die kennt hier jeden Busch und Baum. Die Reitschule liegt ganz in der Nähe, schon vergessen?«

Sophie hatte trotzdem ein furchtbar schlechtes Gewissen. Wie hatte sie nur so taktlos sein können? Pure Eifersucht, gestand sie sich ein. Sie hatte den Anblick dieser zwei so innig verbundenen Menschen nicht ertragen.

»Es tut mir leid«, murmelte sie.

»Das wirst du ihr schon selbst sagen müssen«, erwiderte Riccardo. Er hatte sein charmantes Lächeln wiedergefunden. »Annabel ist eine prima Frau. Ich kann mit keiner so reden wie mit ihr.«

Schon wieder loderte die Eifersucht auf. Es brannte Sophie auf der Zunge, Riccardo nach seinem genauen Verhältnis zu Annabel auszufragen. Sie konnte sich gerade noch bremsen.

»Mit mir kann man auch gut reden«, erklärte sie stattdessen. Es war ihr ein bisschen peinlich, und sie fühlte, sie stand im Augenblick auf einer Stufe mit der fünfzehnjährigen Rebecca, aber sie wünschte sich nichts sehnlicher, als …

Ja, was denn? Dass sie ebenso eng umschlungen mit Riccardo weiterspazierte? Dass er sie wild küsste und dann ins Unterholz schleifte?

Herr im Himmel!

»Lass uns weitergehen«, schlug sie schließlich vor, weil er nichts sagte und sie nur amüsiert anschaute. Peinlicher konnte es kaum noch werden. Immerhin setzte er sich in Bewegung, hielt aber einen kleinen Abstand zwischen ihnen ein. Fieberhaft überlegte Sophie, wie sie die Situation retten konnte. Sie hatte sich unmöglich benommen, und sie musste das irgendwie ausbügeln. Riccardo sollte nicht denken, sie sei genauso schlimm wie seine vielen Freundinnen, die sich wahrscheinlich gegenseitig die Augen auskratzten, um in seiner Gunst zu steigen. Er sollte glauben, sie sei vernünftig und erwachsen.

Okay, er sollte sie auch für eine schöne und begehrenswerte Frau halten. Aber davon gab es in seinem Leben ja schon genug, da musste sie anders punkten. Ein Teil von ihr schämte sich entsetzlich, weil sie sich kaum besser benahm als seine anderen Verehrerinnen. Aber der Wunsch, ihm zu gefallen, war größer.

»Danke noch mal für gestern«, sagte er, als sie schon ein Stück weitergegangen waren. »Du hast mich gerettet.«

»Gern geschehen.« Auf einmal wusste sie, worüber sie mit ihm sprechen konnte. »Dein Geschäft läuft gut.«

Er nickte, rückte ein Stückchen näher an sie heran. »Ja, in den Sommermonaten. Im Herbst und Winter wird es, wie schon gesagt, schwierig. Letztes Jahr wollten Matteo und ich in den kalten Monaten schließen. Die laufenden Kosten sind höher als die Einnahmen.«

»Ihr müsstet noch etwas anderes anbieten«, sagte Sophie. Sie sah wieder die Kundin vom Nachmittag vor sich, bekam diesen einen Gedanken aber immer noch nicht zu fassen.

»Klar, daran haben wir auch schon gedacht. Aber wir wissen einfach nicht, was. Mein Bruder und ich sind Gelatieri. Das haben wir gelernt, das können wir. Keiner von uns sieht sich plötzlich als – was weiß ich – Pizzabäcker.«

»Pizzabäcker«, wiederholte Sophie leise. Sie blieb stehen, schaute ihn an, bemerkte, dass seine Augen halb geschlossen waren. Als träume er von etwas ganz anderem. Einem Kuss von Annabel vielleicht?

Schluss damit!, befahl sie sich selbst.

Pizzabäcker. Pizza. Bäcker. Bäckerin.

Eiscreme. Mandel-Sanddorn-Kekse.

Beides auf einem Teller.

Da war er plötzlich, der Gedanke, und sie stieß einen kleinen überraschten Laut aus.

»Was ist denn mit dir los?« Riccardos Augen waren jetzt vor Überraschung weit geöffnet. »Du siehst aus wie jemand, der einen Geistesblitz gehabt hat.«

»Einen Geistesblitz, ja. So könnte man es nennen.«

Und bevor sie lange überlegen konnte, sprudelte der Einfall auch schon aus ihr heraus: »Ich bin Bäckerin von Beruf, das weißt du wahrscheinlich. Also, ich hätte da eine tolle Idee. Damit könnten wir auch die schwachen Monate überstehen.«

»Wir?«

»Ähm … na ja. Also, hör erst mal zu.«

Aber da war etwas in seinen Augen, das sie plötzlich innehalten ließ. Nicht jetzt, sagte sie sich, nicht mit ihm. Verwirrt rieb sie sich über die Stirn.

Bevor sie noch entscheiden konnte, was sie tun sollte, sagte Riccardo: »Ich verstehe schon. Du meinst, wir sollten die Eisdiele im Winter in ein Café verwandeln. Und du backst die Kuchen.«

»Hm«, murmelte Sophie nur. In Wahrheit hatte sie etwas anderes im Sinn. Es ging sogar über ihren ursprünglichen Plan, im Café Eiscreme und Kuchen anzubieten, hinaus. Aber sie schwieg.

Da zog er sie zu sich heran und küsste sie leidenschaftlich. Seine Lippen lagen auf ihren, und sie wartete auf ein Feuerwerk der Gefühle.

14. Kapitel

Sophie machte sich von Riccardo los. »Wir … sollten das vielleicht nicht tun.«

Er lächelte. »Warum nicht? Hier ist außer uns kein Mensch mehr. Und mein Bruder kommt uns ganz bestimmt nicht dazwischen.«

»Aber was ist mit Annabel?«

Riccardo hob die Brauen. »Wegen ihr brauchst du dir keine Sorgen zu machen. Glaub mir.«

Er wollte sie wieder an sich ziehen, aber Sophie trat einen Schritt zurück. Nicht nur, weil sie das unangenehme Gefühl hatte, seine Zuneigung galt mehr ihrer Geschäftsidee als ihr persönlich, sondern auch, weil das erwartete Feuerwerk ausgeblieben war, als er sie geküsst hatte. Es war noch nicht einmal eine abbrennende Wunderkerze gewesen. Angestrengt spürte sie ihren Empfindungen nach. Was hatte sie wirklich gefühlt?

»Eigentlich nichts«, flüsterte sie.

»Wie bitte?«

Sie sah auf. Dieser Mann hier war der mit Abstand begehrteste Vertreter seines Geschlechts auf der Insel, vermutlich in ganz Ostfriesland. Und sie, Sophie Barensen, erst kürzlich schmählich von ihrem Freund verlassen und nicht gerade mit zahlreichen Bewunderern gesegnet, entwickelte keine besonderen Gefühle, wenn ihre Lippen sich trafen. Seltsam, wirklich seltsam. Wahrscheinlich hatte sie nach Angelos Abgang ihr Herz so fest verschlossen, dass sie nun den Schlüssel nicht wiederfand.

»Tut mir leid«, sagte sie zu Riccardo. »Ich bin ein wenig durcheinander. Können wir ein andermal weiterreden? Ich glaube, ich muss jetzt nach Hause.«

Seine Augen weiteten sich. Eine solche Reaktion war er definitiv nicht gewöhnt.

Zu spät begriff sie, dass sie dadurch für ihn nur noch interessanter wurde. Aber vielleicht war das ja gut so, vielleicht brauchte sie wirklich nur ein wenig Zeit. Riccardo war ein absoluter Traummann, und wenn er sie das nächste Mal küssen würde, dann würde sie auf ihn so reagieren, wie es sich gehörte.

Sophie schenkte ihm ihr herzlichstes Lächeln und ging dann langsam davon. Sie spürte seinen Blick im Rücken, aber er kam ihr nicht nach. Je weiter sie sich von ihm entfernte, desto überzeugter war sie, dass ihre Gefühle für Riccardo schon noch aufflammen würden. Eigentlich, sie stutzte, grinste dann vor sich hin, eigentlich war sie doch in ihn verliebt. Welche Frau Mitte dreißig würde das nicht sein?

Sie verließ das Wäldchen, spazierte durch den Ort, und

ihr Grinsen verwandelte sich mit jedem Meter in ein verzücktes Lächeln. Riccardo Torrioni hatte sie geküsst! Unglaublich! Die Schande, eine verlassene Frau zu sein, wich von ihr. Sie musste es unbedingt jemandem erzählen.

Aber wem?

Annabel? Keine so gute Idee.

Jana, ihrer besten Freundin in Frankfurt? Sophie fischte ihr Smartphone aus der Hosentasche.

»Er hat mich geküsst!«, rief sie, als die Freundin sich meldete.

»Wer? Der nette, hilfsbereite Typ, oder sein fieser Bruder mit dem hohen Frauenverschleiß?«

Ähm – das war jetzt schwierig zu beantworten. Sophie druckste ein wenig herum, behauptete dann, die Verbindung werde schlecht, weil Wind aufgekommen sei. Sie pustete ein paar Mal in den Lautsprecher und drückte das Gespräch weg.

»Veräppeln kann ich mich alleine!«, schrieb Jana prompt.

Sophie zog es vor, darauf nicht zu reagieren.

»Lass bloß die Finger von dem Kerl!« Damit war sie nach Pauline schon die zweite Frau an einem Tag, die sie vor Riccardo warnte. Und das, obwohl sie den Mann nur aus Sophies eher positiven Erzählungen kannte.

Uff! Es war plötzlich ganz schön schwer, weiterhin verzückt zu lächeln.

Sie beschloss, ihr süßes Geheimnis vorerst für sich zu behalten, denn sie wollte sich nicht ausmalen, was zum Beispiel ihr Vater oder Matteo dazu zu sagen hätten.

Der Gedanke an ihren Vater ließ Sophie wieder einigermaßen zu sich kommen. Sie sah sich um, entdeckte den Bahnhof vor sich und machte sich auf den Weg zu *Fisch-Klette*. In der Kombüse traf sie Vater und Onkel in schönster Eintracht beisammen. Unwillkürlich fragte sich Sophie, ob die Nahrung der beiden nur flüssig mit hohem Alkoholgehalt gewesen war.

»Nein«, entgegnete ihr Vater auf ihre entsprechende Frage. Seine Stimme klang nur ganz leicht undeutlich. »Selbstverständlich haben wir zu Abend gegessen. Ich hatte Heringsmöwe und Hinnerk Austernfischer.«

»Ihr habt Vögel gegessen?«, hakte Sophie nach, während ihr Onkel sich lachend auf die Schenkel klopfte.

Ihr Vater, der pensionierte seriöse Rechtsanwalt, dachte scharf nach. »Unsinn. Das kommt davon, dass mein Schwager nur ein Thema kennt – abgesehen von seiner Frau natürlich. Was habe ich gesagt? Also, ich habe einen Heringsteller gegessen, und der liebe Hinnerk hat sich Austern bestellt.«

»Klingt gut.« Sophie bat um zwei Kissen und ließ sich dann auf einen freien Stuhl sinken. Die fragenden Blicke ihres Vaters ignorierte sie. Sie fand, die zwei wirkten wie alte Freunde, nicht wie Verwandte, die sich nicht ausstehen konnten. Und die Tatsache, dass ihr Vater vom »lieben Hinnerk« sprach, war ein echter Fortschritt. Zwar verspürte sie kaum Hunger, bestellte sich jedoch trotzdem einen kleinen Matjesteller.

»Wo warst du den ganzen Tag?«, wollte ihr Vater wissen.

»Tut mir leid. Hatte viel zu tun.«

»In einem Kiosk, über dem der Pleitegeier kreist?«

Hinnerk lachte schon wieder los.

Sophie war ein bisschen beleidigt. »Meine Schuld ist das nicht. Tante Freda hat das Geschäft schleifen lassen.« Augenblicklich wurde ihr Onkel ernst. »Meine arme Frau hat es verdient, auch mal was vom Leben zu haben.«

Interessant, dachte Sophie, wie man sich selbst belügen konnte. Vorhin war Hinnerk noch am Boden zerstört gewesen, weil Freda ihn einfach so verlassen hatte. Jetzt verteidigte er sie und fand gute Gründe für ihre Abreise. Sie weigerte sich, ihre Überlegungen fortzuführen – vor allem nicht bis zu dem Punkt, an dem sie sich eingestehen musste, dass sie sich in Bezug auf Riccardo auch ordentlich selbst etwas vormachte.

Hinnerk trank einen Schluck aus seinem halb leeren Bierglas. »Jahraus, jahrein dieselbe kleine Insel. Wenn sie die große weite Welt sehen will, dann soll sie das tun.«

»So groß und weit ist Capri nun auch wieder nicht«, wandte Bernhard ein. »Genau wie Ibiza. Eigentlich nur ein Klecks auf der Landkarte.«

Hinnerk grölte wieder los, und Bernhard fühlte sich vermutlich wie der witzigste Mensch der Welt.

Sophie erkannte ihren Vater kaum wieder. Zum ersten Mal seit seiner Ankunft betrachtete sie ihn genauer. Wirkte er nicht viel fröhlicher und zufriedener als sonst? Nein, das lag nicht nur an Rum und friesischem Bier. Das ging tiefer. So sehr war sie mit sich selbst beschäftigt gewesen, dass sie die Verwandlung vorher nicht bemerkt hatte.

Man könnte fast meinen …, überlegte sie, stockte und fragte dann geradeheraus: »Gibt es etwa eine neue Frau in deinem Leben, Papa?«

Sein Blick verschleierte sich. Sehr verdächtig. Dennoch gab er zurück: »Eine neue Frau? Da lachen ja die Möwen.«

»Die Hühner«, korrigierte Hinnerk grinsend.

»Von mir aus.« Bernhard musterte seine Tochter. »Du musst nicht von dir auf andere schließen.«

»Was soll das denn heißen?« Sie wusste, er wollte eigentlich nur von sich selbst ablenken, aber wie immer fiel sie darauf herein. Ihr Vater war ihr rhetorisch stets überlegen gewesen. Kein Wunder, er hatte jahrelang im Gerichtssaal geübt, während sie selbst eher stumm ihrem Handwerk nachgegangen war.

»Nun, ich habe gehört, dass du einem gewissen Casanova nachläufst.«

»Das stimmt überhaupt nicht!«, empörte sich Sophie. »Wenn überhaupt, dann ist er es, der hinter mir her ist!«

Mist! Sie hätte sich auf die Zunge beißen können, aber nun war es zu spät.

»Interessant«, sagte ihr Vater ruhig. »Erzähl mir mehr darüber, Kind.«

Hinnerk war jetzt ganz still. Zu ihrem Glück kam in dem Moment ihr Essen, und sie hatte Zeit, sich daran zu erinnern, dass sie siebenunddreißig war und nicht fünfzehn.

»Ich denke überhaupt nicht daran!«.

»Schade.« Ihr Vater lehnte sich zurück. Ein zufriedenes

Lächeln umspielte seine Mundwinkel. Klar, dachte Sophie. Er hat ja auch erfolgreich von sich selbst abgelenkt.

Sie aß schweigend und hörte zu, wie sich das Gespräch wieder Freda zuwandte – nach einer Weile begriff sie, was Hinnerk plante.

»Du willst nach Italien reisen? Zu Freda? Nach Capri? Du?!«

Ihr Onkel wirkte ein wenig verängstigt, aber in seinen Augen lag ein entschlossener Blick. »Warum nicht? Kann auch nicht anstrengender sein, als nach Ibiza zu fliegen.«

»Was hat denn jetzt Ibiza damit zu tun?«, hakte sie nach, doch keiner der beiden äußerte sich dazu. Mehr noch: Sie erhoben sich wie ein Mann, erklarten Sophie, sie müssten nun heimgehen, weil Hinnerk noch einige Vorbereitungen treffen müsse. Spätestens in zwei Tagen wolle er unterwegs sein. Die Rechnung übernähmen sie, und Sophie fände doch bestimmt allein zurück.

»Na toll«, sagte sie leicht angesäuert zu ihrem Vater. »Und ich dachte, du bist hier, um Zeit mit mir zu verbringen.«

»Das können wir nächste Woche auch noch tun. Dies hier ist ein Notfall. Wenn Freda jetzt ein Wanderfalke ist, muss Hinnerk hinterher.«

Sophie blickte ihnen nach und hoffte, ihr Vater würde sich vom Thema Vögel recht bald wieder lösen.

Eine halbe Stunde später machte sie sich selbst auf den Heimweg. Zumindest war das ihr Plan, zu ihrer Überraschung jedoch wandten sich ihre Füße wie von selbst wieder nach Süden, und als sie vor *Kallis Peerstall* stand, wusste sie, dass sie sowieso keine Ruhe finden würde, wenn sie sich nicht mit Annabel aussprach.

»Heute komme ich wirklich viel rum«, sagte sie leise. So langsam taten ihr auch die Füße weh. Aber nun war sie da, also konnte sie auch hineingehen. Neben dem Stall stand ein kleines rotes Backsteinhaus, in dem Annabel mit ihrer Tochter lebte.

Viel Platz hatten sie nicht, aber jedes Mal, wenn Sophie bisher zu Besuch gewesen war, hatte sie sich dort sehr wohlgefühlt, denn jede Lampe, jede Tapete und jeder Stuhl strahlte Geborgenheit und Wärme aus. Es war schon dunkel, und im Haus brannte kein Licht. Sophie stolperte über ein Stück Holz oder ein Spielzeug, sie konnte es nicht unterscheiden. Zum Glück fiel sie nicht hin. Eine weitere Prellung wäre ihr gar nicht gut bekommen.

»Vorsicht«, sagte eine Männerstimme, die sie nur zu gut kannte.

Im nächsten Moment entdeckte sie Matteo und Annabel in der Hollywoodschaukel vor dem Haus. Sie hatte selbst an manchen Abenden dort mit ihrer Freundin gesessen und geplaudert. Zwei Kerzen, die in einer alten Kutscherlaterne steckten, warfen ein schwaches Licht auf die beiden.

Nun stand Matteo auf. »Bis bald«, sagte er zu Annabel.

»Du kannst gern bleiben«, erwiderte sie.

»Nein, danke.«

Das klang ziemlich feindselig, fand Sophie, und merkte im nächsten Moment, dass dieser Ton in seiner Stimme ihr galt. Er kam nämlich direkt an ihr vorbei, maß sie mit einem so kühlen Blick, dass sie plötzlich frösteln musste, und ging weiter. Nicht ein Wort sagte er mehr.

Sophie blieb einen Moment verwirrt stehen, dann ging sie zu Annabel.

»Was hat er denn?« Den Gesichtsausdruck der Freundin konnte sie nicht erkennen, aber ihre Stimme klang auch nicht besonders freundlich. »Das fragst du wirklich?«

Auf einmal spürte Sophie, wie ihr die Tränen in die Augen stiegen. »Ach, Mensch! Ich weiß selbst nicht mehr, was ich fragen oder denken soll! Anscheinend mache ich alles falsch, seit ich auf der Insel bin.«

Sofort wurde Annabels Stimme weicher. »Setz dich erst mal.«

Sophie tat, wie ihr geheißen. Die Hollywoodschaukel war gut gepolstert, und sie spürte keinen Schmerz.

»Hast du ihm erzählt, dass ich dich und Riccardo im Inselwäldchen getroffen habe?«

»Sicher. Sollte das ein Geheimnis bleiben?«

»Nein, schon gut.«

»Und ich habe ihm auch gesagt, dass ich euch dort allein gelassen habe.«

»So«, murmelte Sophie nur. »Der ist doch wohl nicht eifersüchtig? Ich habe eher den Eindruck, er hat es auf dich abgesehen. Genau wie sein Bruder.«

»Sophie, du bist völlig auf dem Holzweg. Ich denke, ich muss dir was erzählen.«

Zu ihrer Überraschung berichtete Annabel zunächst von den Jahren, in denen sie als Kindergärtnerin in Emden gearbeitet hatte.

»Was hat das denn mit den Brüdern Torrioni zu tun?«, unterbrach Sophie sie.

»Wart's einfach ab.« Heraus kam schließlich eine Geschichte, auf die Annabel alles andere als stolz war, und Sophie begriff auf einmal, warum die Freundin so ein Geheimnis aus ihrem Leben gemacht hatte.

»Ich habe Ole wirklich geliebt«, gestand Annabel. »Er war so ein Typ Mann, der mit seinem dröhnenden Lachen die Fische in die Flucht schlagen konnte.«

Ole Witten, erfuhr Sophie, war ein Kapitän, der riesige Containerschiffe über die Weltmeere steuerte und alle paar Monate seine Eltern in Emden besuchte.

»Und er war unglaublich stark. Bei ihm fühlte ich mich geborgen.« Annabels Stimme war jetzt brüchig.

»Ich habe es nicht gewusst«, fügte sie leise hinzu.

»Was denn?«

»Dass er verheiratet war.«

»Oh mein Gott!« Sophie dachte an all die Vorurteile über Seemänner. Eine Braut in jedem Hafen. Nun, bei einigen schien was dran zu sein. Sie legte einen Arm um Annabels Schultern und hörte weiter zu.

»Seine Mutter hat es mir verraten, als ich schon im fünften Monat schwanger war. Wir haben uns zufällig beim Frauenarzt getroffen, und weil er mich seinen Eltern einmal als liebe Freundin vorgestellt hatte, dachte ich, nun könnte ich es ihr auch erzählen. Ole hatte ich zuletzt gesehen, als ich noch gar nicht wusste, dass ich in anderen Umständen war. Wir hielten natürlich täglich Kontakt. Zwei Wochen später sollte er zurückkehren, und ich wollte es ihm persönlich sagen. Als ich aber seine Mutter traf, konnte ich nicht widerstehen.«

Sophie drückte die Schulter ihrer Freundin. Als Angelo sie verließ, hatte sie geglaubt, ihre Welt würde zusammenbrechen, aber das war ja lächerlich gewesen im Vergleich zu dem, was Annabel wahrscheinlich empfunden hatte.

»Ihre Reaktion war reines Entsetzen. Sie hat mich aus dem Wartezimmer geführt, dann aus der Arztpraxis. In einer Teestube ist sie dann mit der Wahrheit herausgekommen. Ihr Sohn hatte in Hamburg eine Frau und drei Kinder.«

Sophie stieß hintereinander mehrere italienische Flüche aus. Annabel schaffte es nicht, darüber zu lächeln.

»Tja, das war's für mich. Ich beschloss, ihn niemals wiederzusehen. Zuerst bin ich nach Wilhelmshaven gezogen. Eine Freundin nahm mich auf und half mir mit Francesca, nachdem sie auf der Welt war. Dann hat sie mich einigen ihrer Bekannten als Tagesmutter empfohlen. So kam ich einigermaßen zurecht. Aber ich habe mich dort nie ganz wohlgefühlt. Schließlich habe ich dann beschlossen, nach Langeoog zurückzukehren.«

»Was hast du bloß alles mitgemacht!«, stieß Sophie aus. »Den Kerl könnte ich umbringen!«

»Warte mal.« Annabel ging kurz ins Haus und kam nach ein paar Minuten mit zwei Gläsern Rotwein wieder.

»Francesca schläft tief und fest.« Sie reichte Sophie ein Glas.

»Apropos«, meinte Sophie. »Warum hast du einen italienischen Namen gewählt?«

»Eine meiner Großmütter hieß Franziska. Sie war eine tolle Frau, und ich habe meine Tochter nach ihr benannt, halt nur mit südlichem Einschlag.«

Zum ersten Mal lächelte sie ein wenig. »Und mir ist es lieber, die Leute spekulieren über eine italienische Herkunft als über einen verheirateten Ostfriesen als Vater.«

Sophie nippte an ihrem Glas. »Weiß Francesca von ihm?«

Annabel nickte. »Ich habe es ihr vor ein paar Monaten erzählt, aber im Augenblick möchte sie nichts von ihm wissen. Sollte sie ihre Meinung einmal ändern, kann sie ihn von mir aus gern kennenlernen. Er war ein Mistkerl, aber er hat mir das schönste Geschenk meines Lebens gemacht.«

Ein paar Minuten lang tranken sie schweigend ihren Wein. Dann sagte Annabel: »Die Brüder Torrioni waren von Anfang an meine Freunde hier. Besonders Matteo, aber auch Riccardo.«

»Nur ... Freunde?«

»Ja«, erwiderte Annabel fest.

»Aber vorhin im Wäldchen ...«

»Manchmal tut es gut, einen anderen Menschen zu umarmen, ohne, dass gleich mehr passieren muss. Riccardo und ich machen das, wenn uns niemand sieht.«

So ganz mochte Sophie der Freundin nicht glauben. Doch dann dachte sie daran, wie gern sie selbst Menschen in die Arme schloss, und nickte.

»Er hat mich geküsst«, gestand sie dann. »Ich glaube, ich bin in ihn verliebt.«

»Verdammt!«, war alles, was Annabel darauf erwiderte. Erst nach einer ganzen Weile fügte sie noch hinzu: »Armer Matteo. Arme Sophie.«

15. Kapitel

Beinahe unmerklich, aber doch unaufhaltsam wurden die Tage an der Nordsee kürzer. Auf Langeoog merkten die Menschen kaum, dass der Sommer sich langsam seinem Ende zuneigte. Auch Mitte August war es noch warm und schön wie im Juli. Nur abends, wenn die Straßenlaternen früher als sonst angeschaltet wurden, fiel Einheimischen wie Gästen auf, dass die Zeit der langen, hellen Tage vorbei war, und dass der Herbst mit kalten Temperaturen, kräftigen Winden und Wolkenbergen vor der Tür stand. Dann schlossen im September viele Pensionen und Hotels, andere blieben mit weniger Zimmern geöffnet. Die Strandkörbe wanderten ins Winterlager, wo sie vor Stürmen geschützt waren, und es wurde stiller auf der Insel. Das Leben fand zu einem gleichmäßigeren Rhythmus zurück.

Aber noch ließ es sich herrlich Ferien machen auf dem lang gestreckten Eiland im Wattenmeer. Noch bauten Kinder mit ihren Eltern hohe Sandburgen am Strand, gingen die Sportler bei Flut hinaus zum Surfen und Segeln, wanderten Naturliebhaber bei Ebbe im Watt, spazierten ältere Herrschaften durch die Dünen, sorgsam darauf bedacht, auf den rot gepflasterten oder aus Holzbohlen bestehenden Wanderwegen zu bleiben, um diese lebenswichtigen Schutzwälle gegen Sturmfluten nicht zu beschädigen. Noch freuten sich die Insulaner über eine weitere erfolgreiche Saison, die es ihnen erlaubte, ein dickes finanzielles Polster für die schwachen Monate zwischen Oktober und März anzulegen.

Nur ich nicht, dachte Sophie und legte das Lokalblatt beiseite. Der Bericht darin war geradezu euphorisch gewesen. Sonst bemühte man sich um eine ostfriesisch-zurückhaltende Sprache, aber die diesjährige Saison hatte den Redakteur zu Begriffen wie »Jahrhundertbusiness«, »Goldinsel Langeoog« und »Wattenmeer-Wunder« inspiriert.

»So ein Quatsch!«

Sophie blickte von der Zeitung auf zum Strand. Das einzige Wunder, das ihr in zweieinhalb Monaten auf Langeoog passiert war, hieß »Konkurs abgewendet«. Wie sie es geschafft hatte, den Kiosk ihrer Tante Freda vor der Schließung zu bewahren, überraschte sie selbst. Zumal Freda sich um nichts mehr kümmerte, sondern die große weite Welt erkundete. Na, zumindest die von Capri, dem Ziel ihrer Sehnsucht. Ihr Mann Hinnerk war ihr wohl oder übel gefolgt.

So war alles an Sophie hängen geblieben, und sie war fest entschlossen gewesen, es zu schaffen. Einzig ihrer Idee mit Kuchen und Keksen hatte Sophie es zu verdanken, dass es sich überhaupt lohnte, den Kiosk zu öffnen. Sie hatte angefangen, frische Mandel-Sanddorn-Kekse sowie original Friesentorte und Kaffeebrot anzubieten. Noch immer buk sie in der Küche ihrer Tante Freda, obwohl ihr hier am nördlichen Strand auch eine Backstube zur Verfügung gestanden hätte. Das kleine Haus, in dem der Kiosk untergebracht war, war früher eine Bäckerei gewesen, bloß verfügte Sophie nicht über die finanziellen Mittel, um ein paar nötige Renovierungsarbeiten durchzuführen.

Sophie beobachtete, wie ein Mann um die sechzig zwischen Kiosk und Eiswagen dem Strand zustrebte. Er hielt den Blick fest auf den Boden gerichtet, trug eine kleine Harke und eine erstaunlich große Klappschaufel bei sich. Ein Tourist auf Schatzsuche, kein Zweifel. Nur war nicht klar zu erkennen, ob er am Ufer nach Bernstein suchen wollte oder an irgendeiner geheimen Stelle den berühmten Goldschatz ausgraben würde. Dieser wurde der Legende nach während der Franzosenzeit Anfang des neunzehnten Jahrhunderts durch Schmuggel angehäuft und gut versteckt. Als der letzte Eingeweihte, ein gewisser Tjark Otten Leuß, gut vierzig Jahre später starb, nahm er sein Wissen mit ins Grab – aus reiner Bosheit, wie viele Zeitgenossen behaupteten. Seitdem ging das Gerücht, irgendwo auf der Insel warte ein unvorstellbarer Schatz nur darauf, gefunden zu werden.

Sophie verzog die Mundwinkel nach unten. Vielleicht sollte sie das auch mal versuchen. War womöglich erfolgversprechender als das Bemühen, mit harter, ehrlicher Arbeit ihren Lebensunterhalt zu verdienen.

Der ältere Mann, der nun ihren Blicken entschwunden war, hatte auf jeden Fall eine günstige Tageszeit gewählt. Es war später Nachmittag an diesem Samstag Mitte August. Bald würden die Badegäste den Strand verlassen, und er konnte in Ruhe mit seiner Suche beginnen.

»Ciao, Bella!«

Die Bitterkeit verflog aus ihrem Gesicht, zurück blieb ein geschmeicheltes Lächeln. Riccardo Torrioni stand draußen und atmete tief ein. Das machte er immer so, wenn er vorbeikam. Er behauptete, im Ortszentrum, wo er die Eisdiele *Dolomiti* betrieb, sei die Luft nicht halb so gut wie hier direkt am Strand. Was Quatsch war, wie Sophie wusste. Schließlich war Langeoog eine autofreie Insel. Aber wenn Riccardo gern eine kleine Show abzog, sollte er es tun. Jedes Mal, wenn Sophie ihn sah, konnte sie ihr Glück kaum fassen. Der groß gewachsene, athletische Mann mit dem braunen Wuschelhaar und den olivenschwarzen Augen wollte mit ihr, mit Sophie Barensen, zusammen sein. Er, der jedes Mädchen für sich gewinnen konnte, wollte ausgerechnet sie!

In seltenen, ehrlichen Momenten wusste sie, das könnte eventuell etwas mit ihrem Beruf als Bäckerin zu tun haben. Sie hatte ihm mal gesagt, seine Eisdiele würde im Winter weiterhin gut laufen, wenn er auch Torten und Kuchen anbieten würde. Seitdem war er zuvorkommend und aufmerksam zu ihr. Nur geküsst hatte er sie nicht mehr, was sie nicht so recht verstand. Okay, der Kuss hatte in ihr keine großen Gefühle ausgelöst, aber sie war davon überzeugt, sie würde sich mit der Zeit mehr und mehr in ihn verlieben.

Mochten andere Leute gegen diese Beziehung sein – das war ihr egal. Andere Leute waren nicht wichtig. Pauline zum Beispiel, die Riccardo jedes Mal, wenn er vorbeikam, giftige Blicke zuwarf. Oder Matteo, der sich weigerte, mit Sophie noch ein Wort zu wechseln.

Ha! Die beiden konnten ihr gestohlen bleiben!

Schwieriger war es bei ihrer Freundin Annabel, die Sophie mit schöner Regelmäßigkeit einen Vogel zeigte. Und sogar ihr Vater Bernhard, der seit mehr als einem Monat auf der Insel weilte, schien etwas gegen Riccardo zu haben.

Sophie war der Meinung, alle Welt habe sich gegen sie verschworen und niemand wolle ihr dieses Glück gönnen.

Glück, na ja. In Wahrheit war sie die meiste Zeit nicht besonders glücklich, zumal Riccardo und sie sich kaum sehen konnten. Sie musste am Kiosk die Stellung halten und buk die halbe Nacht lang in Fredas Küche neue Kuchen. Er war in seiner Eisdiele voll beschäftigt, und es kam selten vor, dass er sich mal eine halbe Stunde freinahm, um vorbeizuschauen.

Nun, jetzt war er da. Sophie strahlte ihn an. Sie war ja so froh, ihn zu sehen. Allein seine Gegenwart ließ sie für einen Moment alle Probleme vergessen. Im Bruchteil einer Sekunde entschied sie, dass nun mal genug war mit der vornehmen Zurückhaltung. Sie sehnte sich nach körperlicher Nähe, nach Zärtlichkeit und dem Gefühl der Geborgenheit. Es war einfach schrecklich, sich so allein zu fühlen. Sie verließ den Kiosk, stellte sich dicht vor ihn und schaute ihn prüfend an. Riccardo lächelte. Also nahm Sophie all ihren Mut zusammen und legte sanft ihre Lippen auf seine. Er gab einen überraschten Laut von sich, erwiderte dann aber ihren Kuss. Als sie die Arme um ihn schlang, drängte er sich dichter an sie. Wie hatte ihr das gefehlt! Seit einer kleinen Ewigkeit war sie ihm nicht mehr so nahe gewesen. Und ihre Eigenheit, Menschen an sich zu drücken, war auf Langeoog fast zum Erliegen gekommen. Niemand ließ sich von Sophie so leicht in den Arm nehmen. Ihr Vater nicht, Pauline nicht, Annabel schon gar nicht. Genauer gesagt: nicht mehr. Die Freundin war ziemlich zurückhaltend geworden. Immer freundlich und meistens fröhlich, aber dieses vertraute Gefühl, das Sophie eine Zeit lang verspürt hatte, war weg. Ach, und eigentlich wollte sie doch überhaupt nur diesen Mann hier umarmen! Es fühlte sich großartig an.

Irgendwo rechts von ihr entstand Unruhe, doch Sophie achtete nicht darauf. Sie war voll auf den Kuss konzentriert. Wieder war da kein Feuerwerk, worauf sie schon beim ersten Mal gewartet hatte. Aber sie sagte sich, das könne noch kommen. Sie müssten nur mehr üben, nicht bloß alle vier oder fünf Wochen. Die Unruhe in ihrer Nähe wurde lauter. Jemand rief: »Der Eismann ist abgehauen!«

Eine jugendliche Stimme erwiderte: »Na los! Wir können uns selbst bedienen!«

Riccardo machte sich so plötzlich von Sophie los, dass sie ins Stolpern geriet. Er fing sie nicht auf. Sie musste selbst zusehen, wie sie ihr Gleichgewicht wiederfand –

er war schon weg. Schnell wie der Wind stürmte er zum Eiswagen seines Bruders, setzte die Ellbogen ein, verpasste da einem frechen Jugendlichen einen Stoß, zog hier einen anderen am Hemd beiseite und nahm Matteos Platz im Wagen ein. »Was darf es sein, Leute?«

Der Trubel legte sich. Ein paar Jungen und Mädchen stellten sich brav in einer Reihe auf, ein paar andere verschwanden. Riccardo füllte gekonnt Eistüten und Becher, kleckste Sahne obenauf, kassierte und fragte den nächsten Kunden nach seinem Wunsch.

Sophie schaute ihm nachdenklich dabei zu. Matteo war einfach weggegangen? Warum das denn? Weil sie seinen Bruder geküsst hatte? Ihr war alles andere als wohl zumute. Sie ahnte schon lange, dass Matteo tiefe Gefühle für sie hegte. Bloß konnte sie diese nicht erwidern. Matteo war ihr zu unscheinbar, zu dünn. Er trug sein ebenfalls braunes Haar zu einem Knoten gebunden, was sie überhaupt nicht mochte, hatte einen Vollbart, und auf seiner Nase saß eine Brille, die seinen schwarzen Augen alle Farbe raubte. Freda hatte ihn mal den Schattenbruder genannt. Ein treffender Ausdruck, fand Sophie. Nein, für Matteo würde sie im Leben keine romantischen Gefühle empfinden, mochten andere Leute wie Pauline oder Annabel das anders sehen. Zugegeben, dachte sie jetzt, er hat ein bisschen an Gewicht zugelegt. Vielleicht trainierte er heimlich. Dennoch blieb er neben Riccardo optisch eher mittelmäßig. Ein bisschen schämte sie sich, weil sie so nach Äußerlichkeiten ging. Kam es nicht viel mehr auf den Charakter und das Herz eines Menschen an?

Ja, klar. Aber wer nahm schon freiwillig das hässliche Exemplar, wenn man das bildschöne bekommen konnte?

Als am Eiswagen schließlich Ruhe einkehrte, ging Sophie hinüber. Riccardo wischte sich die Hände an einem Lappen ab und grinste sie an. »Gerade noch mal gerettet. Die waren dabei, alles zu plündern.«

Sophie trat zu ihm in den Wagen. Es war sehr eng, und sie berührten sich an Hüften und Schultern.

Riccardo wich ihrem Blick aus. »Du solltest hier nicht sein.«

»Warum nicht?«

»Na ja, wenn Matteo zurückkommt und dich hier sieht …« Er ließ den Rest unausgesprochen, aber sie begriff auch so, da sie es ja schon geahnt hatte. »Er ist eifersüchtig.«

Riccardo nickte. »Und wie. Er hat mich im Juli sogar gebeten, dich in Ruhe zu lassen.«

»Was?« Sie konnte es nicht fassen. »Wie kann er es wagen, sich in mein Leben einzumischen?«

Eine heftige Wut packte sie. Deshalb war Riccardo so zurückhaltend gewesen! Frechheit! War sie vorher schon manchmal zornig gewesen, wenn kein Kunde mehr abgepacktes Eis im Kiosk kaufte, so war sie jetzt an einem Punkt angelangt, an dem sie auf Rache sann.

Nur eines musste sie vorher noch wissen. »Und hast du dich daran gehalten, weil ich dir im Grunde egal bin?«

Sanft fuhr Riccardo ihr mit einem Finger über die Wange. Sie erschauderte. Auf eine so zärtliche Geste war sie nicht gefasst gewesen.

»Wie könnte eine so schöne und kluge Frau mir gleichgültig sein«, erwiderte er leise. »Das ist es nicht.«

»Was dann?« Sie beschränkte sich auf die zwei Worte, weil ihre Stimme zitterte.

Riccardo schien zu zögern. Wer ein echter italienischer Macho war, zeigte seine Gefühle nicht offen. Dann aber sagte er doch: »Ich liebe meinen Bruder, und ich möchte ihm keinen Kummer bereiten.«

Eine solche Antwort hatte Sophie nicht erwartet. Sie hielt ihn für einen aufregenden Kerl, aber nicht unbedingt für einen charakterfesten Mann.

»Und trotzdem hältst du die Flamme am Köcheln.«

Er hob nur die Brauen.

Sophie drückte ihm einen Zeigefinger auf die Brust. »Du flirtest mit mir. Du kommst mich hier regelmäßig besuchen, du schickst mir Nachrichten. Warum? Weil ich Bäckerin bin und im Winter für dich im *Dolomiti* arbeiten soll?«

Riccardos Gesichtsausdruck verriet ihr, dass sie ziemlich genau ins Schwarze getroffen hatte. Obwohl sie tief im Innern zwar längst wusste, dass es die Wahrheit war, erstarrte ihr Herz, ihr wurde kalt.

»Ihr seid Mistkerle, alle beide«, sagte sie ruhig. »Du und dein Bruder. Ich wünschte, ich wäre euch nie begegnet.«

Er hob die Hände, als wollte er sich ergeben. »Sophie, bitte. Du siehst das alles völlig falsch. Das wäre nur eine Lösung. Die andere …«

»Halt die Klappe!«, entgegnete sie. »Ich denke, zum ersten Mal sehe ich alles sehr klar.«

Sie verließ den Eiswagen und wollte nur noch weg. Weit kam sie nicht. Auf einmal stand Matteo vor ihr.

»Ist das so deine Art?«, fragte Sophie. Sie war zutiefst verletzt, und jemand sollte dafür büßen. Am besten Matteo.

Er schwieg, schaute sie nur an, rührte sich nicht.

Sophie stampfte mit dem Fuß auf, was ohne Wirkung blieb, da sie im Sand stand. »Du glaubst wohl, du bist der König von Langeoog? Kannst hier herrschen, wie es dir passt? Mir meine Kunden wegnehmen?«

Dann setzte sie noch eins drauf: »Und deinem Bruder die Frau, die er liebt, abspenstig machen?« Sie hörte selbst, wie falsch das klang, aber Matteo solllte sich schlecht fühlen – und da musste sie ihm eben vorgaukeln, zwischen ihr und Riccardo herrsche innige Liebe.

Offensichtlich verwirrt zog Matteo die Brauen zusammen. Dann strich er sich durchs Haar, wobei Sophie merkte, dass der dumme Knoten verschwunden war. Seine braunen Locken waren kurz geschnitten und ließen ihn schlagartig viel besser aussehen. Auch seine Figur hatte sich verändert. Die Schultern schienen breiter zu sein, die Wangen weniger hohl. Sie wunderte sich über sich selbst. Warum stellte sie überhaupt solche Überlegungen an? Es konnte ihr doch völlig egal sein, wie der Typ aussah, der ihr erst das Geschäft verdarb und sich nun auch in ihr Liebesleben einmischte.

»Und wenn etwas mal nicht nach deinen Wünschen geht, dann verduftest du einfach und lässt es zu, dass die Anarchie ausbricht?«

»Anarchie?«, fragte er nach. In seiner Stimme klang ein seltsamer Ton mit. Wenn sein Gesicht nicht so ernst gewesen wäre, hätte Sophie schwören können, es sei ein belustigtes Glucksen gewesen.

»Und ob! Dein Eiswagen wurde gestürmt. Hätte dein Bruder nicht eingegriffen, wäre dein Geschäft geplündert worden.«

»Sie übertreibt!«, rief Riccardo. »Da wollten nur ein paar junge Leute eine Gratisportion.«

Sophie drehte sich halb zu ihm um. »Würdest du dich bitte raushalten? Ich habe mit Matteo zu reden.«

Die beiden Brüder tauschten einen Blick, und Sophie war sich fast sicher, dass sie sich über sie amüsierten. So langsam kochte sie vor Zorn. Riccardo verschwand mit den Worten, er müsse wieder in die Eisdiele zurück, Matteo blieb stehen, wo er war, und ließ Sophie nicht aus den Augen.

»Die Frau, die er liebt, sagst du?«

»Ja!«, stieß sie hervor. »Das bin zufällig ich. Und mit deiner blöden Eifersucht machst du alles kaputt.«

Eine Weile blieb Matteo stumm. Sie dachte, er lege sich Worte der Entschuldigung zurecht, doch sie irrte sich gewaltig. Als er den Mund wieder öffnete, brach ein so lautes Lachen aus ihm heraus, dass ein paar Möwen, die neben dem Eiswagen nach Waffelkrümeln pickten, kreischend davonflogen.

Sophie war wie erstarrt. Sie wusste nicht, was sie denken oder fühlen sollte. Dieses Lachen klang so ehrlich, so spontan, und deshalb traf es sie auch so tief.

Der Lachanfall dauerte eine Ewigkeit. Matteo krümmte sich mittlerweile, rieb sich die Tränen aus den Augen, kämpfte um seine Fassung und prustete doch immer wieder los. Irgendwann hörte es dann auf, so plötzlich, wie es angefangen hatte.

Sophie überlegte gerade, ob sie ihn mit der Schnur erwürgen konnte, an der die bunten Fähnchen des Eiswagens hingen. Da nahm Matteo die Brille ab und schaute sie aus seinen nachtschwarzen Augen intensiv an.

»Wenn du glaubst, Riccardo sei fähig, nur eine Frau zu lieben, dann bist du dümmer, als ich dachte. Werde mal erwachsen, Sophie.«

Todlich beleidigt starrte sie zurück. Dann wandte sie sich ab und ging zum Kiosk zurück. Der Kopf war hoch erhoben, die Schultern blieben durchgedrückt.

Halb erwartete, halb befürchtete sie, Matteo käme ihr nachgelaufen. Nichts geschah.

Sie erreichte den Kiosk, ging hinein, stand eine Weile steif da, sank schließlich auf einen Hocker und brach in Tränen aus. Sie fühlte sich verraten und verkauft. Von beiden Brüdern.

»Ich hasse alle Italiener!«, stieß sie wütend aus.

»Die Spanier hoffentlich nicht.«

16. Kapitel

Sophie sah hoch, sprang dann auf und lief auf die Frau zu, die dort im Eingang des Kiosks stand.

»Mama!«

Juanita Barensen lachte ihre Tochter an. »Da staunst du, mein Schatz, was?« Sie war eine kleine Frau, kaum eins sechzig groß. Ihr dunkles Haar fiel ihr bis tief in den Rücken und hatte einen satten Braunton. Sie war auch mal blond gewesen, und ganz früher schwarzhaarig. Ihr tief gebräuntes Gesicht wies zwar Lachfalten auf, wirkte aber dennoch viel jünger, als es bei einer Frau Mitte fünfzig zu erwarten gewesen wäre.

»Was ... was machst du denn hier?«, stotterte Sophie und umarmte ihre Mutter. Ihr eigenes nordisches Aussehen hatte sie vom Vater geerbt.

Juanita Barensen gab ihrer Tochter einen Kuss auf die Wange. »Ich dachte, ich schaue mal, was meine Familie so macht.«

»Das ist ja das reinste Inselhopping«, stellte Sophie fest.

»Wie meinst du das?« Juanita sprach immer noch perfekt Deutsch, obwohl sie seit knapp dreißig Jahren wieder in ihrer alten Heimat lebte. Sie hatte die Familie verlassen, als Sophie noch klein gewesen war. Und erst sehr viel später hatte Sophie zu akzeptieren gelernt, dass eine temperamentvolle Frau wie Juanita neben einem pragmatischen Mann wie Bernhard Barensen nicht glücklich werden konnte.

Juanita hatte aber dafür gesorgt, dass ihr die deutsche Sprache nicht abhandenkam. Nur das Wort Inselhopping, das ja auch eher Denglisch war, kannte sie nicht.

»Ganz einfach«, erklärte Sophie. »Erst bin ich nach Langeoog gekommen, dann ist mir Papa gefolgt. Du bist von Ibiza auch hierhergereist, und Tante Freda und Onkel Hinnerk sind von Langeoog nach Capri geflogen. Fünf Leute, drei Inseln.«

Juanita lachte. »Das ist nett gesagt. Bist du auf dieser Insel hier glücklich geworden?«

»Erst mal erzählst du mir, warum du wirklich hier bist. Komm rein.« Sie bot ihrer Mutter den Hocker an und setzte sich selbst auf eine umgedrehte Flaschenkiste.

»Möchtest du etwas trinken?«

»Nur, wenn du Rotwein hast.«

»Sorry, nein. Es gibt alkoholfreie Getränke oder Bier.«

Juanita verzog das Gesicht. »Dann möchte ich nichts, danke. Hat dein Vater dir nichts gesagt?« Wie es so ihre Art war, kam sie ohne Umschweife zur Sache.

»Nein, was denn? Du kennst doch Papa. Eher lernen die Fische fliegen, als dass er mal richtig gesprächig wird.«

Juanita stieß ein Seufzen aus. »Ja, so ist er. Nun, hör zu. Wir haben uns wieder … angefreundet.«

Sophie starrte ihre Mutter an. »Nach mehr als dreißig Jahren? Wieso denn plötzlich? Und was ist mit Manuel?«

So hieß der spanische Lebensgefährte ihrer Mutter.

»Der ist längst Geschichte. Wir haben uns schon im Frühjahr getrennt.«

So lange war das gar nicht her, fand Sophie, schwieg aber.

»Also, es fing an, als du deine Pläne für Langeoog geschmiedet hast. Da hat Bernhard mich angerufen und wollte wissen, was ich davon hielt.«

»Ist ja 'n Ding«, flüsterte Sophie. Sie erinnerte sich daran, wie sie als Kind davon geträumt hatte, ihre Eltern wieder zusammenzubringen. Sie hatte sich einen Zauberstab gewünscht, mit dem sie die glückliche Familie zurückbringen konnte.

Nun war ihr das nach all den Jahren anscheinend gelungen, als sie längst nicht mehr damit gerechnet hatte. Sie fand das unheimlich.

»Wir haben auf einmal wieder miteinander geredet«, fuhr Juanita fort. »Obwohl er gegen deinen Neuanfang war und ich dafür, haben wir uns besser und besser verstanden. Er hat sich wohl auch plötzlich ziemlich einsam gefühlt. Dann hat er mich auf Ibiza besucht.«

»Wirklich? Wann denn?«

»Im Juni. Du warst schon hier, und es ist dir wohl gar nicht aufgefallen.«

Sophie kramte in ihrem Gedächtnis, fand aber keinen

Anhaltspunkt. Sie und ihr Vater hatten per Handy in Kontakt gestanden, aber von Ibiza hatte er keinen Ton verraten. Das wird ja immer besser, dachte sie. Ihr war nicht im Geringsten klar, was sie von dieser Entwicklung halten sollte.

»Und jetzt?«, fragte sie.

»Und jetzt besuche ich ihn hier. Dich natürlich auch. Dann sehen wir weiter.«

»Deswegen wollte er unbedingt ein Ferienhaus für sich!« Sophie hatte ihrem Vater gesagt, er könne doch mit ihr zusammen in Fredas Haus wohnen, aber er hatte darauf bestanden, ein eigenes zu mieten.

»Ja.« Juanita schmunzelte. »Bernhard ist ein Schlitzohr.«

So war der pensionierte Rechtsanwalt vermutlich noch nie bezeichnet worden, und Sophie musste plötzlich herzlich lachen. Dann dachte sie an Riccardo und Matteo Torrioni und wurde schlagartig wieder wütend.

Als würde ihre Mutter trotz der jahrelangen Trennung genau wissen, was in ihr vorging, fragte sie nun geradeheraus: »Was war denn eben da draußen zwischen dir und dem attraktiven jungen Mann los?«

Sophie zögerte. Offenbar hatte Juanita nur Matteo gesehen. Wäre Riccardo noch da gewesen, hätte sie den älteren Bruder bestimmt nicht als attraktiv bezeichnet.

Sie legte ihrer Tochter eine Hand aufs Knie. »Ich hatte den Eindruck, dass ihr euch gestritten habt.«

»Hm.«

Sie zögerte immer noch. Dies hier war ihre Mutter, aber Sophie war nicht von ihr großgezogen worden. Zudem hatten sie sich in den letzten dreißig Jahren nur selten gesehen. Oberflächlich betrachtet mochten sie inzwischen wieder ein gutes Verhältnis haben, doch die Basis für echtes Vertrauen fehlte. Das begriff Sophie erst in diesem Moment, und es machte sie traurig.

»Was ist denn?«, fragte ihre Mutter sanft.

»Ich … also, ich glaube, ich möchte nicht darüber reden.«

Juanita schwieg lange, und als sie dann wieder sprach, wunderte sich Sophie über ihr Einfühlungsvermögen. »Das verstehe ich vollkommen. Ich bin dir keine gute Mutter gewesen. Du musst mir nicht erzählen, was dir auf dem Herzen liegt. Vielleicht können wir mit der Zeit ja Freundinnen werden. Und uns regelmäßiger sehen.«

»Das wäre schön«, sagte Sophie.

»In Ordnung.« Juanita stand auf, war dabei aber nicht viel größer als Sophie, die sitzen blieb. Ihre Augen jedoch loderten, und ihr spanisches Temperament ließ sie beinahe riesig erscheinen.

»Eines musst du aber wissen, Sophie: Keine deiner spanischen Vorfahrinnen hatte es jemals hingenommen, von einem Mann ausgelacht zu werden. Das ist die schlimmste aller Beleidigungen. Eine deiner Urgroßmütter, so geht die Familienlegende, ist einmal zum Ziel des Spotts geworden.« Sie machte eine Pause, versicherte sich, dass sie Sophies volle Aufmerksamkeit hatte, und fuhr dann fort: »Der Mann war ein mächtiger Großgrundbesitzer auf Ibiza, und er hat es gewagt, über Alba zu lachen, als sie auf einem Dorffest stolperte und so unglücklich fiel, dass ihre Röcke hochflogen. Darunter trug sie vielfach geflickte, graue Unterwäsche, denn etwas Besseres konnte sie sich nicht leisten. Dieser Mann also lachte aus vollem Hals und piesackte die arme Alba noch wochenlang. Bis sie sich rächte.«

Wieder unterbrach Juanita ihre Erzählung.

»Was hat sie getan?« Sophie identifizierte sich vollkommen mit ihrer Urgroßmutter. Auch sie selbst trug nicht immer ihre schönsten Dessous, wenn auch eher aus Gründen der Bequemlichkeit denn aus wahrer Not.

»Sie hat seinen Lieblingshund, einen Mops, den alle im Dorf hassten, weil er jedem in die Fersen biss, entführt. Und zwar auf abenteuerliche Weise: Alba hat sich auf seine Hazienda geschlichen und ist bis in sein Schlafzimmer vorgedrungen. Dort hat sie dem Mops, so gut es ging, die Schnauze zugehalten und ist wieder rausgeschlichen. Nicht einen Ton hat sie von sich gegeben, als das Vieh es schaffte, sie in den kleinen Finger zu beißen.«

»Und dann?«

»Tja, zwei Tage lang wurde vergeblich nach dem Hund gesucht. Schließlich wurde er im Weinkeller gefunden. Stockbesoffen.«

»Puh!« Sophie lehnte sich zurück. Sie hatte schon befürchtet, ihre Urgroßmutter hätte dem armen Mops ein Leid zugefügt.

»Daran hat sie gedacht«, gestand Juanita, als Sophie den Gedanken laut ausgesprochen hatte. »Aber sie fand, der Hund konnte nichts für sein Herrchen. Erstaunlicherweise hat der Mops danach nie wieder jemanden gebissen, und der Großgrundbesitzer hat sich sehr viel besser benommen. Er war sogar so fasziniert von Albas Husarenstück, dass er ihr einen Heiratsantrag machte.«

»Sie hat ihn doch hoffentlich abgelehnt?«

»Und ob! Alba liebte einen Fischer. Den hat sie geheiratet. Ihren reichen Verehrer hat sie nur ausgelacht.«

»Großartig!«

Juanita hob die Mundwinkel. Es war etwas Listiges an ihrem Lächeln. »Gut, nun weißt du, wie die Frauen unserer Familie mit Männern umgehen, die sich über sie lustig machen.«

»Hast du Papa etwa mal was Ähnliches angetan?«

»Oh, nein, das war nicht nötig. Bernhard hat es nie gewagt, mich auszulachen. Dieser Mann hat mich immer respektiert. Sogar, als ich ihn verlassen habe.«

»Bedauerst du es, dass du damals fortgegangen bist?«

Juanita schaute sie lange an. Ihr Lächeln war verschwunden. »Es war der größte Fehler meines Lebens. Aber damals war ich jung und dumm. Ich dachte, ich würde in meiner Rolle als Anwaltsgattin ersticken. Ich wollte wieder frei sein, mich selbst verwirklichen – ach, heute weiß ich selbst kaum noch, was ich wirklich suchte.«

Sophie stand auf und umarmte ihre Mutter. Sie reichte ihr kaum bis zur Schulter. »Das verstehe ich, Mama. Und wir haben schon darüber geredet. Ich mache dir keinen Vorwurf.« Für ihren Vater konnte sie nicht sprechen, allerdings schien er ja nun selbst einen Weg gefunden zu haben, mit seiner Ex-Frau umzugehen.

Seufzend machte sich Juanita nach einer Weile von ihr

los. »Ich gehe jetzt mal zurück. Wir sehen uns später, ja? Kommst du zum Abendessen zu uns?«

Zu uns. Wie seltsam das klang.

»Heute kann ich leider nicht«, erwiderte Sophie. »Ich habe noch etwas vor.«

Juanita fragte nicht nach. Gut so. Ganz genau wusste Sophie nämlich selbst noch nicht, was sie tun würde. Ihr war nur klar, dass sie etwas unternehmen würde, um Matteo sein Lachen auszutreiben. Sie war zwar nur Halbspanierin, aber im Augenblick bemerkte sie, wie das Blut ihrer Vorfahrinnen in ihren Adern kochte.

»Wie lange bleibst du denn auf Langeoog?«, erkundigte sich Sophie noch bei ihrer Mutter. Sie hätte viel lieber ganz andere Dinge gefragt. Zum Beispiel: Willst du wieder mit Papa zusammen sein? Ziehst du zurück nach Deutschland? Wie stellt ihr zwei euch das vor?

Aber sie hielt sich zurück. Selbst auf ihre eher harmlose Frage bekam sie sowieso nur ein Achselzucken als Antwort.

Dann war Juanita fort, und wäre nicht ihr blumiges Parfum im Kiosk hängen geblieben, hätte Sophie sich einbilden können, den Besuch nur geträumt zu haben. Sie trat hinaus und schloss den Kiosk ab. Es waren nur noch wenige Leute am Strand, und kaum jemand würde den Weg zu ihr finden.

Langsam stapfte sie durch den tiefen Sand bis zum Ufer. Eine Weile stand sie dort und schaute auf die Nordsee hinaus. Dann ging sie zurück und dachte, der Sand sei wirklich tief. Sie hatte inzwischen einen Plan, wandelte ihn jedoch ab.

Zunächst ging Sophie zum Haus ihres Onkels. Alles war ruhig, denn Freda und Hinnerk hielten sich noch immer auf Capri auf. Fast täglich bekam Sophie Nachrichten von ihrer Tante. Sie erlebten dort ihren zweiten Frühling, schrieb sie. Ihr Hinnerk sei wie ausgewechselt. Sophie war ganz froh, dass ihre Tante keine Einzelheiten berichtete. Aber abgesehen von der neu entflammten Liebe zwischen den beiden genieße auch Hinnerk den Aufenthalt am Mittelmeer. Seine Knochen seien sehr dankbar für die Wärme, berichtete Freda, und eine Menge Vögel gebe es auf der Mittelmeerinsel auch zu beobachten.

Ach ja, dachte Sophie, neu entflammte Liebe. Ob das gerade bei ihren Eltern ebenfalls passierte? Nie im Leben hätte sie geahnt, was sie auslösen könnte, wenn sie von Frankfurt nach Langeoog zog. Ihre Eltern, die über den verrückten Plan ihrer Tochter wieder ins Gespräch kamen, ihre Tante, die kurz nach Sophies Ankunft das Weite suchte, weil ja nun jemand da war, der sich um Kiosk, Haus und Mann kümmerte – in dieser Reihenfolge. Dass Hinnerk seiner Frau kurzerhand nachreisen würde, damit hatte wohl niemand gerechnet. Am allerwenigsten Freda selbst.

Vielleicht, überlegte Sophie, sollte ich im Gegensatz zur älteren Generation jetzt mal vollkommen vernünftig sein.

Das Problem war bloß, dass sie immer noch Matteos gemeines Lachen im Ohr hatte, und sie wusste, sie würde sich davon nicht befreien können, wenn sie nicht etwas unternahm. Etwas ziemlich Unvernünftiges.

Wieder dachte sie an ihre Urgroßmutter. Matteo besaß

keinen Mops, den sie irgendwo einsperren konnte. Aber sie kannte seine Schwachstelle nur zu gut.

Oben in ihrem Zimmer zog sie einen leichten schwarzen Pulli und schwarze Jogginghosen an. Vor dem Spiegel musste sie grinsen. Jetzt noch eine Skimaske und sie wäre die perfekte Einbrecherin.

»Du hast sie ja nicht mehr alle«, sagte ihr Spiegelbild plötzlich zu ihr.

Sophie erschrak. Hatte sie schon Halluzinationen? Erst im nächsten Moment merkte sie, dass sie Selbstgespräche führte. »Du bist keine vierzehn mehr. Benimm dich deinem Alter entsprechend.«

»Er hat mich tödlich beleidigt. Das kann ich ihm nicht durchgehen lassen.«

»Das verlangt ja auch niemand. Aber es gibt andere Möglichkeiten.«

»Zum Beispiel?«

»Du könntest mit ihm reden.«

»Pah! Der Mann soll leiden!«

Sie wandte sich abrupt vom Spiegel ab, und prompt verstummte sie. Gott sei Dank, dachte Sophie. Das war jetzt doch ein bisschen gruselig gewesen.

Schwarze Sportschuhe vervollständigten ihre Aufmachung, dann schlich sie nach unten, sorgsam darauf bedacht, nicht in den Spiegel im Flur zu schauen. Man konnte ja nie wissen ...

Aus dem Schuppen holte sie noch etwas, das für ihren Plan sehr wichtig war. Draußen war es inzwischen dunkel geworden. Sophie war froh über die kürzer werdenden Tage – vielleicht wäre sie schwach geworden, wenn sie stundenlang auf die Nacht hätte warten müssen. Der Weg zu ihrem Ziel dauerte ungewöhnlich lange, weil Sophie die Hauptstraßen mied und sich lieber auf Seitenwegen fortbewegte. Sie kam sich ein bisschen albern vor, blieb aber dabei. Wäre sie jemandem begegnet, den sie kannte, gar ihren Eltern oder den Torrioni-Brüdern, hätte sie ihren Plan vielleicht aufgegeben, weil doch noch die Vernunft gesiegt hätte. Zudem hatte sie ein unhandliches Paket dabei, das sie langsamer gehen ließ als gewohnt.

Aber sie traf nur auf ein paar Spaziergänger, die an ihrem Erscheinungsbild nichts Ungewöhnliches zu finden schienen.

Kallis Peerstall lag im Dunkeln da, nur ein paar Außenlampen beleuchteten den Hof. Aus dem Wohnzimmerfenster von Annabels Haus flackerte unruhiges Fernseherlicht. Sophie wusste, um diese Zeit schaute sich die Freundin gern einen Film an. Ihre Tochter Francesca schlief vermutlich schon. Erst später würde Annabel noch einen Kontrollgang im Stall unternehmen. Sophie hatte mindestens eine halbe Stunde Zeit. Das sollte genügen.

Leise schlüpfte sie durch eine Seitentür. Der Duft nach Heu und warmen Pferdeleibern empfing sie. Alles blieb ruhig, die Tiere kannten Sophie. Zielstrebig ging sie in die Sattelkammer und schnappte sich das Zuggeschirr für die Ponys. Dann holte sie Ricky und Matty aus ihrer gemeinsamen Box und legte es ihnen an. Sie hatte Annabel schon oft dabei geholfen und wusste, wie es ging. Die Ponys ließen sich ruhig anschirren und Ricky protestierte auch nicht, als sie das Paket auf seinem Rücken festschnallte. Sie waren es gewohnt, zu jeder Tages- und Nachtzeit vor den Wagen gespannt zu werden.

Gleich darauf führte Sophie die beiden fuchsfarbenen Wallache aus dem Stall und dann in Richtung Norden. Sie hatte Ricky am Zügel, Matty ging brav neben seinem Kumpel her.

Wieder begegnete Sophie ein paar Leuten, aber niemand achtete besonders auf sie. Pferde und Ponys waren auf Langeoog ein alltägliches Bild, und jedermann wusste, dass manchmal auch spät am Abend noch Ausfahrten unternommen wurden.

Sie erreichte ihr Ziel ungefähr zu der Zeit, in der Annabel ihre Stallrunde machte. Also fischte Sophie ihr Handy aus der Tasche und schickte der Freundin eine Nachricht.

»Habe mir kurz Ricky und Matty ausgeliehen. Bringe sie in etwa einer Stunde zurück.«

Die Antwort kam innerhalb von Sekunden. »Großartig! Bist du jetzt völlig durchgeknallt? Komm sofort wieder her!«

Sophie schaltete ihr Handy aus, bevor Annabel versuchen konnte, sie anzurufen.

Langsam führte sie die Ponys dicht an den Eiswagen heran. Sie hoffte, die Deichsel vorn am Wagen sei nicht bloß ein Dekorationsstück. Wäre vielleicht ganz klug gewesen, das vorher zu testen, sagte sie sich. Bevor ich eine Straftat begangen und zwei Ponys entführt habe.

Tja, die Erkenntnis kam ein bisschen spät.

Vorsichtig hob sie die Deichsel auf. Sie wirkte solide und

war fest mit dem Eiswagen verbunden. Sophie hatte nie beobachtet, wie Matteo den Wagen fortbewegte, aber vermutlich konnte er einfach von ein paar starken Männern gezogen werden.

Oder von zwei Ponys.

Schnell hatte sie die Gurte mit der Deichsel verbunden, dann suchte sie eine Weile nach einer Bremse. Als sie schon glaubte, ihr Plan würde scheitern, weil sie den Wagen nicht von der Stelle bekam, entdeckte sie, dass die Räder einfach mit ein paar dicken Steinen blockiert waren, die in der Dunkelheit nur schwer auszumachen waren. Mit einiger Mühe entfernte Sophie diese primitiven Bremsen. Dann ging sie nach vorn, nahm Ricky am Zügel und sagte: »Hühott!«

Die Ponys rührten sich nicht. Anscheinend wurde ihnen die Sache langsam unheimlich. Sophie hatte eine Idee. Sie lief zum Kiosk, holte ein paar alte Kekse und bot sie Ricky und Matty an. Sie schnupperten daran, machten die Hälse lang, kamen aber nicht ran. Also wagten sie sich einen Schritt vor, dann noch einen. Und so zogen sie langsam den Wagen an. Hin und wieder wurden sie mit einem Keks belohnt. Sophie lockte sie nach Osten.

17. Kapitel

Nachdem Sophie ihren Plan ausgeführt hatte, schleppte sie sich zusammen mit den Ponys zurück zum Reitstall. Sie war auf einmal todmüde und überlegte, ob sie sich auf den Rücken von Ricky oder Matty schwingen sollte. Allerdings trugen die beiden noch das Zuggeschirr, und ohne Sattel fühlte sich Sophie nicht sicher genug. Je näher sie wieder dem Inselwäldchen und damit *Kallis Peerstall* kam, desto mulmiger wurde ihr zumute. Was, wenn Annabel sie wegen Pony-Entführung angezeigt hatte? Vielleicht wartete schon die Polizei auf sie, um sie festzunehmen. Ihr Mund war plötzlich trocken, und sie wünschte, sie hätte etwas zu trinken dabeigehabt. Kein Wasser, was Stärkeres.

Sophie wollte sich langsam dem Stall nähern, um im Notfall schnell flüchten zu können, aber die Ponys witterten Heimatluft und zogen sie mit sich. Außerdem: Wohin hätte sie schon flüchten können? Langeoog war eine Insel, und zwar keine besonders große.

Also ergab sie sich ihrem Schicksal, ließ sich von Ricky und Matty bis in die Stallgasse schleifen, sagte ein paar Mal »Brrr« und »Ruhig, ganz ruhig«, erzielte aber null Wirkung. Erst vor ihrer Box blieben die Ponys stehen.

Immerhin, dachte Sophie erleichtert. Nirgends war Polizei zu sehen. Dafür kam jetzt eine stinkwütende Annabel aus der Sattelkammer geschossen. In der Hand trug sie eine dreizackige Mistforke. Sophie sprang zurück, blieb mit der Hose irgendwo hängen. Stoff riss entzwei.

»Willst du mich aufspießen?«, fragte sie erschrocken.

Für einen Moment sah es wirklich so aus, als ob die Freundin zustechen würde. Hinter deren Wut erkannte Sophie jedoch auch die ausgestandene Angst, und auf einmal schämte sie sich schrecklich.

»Ich … hätte dich vorher fragen sollen.«

Annabel würdigte sie keiner Antwort, sondern nahm sich eines nach dem anderen die Ponys vor. Sie schirrte sie ab, untersuchte sie von den Ohren bis zum Schweif, tastete ihre Beine ab, strich über ihre Bäuche, sah sich die unbeschlagenen Hufe an. Erst als sie zu dem Schluss kam, dass beide wohlauf waren, ließ sie erst Ricky und dann Matty in ihre Box. Beide Ponys drängelten sich um die Tränke und machten sich dann über die Extraportion Hafer her, die Annabel ihnen in die Futterkrippe schüttete.

»Wäre ihnen etwas passiert, hätte ich dich gekillt«, sagte sie schließlich.

Sophie hatte sich inzwischen erschöpft auf einen Strohballen sinken lassen. Annabel baute sich mit vor der Brust verschränkten Armen vor ihr auf.

»Wie konntest du mir so etwas antun? Und, noch wichtiger: Wie konntest du das Francesca antun? Sie hätte sich die Augen ausgeweint, wenn Ricky oder Matty sich verletzt hätten.«

»Ich … ich habe nichts Gefährliches mit ihnen gemacht«, verteidigte sich Sophie, hörte aber selbst, wie lahm ihre Ausrede klang.

»Nichts Gefährliches? Nee, schon klar. Du hast nur zwei Ponys entführt, mit denen du kaum umzugehen weißt, um irgendeine nächtliche Aktion durchzuführen.«

»Bitte Annabel, ich habe nichts Schlimmes getan.« Das konnte man eventuell auch anders sehen, aber im Augenblick war sie so erschöpft, dass sie ihre Tat auch vor sich selbst kleinreden wollte.

»Was eigentlich?«, fragte die Freundin. »Was hast du gemacht? Wozu hast du Ricky und Matty gebraucht? Eine kleine Kutschfahrt kann es nicht gewesen sein, der Ponywagen ist ja noch hier.«

»Ich … möchte es dir lieber nicht sagen.«

»Na, toll! Jetzt darf ich nicht mal wissen, warum du meine zwei Lieblinge gekidnappt hast?«

»Es ist zu deinem eigenen Schutz.«

Den Satz hatte sie mal in einem Krimi gehört, und sie fand, er passte prima.

Annabel starrte sie an. Einen Moment lang schien es, als wollte sie loslachen. Dann aber sagte sie nur: »Du bist definitiv völlig durchgeknallt. Warte mal kurz hier.«

Rasch verschwand sie aus dem Stall, und Sophie fragte sich, ob sie gleich mit zwei kräftigen Männern in weißen

Kitteln zurückkehren würde. Das Wissen, dass es auf Langeoog keine psychiatrische Klinik gab, half ihr im Moment nicht.

Doch als Annabel wiederkam, trug sie bloß eine Flasche Wein und zwei Gläser bei sich. Sie hockte sich mit auf den Strohballen. »Francesca schläft schon. Sie hat zum Glück nichts mitbekommen.«

»Du weißt, dass ich weder dir noch deiner Tochter Schaden zufügen wollte.«

»Das glaube ich dir sogar«, erwiderte Annabel friedfertig. »Du hast aber nicht überlegt, dass ich ohne Ricky und Matty ziemlich bald Konkurs anmelden müsste. Die Touren mit dem Ponywagen sind meine beste Einnahmequelle.«

»Oh Gott! Daran habe ich wirklich nicht gedacht.«

»Schon klar.« Sie goss die Gläser halb voll und reichte Sophie eines.

»He! Langsam!«, rief sie, als Sophie ihres in drei großen Schlucken austrank. Aber Sophie verlangte Nachschub, und Annabel schenkte achselzuckend ein.

»Eigentlich«, sagte sie nachdenklich, »hast du mir sogar einen Gefallen getan.«

Der Rotwein wirkte unglaublich schnell, fand Sophie. In nüchternem Zustand hätte sie bestimmt nicht gehört, dass Annabel sich gerade bei ihr für die Entführung der Ponys bedankt hatte.

Aber in Wahrheit fühlte sie sich noch ganz klar im Kopf, und die Freundin sprach schon weiter: »Ich habe nämlich nichts davon mitbekommen.«

»Du hast dir einen Film angesehen. Außerdem tragen die Ponys keine Hufeisen. Als ich sie über den Hof geführt habe, konnte man sie kaum hören.«

»Stimmt.«

»Und deswegen habe ich dir einen Gefallen getan?«

»Genau.«

»Verstehe ich nicht.« Sophie trank lieber noch ein bisschen Wein.

Annabel drehte ihr Glas in der Hand. »Ganz einfach: Ich habe gelernt, dass ich den Stall nachts gut abschließen und außerdem eine Alarmanlage installieren muss.«

»Na, ich weiß nicht. Langeoog ist nicht unbedingt berühmt für eine hohe Kriminalitätsrate.«

Annabel schaute sie nur an, und Sophie senkte schuldbewusst den Blick.

»Okay, ich bin die Oberschurkin. Schlimmer als jeder Strandräuber, der sich je raffgierig die Schätze von gesunkenen Schiffen angeeignet hat.«

»Kommt hin.«

Sophie widmete sich wieder ihrem Wein, der sehr lecker schmeckte. Annabel ließ sie eine Weile in Ruhe, sagte dann aber: »Und jetzt erzählst du mir, was du angestellt hast.«

Kluge Frau, dachte Sophie. Macht mich mit Alkohol gesprächig.

»Matteo hat sich heute unmöglich benommen.«

»Was hat er getan?«

»Ist jetzt nicht so wichtig. Jedenfalls hat er mich schwer gedemütigt. Das konnte ich nicht auf mir sitzen lassen. Ich bin die Nachfahrin stolzer spanischer Frauen.«

»Was? Wo kommt das denn auf einmal her?«

»Ist nebensächlich. Jedenfalls habe ich den Eiswagen ein Stück weggebracht.«

Annabel riss die Augen auf. »Ist nicht wahr!«

»Doch.«

»Also kannst du nicht nur wegen Pony-Entführung, sondern auch wegen Diebstahls angeklagt werden.«

Ein saurer Geschmack war auf einmal in Sophies Mund, und sie spülte ihn schnell mit Wein hinunter. »Ich habe den Wagen nicht geklaut. Nur ein Stück versetzt.«

»Wie weit?«

»Na ja, schon ein bisschen. Erst hatte ich daran gedacht, ihn bei Ebbe im Watt abzustellen, aber ich fürchte, die Ponys hätten ihn nicht durch den Sand ziehen können.«

»Sophie! Wohin hast du den Eiswagen gebracht?«

Sie verriet es Annabel, die daraufhin ein paar Mal den Mund auf- und zuklappte. Sie wollte wohl etwas dazu sagen, aber ihr fehlten offensichtlich die Worte.

»Ist ja 'n dolles Ding«, sagte sie schließlich nur. Der Blick, mit dem sie Sophie nun betrachtete, drückte fast so etwas wie Hochachtung aus.

»Ich muss unbedingt Matteos Gesicht sehen, wenn er morgen früh zur Arbeit geht.«

»Ich nicht«, flüsterte Sophie. Sie bekam es auf einmal mit der Angst zu tun, und ein bisschen schlecht war ihr auch. Die Stallgasse drehte sich vor ihren Augen.

Annabel sah sie an und verstand. »Du bist völlig fertig. Nach Hause schaffst du es nicht mehr. Komm, kannst auf meinem Sofa schlafen.«

So fand sich Sophie in Annabels gemütlichem Wohnzimmer wieder, wunderte sich noch eine Weile darüber, dass die Freundin die Sache so locker genommen hatte, schlief dann aber schnell ein. Die nächtliche Aktion und der Wein forderten ihren Tribut.

Sehr früh am nächsten Morgen wachte Sophie auf, als ihr Kaffeeduft in die Nase stieg.

»Na, da bist du ja endlich«, begrüßte Annabel sie grinsend. »Steh auf, ich habe draußen gedeckt. Im Bad liegen ein T-Shirt und eine alte Reithose von mir. Müsste dir beides passen.« Sophie blickte an sich hinunter. Ja, die Hose wies einen langen Riss auf, und bei Tageslicht würde sie in ihrer schwarzen Kluft seltsam aussehen. In Annabels Sachen auch, wie sie eine halbe Stunde später feststellte. Die Reithose ihrer Freundin reichte ihr knapp bis zu den Waden. Der Lederbesatz, der an den Innenseiten der Knie sitzen sollte, schützte bei ihr die Oberschenkel.

Annabel lachte bei dem Anblick. »Strafe muss sein.«

Sophie grinste schief und setzte sich an den Gartentisch, der hinter dem Haus auf der dem Stall abgewandten Seite in einem kleinen, ziemlich vernachlässigten Garten stand.

»Ich komme einfach nie dazu«, gestand Annabel. »Riccardo hat versprochen, mir zu helfen. Er liebt Gartenarbeit. Aber er ist in seiner Eisdiele meistens unabkömmlich.«

»Riccardo«, murmelte Sophie, sagte jedoch nichts weiter. Sie brauchte erst mal Kaffee.

»Die Brötchen hat Francesca geholt«, fuhr Annabel fort. »Sie hat mich schon um halb sieben geweckt. Jetzt ist sie im Stall und hilft Vicky.« Die junge Studentin war Reitlehrerin und Pferdepflegerin in einem. Sie absolvierte ein sechsmonatiges Praktikum bei Annabel und erwies sich als nahezu unersetzlich.

»Ich weiß gar nicht, was ich machen soll, wenn sie im Herbst ihr Studium wieder aufnimmt«, gestand Annabel. »Aber Riccardo meint, dann kann er mit anpacken. In der Eisdiele ist dann nicht mehr so viel zu tun.«

Der schon wieder, dachte Sophie, schwieg aber immer noch. Sie nahm sich ein knuspriges Brötchen und bestrich es mit sahniger Butter, ließ goldgelben Honig darauf tröpfeln und biss hinein.

»Köstlich«, stellte sie fest und spürte, wie sie langsam neue Energie aufbaute.

Annabel schien mit ihren Gedanken ganz weit weg zu sein.

»Hat Francesca was mitbekommen?«, fragte Sophie schließlich. Ihr schlechtes Gewissen plagte sie noch heftig.

»Nein. Sie fand es nur komisch, dass die Ponys heute einen halben Ruhetag haben sollen, aber sie hat nichts gesagt. Am Nachmittag müssen Ricky und Matty trotzdem wieder ran. Es haben sich zwei Familien zu einer Kutschfahrt ins Watt angemeldet, auf die Einnahmen kann ich nicht verzichten.«

»Es tut mir so leid«, meinte Sophie zerknirscht.

Annabel tätschelte ihren Arm. »Mach dir keinen Kopf mehr deswegen. Die Ponys sind zäh. Bis zum Nachmittag haben sie sich erholt.« Dann lachte sie schon wieder. »Seit du auf der Insel bist, ist hier wenigstens was los. Freda verlässt ihren Mann, und der muss ihr nachreisen, wenn er sie nicht verlieren will. Jetzt turteln die beiden auf Capri. Dein Stockfisch von Vater blüht in unserer gesunden Luft regelrecht auf und wurde gestern Abend in Begleitung einer rassigen Südländerin gesehen. Und du …«

»Das ist meine Mutter«, erklärte Sophie schnell.

Annabel hob staunend die Augenbrauen und ließ sich eine Kurzfassung der Ereignisse in der Ehe der Barensens geben.

»Wie schon gesagt«, meinte sie, als Sophie geendet hatte. »Mit dir ist auf Langeoog richtig was los. Und die Brüder Torrioni sind auch ziemlich seltsam geworden.«

»Inwiefern?«, fragte Sophie beklommen. Ihr war nicht wohl bei dem Gedanken, dass Matteo um diese Zeit mit Sicherheit das Verschwinden seines Eiswagens bemerkt haben musste.

»Tja …« Annabel knabberte nachdenklich an einer Brötchenhälfte. »Ich bin mir nicht ganz sicher, ob beide in dich verliebt sind. Also, Matteo auf jeden Fall, das kann sogar 'ne blinde Robbe sehen. Aber Riccardo? Keine Ahnung.«

Da war auf einmal ein Ausdruck in ihrem Gesicht, den Sophie nicht sofort deuten konnte. Sie trank noch etwas Kaffee, legte einen Apfel auf ihren Teller und begann, ihn zu schälen. Während ihre Hände beschäftigt waren, ging irgendwo in ihrem Innern ein Lämpchen an. Ob in ihrem Herzen oder im Kopf, wusste sie nicht so genau. Sie war sich nur hundertprozentig sicher, dass sie recht hatte.

Deswegen fragte sie auch nicht, sondern stellte fest: »Du liebst Riccardo.«

Unter ihren Sommersprossen wurde Annabel knallrot. Sie senkte den Kopf, sagte erst mal nichts, aber Sophie wusste, sie hatte recht.

»Wie lange schon?«, hakte sie sanft nach.

»Oh … ich weiß nicht genau. Vielleicht von Anfang an, vielleicht erst seit ein paar Monaten. Ich war mir meiner Gefühle nie sicher. Denn es ist ja ziemlich unmöglich von mir, ausgerechnet den Inselcasanova zu lieben, oder?«

Jetzt war es Sophie, die dem Blick ihrer Freundin auswich.

»Ich bin ja auch nicht besser«, murmelte sie. Dann überlegte sie einen Moment und fragte schließlich: »Dieses ganze Gerede von wegen, es täte gut, einfach mal nur jemanden zu umarmen oder mit ihm eng umschlungen einen Spaziergang zu machen? Ohne dass einer vom anderen etwas erwartet? Hast du mir da nur was vorgemacht?«

Annabel nickte. »Ja, dir und auch Riccardo. Für ihn ist es wirklich genau das. Er sieht in mir einen guten Kumpel, das sagt er mir immer wieder. Ich sei die einzige Frau, die nichts von ihm wolle, und deshalb sei er gern mit mir zusammen.«

»Hm.« Männer, die besonders oft betonten, eine bestimmte Frau sei nur eine gute Freundin, hegten meistens eben doch Gefühle für diese Frau, wollten es sich aber nicht eingestehen, das war zumindest Sophies Erfahrung.

»Und seit du auf die Insel gekommen bist, ist alles noch komplizierter geworden«, fügte Annabel hinzu.

»Das tut mir leid.« Und weil sie unbedingt wollte, dass die Freundin sich besser fühlte, sagte sie noch: »Ich glaube übrigens, dass ich nicht in Riccardo verliebt bin. Ich hab's mir eine Weile eingebildet, weil es ja auch schmeichelhaft ist, wenn sich so ein toller Typ für mich interessiert. Aber es fehlt das Feuerwerk.«

»Feuerwerk?«

Sophie erklärte es ihr.

»Du hast ihn geküsst.« Annabel schien den Tränen nahe.

Na toll, dachte Sophie. Das habe ich ja gut hingekriegt. Besser fühlte sich Annabel jetzt wirklich nicht.

»Aber nur zweimal«, ergänzte sie schnell. »Und ehrlich, da passierte nichts bei mir. Als ich gestern Nacht so allein mit den Ponys unterwegs war, habe ich mir das endgültig klargemacht. Riccardo ist nicht der Mann, den ich will.«

»Also willst du Matteo?«

»Quatsch. Gar keinen. Mal davon abgesehen, dass Matteo mich wahrscheinlich den Haien zum Fraß vorwerfen will, wenn er rauskriegt, dass ich seinen Eiswagen abtransportiert habe.«

»Haie kommen in der Nordsee nicht so oft vor.«

»Dann denkt er sich was anderes aus.«

Beide Freundinnen lachten, und erst nach einer Weile fragte Annabel: »Und Riccardo? Ich weiß immer noch nicht, ob er nun in dich verliebt ist oder nicht. Bisher habe ich noch nie erlebt, dass er einer Frau länger als ein, zwei Wochen nachläuft.« Es fiel ihr sichtlich schwer, diese Frage zu stellen, und Sophie lächelte sie liebevoll an.

»Ich glaube, sein Interesse ist eher geschäftlicher Natur.«

»Wie das?«, fragte Annabel, während sie vor lauter Erleichterung schon wieder rot wurde.

»Er weiß inzwischen, dass ich Bäckerin bin. Und ich habe ihn auf die Idee gebracht, das *Dolomiti* könnte im Winter besser laufen, wenn er auch Kuchen und Gebäck anbieten würde.«

»Verstehe.« Annabel schaute ihr geradewegs in die Augen. »Und würdest du das gern tun? Eine Geschäftsverbindung mit ihm eingehen?«

»Ehrlich gesagt, so genau habe ich bisher noch nicht darüber nachgedacht. Lieber möchte ich vielleicht selbstständig sein, weiß aber nicht, ob ich es schaffe. Aber irgendeine Möglichkeit könnte sich schon finden, dass aus alten Konkurrenten neue Mitstreiter werden. Man müsste nur eine Lösung finden, mit der alle Beteiligten zufrieden sind.« Die Idee, die ihr außerdem vorschwebte, erwähnte sie nicht. Es war alles noch zu unausgegoren, fand sie.

»Das klingt ziemlich vernünftig«, meinte Annabel. »Aber wenn du wirklich eine Zusammenarbeit mit den Torrionis anstrebst, war deine Aktion gestern eher kontraproduktiv.«

»Erinnere mich bloß nicht daran.« Sophie schämte sich schon in Grund und Boden für das, was sie getan hatte.

»Erzähl mir lieber, wie du Riccardo erobern willst.«

»Gar nicht«, erklärte Annabel entschieden.

»Gar nicht? Aber …« Weiter kam Sophie nicht, denn ihre Freundin hob die Hand. »Nicht jede Liebe muss auch gelebt werden. Ist meine Meinung. Riccardo ist fünfunddreißig, und trotzdem muss er noch erwachsen werden. So wie er jetzt drauf ist, passt er nicht zu mir.«

Erwachsen werden, dachte Sophie. Wäre vielleicht auch

eine Option für mich. Womit sie einer Meinung mit Matteo war.

Sie wollte gerade etwas erwidern, als ihr Handy klingelte. Ein sehr aufgebrachter Bernhard Barensen rief: »Komm sofort zum Haus deines Onkels! Ein verrückt gewordener Italiener tritt hier gleich die Tür ein.«

18. Kapitel

»Mist!« Sophie starrte ihre Freundin an.

»Was ist passiert?«, fragte Annabel.

Sophie sagte zu ihrem Vater, sie sei schon auf dem Weg, und drückte das Gespräch weg. Dann sprang sie auf. »Matteo macht Stress. Anscheinend versucht er, im Haus meines Onkels einzubrechen.«

»Wie hat er denn so schnell herausgefunden, dass du Schuld am Verschwinden seines Eiswagens hast?«

»Das wüsste ich auch gern.« Sie fröstelte plötzlich, obwohl es ein warmer Morgen war. Bisher hatte sie Matteo freundlich, nett, liebevoll und maximal spöttisch erlebt. Seine wütende Seite kannte sie nicht, und das machte ihr Angst.

»Kommst du mit?«, fragte sie ihre Freundin.

»Sorry, unmöglich. Ich muss Vicky helfen, und in einer halben Stunde gebe ich Anfängerunterricht.«

»Entschuldige«, sagte Sophie. »Ich verlange echt zu viel von dir. Danke, dass du es mir so leicht gemacht hast.«

Annabel stand ebenfalls auf, und Sophie drückte sie an sich. Vielleicht war es die letzte Umarmung für längere Zeit, dachte sie, und schöpfte so viel Kraft wie möglich aus diesem Moment.

Sie machte sich auf den Weg, zupfte und zerrte dabei an der zu kurzen Reithose herum, bemerkte einige Kirchgänger, die amüsiert mit dem Finger auf sie zeigten, und beeilte sich, nach Hause zu kommen.

Dort fand sie ihre Eltern am Gartenzaun vor. Unbemerkt näherte sie sich ihnen von hinten. Aus sicherer Entfernung schauten Bernhard und Juanita einem aufgebrachten Matteo dabei zu, wie er die Haustür mit Fußtritten malträtierte. Ein paar Nachbarn hatten sich dazugesellt. Die waren wahrscheinlich genau wie Annabel der Meinung, dass es dank Fredas und Hinnerks Nichte neuerdings mehr zu erleben gab auf ihrer Heimatinsel. Sophie hätte gern auf diesen zweifelhaften Ruhm verzichtet.

»Der könnte glatt ein Spanier sein«, bemerkte Juanita und meinte das wahrscheinlich als Kompliment. Sophie bemerkte, dass ihre Augen vor Vergnügen loderten, während ihr Vater unschlüssig zwischen Matteo und seiner Ex-Frau hin und her schaute. Jedes Mal, wenn sein Blick Juanita traf, lag eine besondere Zärtlichkeit darin. Wenn ein neuer Fußtritt seine Aufmerksamkeit wieder auf Matteo lenkte, zuckte er zusammen.

»Keine Angst, mein Großer«, sagte Juanita und nahm seine Hand. »Der junge Mann hat ordentlich viel Temperament, aber die Tür ist aus massiver Eiche. Da kommt er nicht durch. Eher bricht er sich einen Fuß.«

Zu diesem Schluss schien auch Matteo gekommen zu sein, denn er trat nun zwei Schritte zurück und schrie aus Leibeskräften: »Komm heraus, Sophie! Sonst schlage ich ein Fenster ein!«

Sie holte tief Luft, nahm all ihren Mut, von dem sich ein Großteil auf dem Weg hierher verkrümelt hatte, zusammen, und sagte mit lauter, wenn auch zitternder Stimme: »Hier bin ich.«

Matteo wirbelte herum, ihre Eltern auch. Bernhard erholte sich als Erster. »Kind, was hast du denn da an? Die Hose scheint ein bisschen kurz zu sein.«

»Die gehört Annabel«, gab sie Auskunft, während sie zusah, wie Matteo durch den Vorgarten auf sie zustapfte. Wenn sie sich ganz normal mit ihren Eltern unterhielt, löste sich ihre Angst vielleicht in Luft auf.

»Und warum trägst du eine Hose deiner Freundin?«

»Das ist eine lange Geschichte.«

Juanita mischte sich ein. »Erzähl sie uns. Ich bin schon ganz gespannt. Das hat was mit deinen Vorfahrinnen zu tun, richtig?«

Inzwischen hatte Matteo die Gartenpforte erreicht. Halb erwartete Sophie, er werde sie einfach niedertreten. Aber er öffnete sie ganz normal, und schloss sie hinter sich wieder. Juanita ließ die Hand ihres Ex-Mannes los und strahlte Matteo an, was dem Zorn in seinem Gesicht ein wenig von seiner Macht raubte. Er schaute diese ihm fremde Frau mit leiser Verblüffung an. »Verzeihung, kennen wir uns?«

»Ich bin Sophies Mama. Bin extra von Ibiza hergeflogen, um mal zu sehen, wie es ihr so geht hier im Norden.« Während sie sprach, hängte sie sich bei ihm ein, was Matteo vollends verwirrte. »Wissen Sie, mein Lieber. Ich fürchte, ich bin schuld an diesem ganzen Schlamassel.«

»Wieso denn das?«

»Nun, ich habe meiner Tochter gestern von ihrer Urgroßmutter erzählt. Die hat nämlich mal einen Mops entführt …«

»Einen Mops?« Matteo wirkte jetzt regelrecht hilflos. Irgendwie gelang es ihm aber, Juanitas Bann zu brechen. Er befreite sich von ihr und trat ganz dicht an Sophie heran.

Gerade erhaschte sie noch einen Blick von ihrer Mutter, der wohl besagte: »Ich habe mein Bestes gegeben, aber nun musst du sehen, wie du klarkommst.«

Weitere Nachbarn standen inzwischen um sie herum. Man wartete auf einen handfesten Skandal.

»Woher weißt du, dass ich es war?«, fragte Sophie leise. Nicht leise genug. Sie hörte gemurmelte Worte um sich herum. Jeder wollte erfahren, worum es ging.

Das schien auch Matteo aufzufallen. »Lass uns ein Stück gehen«, forderte er sie auf.

Von Fußmärschen hatte sie eigentlich genug, aber sie nickte trotzdem.

Bernhard Barensen griff ein. »Sie werden nicht meine Tochter verschleppen, junger Mann!« Er plusterte sich regelrecht auf und wirkte erstaunlicherweise fast bedrohlich.

Matteo wandte sich zu ihm um. »Ich möchte mit ihr reden, das ist alles.«

»Aber eben wollten Sie noch die Tür eintreten!«

»Tja, ich bin eben ziemlich wütend auf Sophie.«

Sie bekam es schon wieder mit der Angst zu tun. Ein wütender Mann konnte gefährlich sein.

»Wartet mal.« Das war Juanita. Sie trat ganz dicht an Matteo heran und schaute ihm tief in die Augen.

»Nehmen Sie mal die Brille ab, junger Mann.« Er gehorchte, brav wie ein Lämmchen, und hielt ihrem Blick stand.

Nach ein, zwei Minuten nickte Juanita zufrieden. »Sie sind ein guter Mensch. Ich vertraue Ihnen.«

»Herzlichen Dank.«

Juanita lächelte. »Übrigens, ohne Brille sehen Sie viel besser aus. Nur den Bart müssten Sie noch abrasieren.«

Gut erkannt, Mama, dachte Sophie. Zu Matteo sagte sie: »Kann ich mich vorher kurz umziehen?«

»Nein, wir gehen sofort.«

Okay, offensichtlich bestand ein Teil ihrer Strafe darin, schon wieder mit lächerlich kurzen Hosen durchs Dorf spazieren zu müssen. Sie fügte sich ihrem Schicksal, und auch ihr Vater ließ sich davon überzeugen, dass ihr keine Gefahr drohte. Die Nachbarn äußerten ihren Unmut. Sie hätten alle wohl zu gern gewusst, was weiter passierte.

Matteo marschierte los und ging offensichtlich davon aus, dass sie ihm ohne weitere Diskussion folgen werde. Zu ihrer Überraschung wählte er nicht den Weg ins Zentrum, sondern wandte sich nach Norden in Richtung Strand.

Aha, dachte, Sophie beklommen. Erst einmal will er mich zum Tatort bringen.

Auf Höhe des Dünenfriedhofs wartete er, bis sie ihn eingeholt hatte. Seite an Seite gingen sie weiter. Sophie wunderte sich, weil sie sich gar nicht so schlecht fühlte. Die amüsierten Blicke der Leute, die ihnen begegneten, waren ihr inzwischen egal, und Matteo wirkte zwar immer noch zornig, aber um einiges beherrschter als vorhin. Außerdem strahlte er eine gewisse Stärke aus, die sie noch nie an ihm wahrgenommen hatte. Fast, aber nur fast hätte sie ihn umarmt. Sie konnte sich gerade noch zurückhalten. So leicht würde die Sache nicht aus der Welt zu schaffen sein.

Sein Schweigen machte sie zunehmend nervös, aber als er endlich sprach, wünschte sie es sich zurück. Sie erwartete schwere Vorwürfe, stattdessen sagte er: »In dem Eiswagen steckt mein gesamtes Kapital. Du hast meine Existenz ruiniert.«

»Matteo, ich …«

»Sei still. Wie konntest du mir das antun, Sophie? War ich nicht immer freundlich zu dir? Habe ich dir nicht geholfen, wenn du es gebrauchst hast?«

Sie schwieg.

»Antworte mir!«, befahl er.

»Soll ich nun still sein oder reden?«

Der Zorn kehrte mit voller Macht in sein Gesicht zurück. Kurz vor den Dünen blieb er stehen und packte sie an den Oberarmen. Ziemlich fest. »Das ist nicht der Moment für dumme Witze!«

»Entschuldige. Lass mich los, du tust mir weh.«

»Warum hast du das getan, Sophie?«

»Warum? Das fragst du noch? Du hast dich über mich lustig gemacht! Kein Mann darf eine Halbspanierin auslachen!«

Die Antwort verwirrte ihn, wenigstens nahm er seine Hände von ihren Armen. Dann drehte er sich abrupt weg, folgte dem Weg die Dünen hinauf, blieb oben stehen und starrte aufs Meer. Als Sophie sich nach einigem Zögern zu ihm gesellte, bemerkte sie, dass die Flut langsam ablief. Matteo schien auf etwas zu warten.

»Erzähl mir von dem Mops«, bat er. Seine Stimme klang jetzt leise, resigniert. Es bekümmerte sie, wie schnell seine Stimmung wechselte. Er war wirklich fertig mit den Nerven.

Sophie zögerte, doch dann sprach sie über ihre Urgroßmutter Alba und darüber, wie die es dem Großgrundbesitzer heimgezahlt hatte.

Matteos Mundwinkel zuckten ein- oder zweimal, aber zum Lachen brachte Sophie ihn nicht. Nachdem sie geendet hatte, blieben sie eine Weile still nebeneinander stehen. Das hohe Dünengras und der Strandhafer kitzelten ihre nackten Waden, doch Sophie zwang sich, nicht darauf zu achten. Sie merkte auf einmal, dass irgendetwas vorging, was sie nicht verstand. Matteo blickte weiterhin starr aufs Wasser hinaus. Ein frischer Wind wehte ihr ins Gesicht und ließ sie frösteln, aber sie wandte sich nicht ab.

Sophie wusste, wenn sie ihre Freundschaft zu Matteo noch irgendwie retten wollte, musste sie jetzt herausfinden, was in seinem Kopf vorging. Er hatte sich noch gar nicht erkundigt, wohin sie seinen Eiswagen gebracht hatte, und das wunderte sie.

»Woher weißt du, dass ich es war?«, fragte sie erneut.

Er antwortete mit einer Gegenfrage: »Wie konntest du Annabel nur dazu bringen, dir zu helfen? Sie ist doch eine vernünftige Frau.«

Ach, und ich nicht?, wollte sie fragen. Da sie die Antwort aber selbst kannte, sagte sie lieber etwas anderes: »Annabel hat nichts damit zu tun. Ich habe mir die Ponys in der Nacht ausgeliehen.«

Ein überraschter Blick traf sie. Es lag sogar ein Hauch von Hochachtung darin.

»Und mit Annabel bin ich im Reinen«, fügte sie hinzu. »Sie ist mir sogar dankbar, weil sie nun weiß, dass sie den Stall besser sichern muss.«

»Dankbar«, wiederholte Matteo und wandte den Kopf wieder ab. »Tja, sie hat ja auch nicht ihre Existenzgrundlage verloren.«

»Was redest du da? Und wer hat dir verraten, dass ich den Eiswagen weggeschleppt habe?« Sie wollte endlich eine Antwort.

»Pauline. Sie hat einen leichten Schlaf, wie du weißt.«

»Und?«

»Sie hat gesehen, wie du mit den Ponys angekommen bist.«

Etwas stimmt hier nicht, schoss es ihr durch den Kopf. Etwas ist merkwürdig. »Was hat sie noch gesehen?«

»Wie du die Ponys vor dem Wagen angeschirrt hast und losgezogen bist.«

»Wohin?«

Wieder drehte er den Kopf zu ihr. »Dumme Frage. Über den Strand ins Watt, natürlich.«

»So, das hat also Pauline gesehen.«

»Korrekt.«

»Und dass sie öfter mal ein Gläschen Aquavit zu viel trinkt, hast du nicht bedacht?«

Matteo runzelte die Stirn. »Soll heißen?«

Diesmal gab sie ihm nicht gleich Auskunft, sondern fragte: »Wartest du eigentlich gerade darauf, dass dein Eiswagen zum Vorschein kommt, wenn die Flut abläuft?«

Er musste nicht antworten. Sie sah ihm an, dass sie ins Schwarze getroffen hatte.

»Von Pferden verstehst du nicht viel, stimmt's?«, fragte sie weiter.

»Was hat das jetzt damit zu tun?«

»Ziemlich viel. Wenn du Ahnung hättest, wüsstest du nämlich, dass der Sand sehr tief ist. Ricky und Matty sind nur Ponys, keine superstarken Kaltblüter. Dein Eiswagen hat zwar hohe Räder, wäre aber vermutlich auf den ersten Metern eingesackt.«

Ein winziger Hoffnungsschimmer breitete sich auf seinem Gesicht aus. »Kannst du bitte zum Punkt kommen?«

»Klar, aber lass uns ein Stück gehen.«

Diesmal marschierte Sophie vorneweg und wartete nicht ab, ob er ihr folgte. Wenn er sieht, was ich wirklich getan habe, überlegte sie, wird er mir vielleicht verzeihen.

Sie nahm den Weg durch die wellige Dünen- und Heidelandschaft des Pirolatals. Der Wind war hier nicht ganz so stark zu spüren, die Luft roch würzig nach den rechts und links des Weges wachsenden Krähenbeerenpflanzen.

»Was soll das werden?«, fragte Matteo hinter ihr. »Ich habe keine Zeit für einen Sonntagsspaziergang in der schönen Natur.«

»Wart's ab«, erwiderte sie nur und ging weiter. Erst vor der Melkhorndüne blieb sie stehen. Einst war diese Düne mit imposanten 21,30 Metern die höchste natürliche Erhebung der Insel gewesen. Das wusste Sophie von ihrem Onkel, der ein wandelndes Naturlexikon von Langeoog war. Durch natürliche Abtragung hatte sie ihren Titel zwar verloren, aber für Sophies Zwecke war sie noch hoch genug gewesen.

Matteo sagte gar nichts mehr, er starrte nur auf die Düne.

Da nahm Sophie ihn einfach an der Hand und führte ihn über einen breiten Bohlenweg in einem Halbkreis um sie herum. Dort stand ein merkwürdiges Gebilde, das dank der graugrünen Plane fast mit der Landschaft verschmolz. Es war recht hoch und länglich und …

»Mein Wagen!«, rief Matteo aus und lief darauf zu. Mit Schwung zog er die Plane herunter, die bis gestern Nacht Sophies altertümliche Eismaschine im Schuppen bedeckt hatte, dann legte er andächtig die Hände auf die heruntergelassenen Rollos.

»Du hast ihn nicht ins Watt geschleppt.«

»Nein, ich bin doch keine Verbrecherin. Außerdem habe ich ihn unter der Plane versteckt, damit niemand auf dumme Ideen kommt.« Ganz in der Nähe befand sich die

Jugendherberge von Langeoog. Sophie fand, sie hatte regelrecht umsichtig gehandelt.

Matteo achtete nicht weiter auf sie, sondern untersuchte seinen Wagen Zentimeter für Zentimeter. Als sie ihn dabei beobachtete, wuchs ihr schlechtes Gewissen bis in den Himmel. Der Wagen, das begriff sie jetzt, sicherte nicht nur seine Existenz. Matteo hing auch an ihm, als wäre er ein lebendiges Wesen.

Ganz ähnlich hatte Annabel gestern Nacht auch ihre Ponys untersucht.

»Ein paar Kratzer«, sagte er schließlich. »Und die Räder muss ich wohl ersetzen. Die sind nicht für Gewalttouren gemacht.«

»Ich werde den Schaden bezahlen«, entgegnete Sophie, und fragte sich gleichzeitig, wovon.

»Das regeln wir schon.« Er kam auf sie zu, sah ihr lange in die Augen, und dann nahm er sie in die Arme. Sophie machte sich steif, wusste nicht, was sie davon halten sollte. Und noch bevor sie so richtig spüren konnte, wie gut es sich anfühlte, ließ er sie auch schon wieder los. Mit einem verlegenen Ausdruck im Gesicht trat er zurück.

»Wir müssen überlegen, wie wir ihn wieder an seinen Platz bekommen. Zu zweit schaffen wir es nicht. Wir könnten Annabel fragen, ob sie uns die Ponys noch einmal … leiht.«

»Nein«, erwiderte Sophie, insgeheim dankbar für seine Wortwahl. »Ricky und Matty brauchen Ruhe, weil sie am Nachmittag eingesetzt werden. Die anderen Ponys im Reitstall sind zu groß für die Deichsel.« Matteo rieb sich über den Bart. »Ich könnte Riccardo anrufen. Die Eisdiele öffnet erst in einer Stunde.«

»Gut, und ich frage meine Eltern. Vielleicht auch Pauline.«

Eine halbe Stunde später machte sich eine bunt zusammengewürfelte Truppe daran, den Eiswagen zu bergen. An der Deichsel konnten auf jeder Seite nur zwei Leute gehen. Das übernahmen Riccardo, Matteo, Lena, die Kellnerin des *Dolomiti*, und Sophie. Vorne zogen an einem extra angebrachten Seil Bernhard, Juanita und zwei junge Männer. Die hatte Pauline geschickt. Sie werde sich nicht vor einen Eiswagen spannen lassen und zum Gespött der Leute machen, hatte sie Sophie mitgeteilt. Doch sie könnte zwei ihrer Mitarbeiter vom Strandkorbverleih entbehren.

Riccardo hatte sich ausgeschüttet vor Lachen, als er die ganze Geschichte gehört hatte, aber er war Sophie auch mit einer gewissen Hochachtung begegnet.

»Matteo hat mir erzählt, dass er dich ausgelacht hat«, raunte er ihr kurz zu. »Glaub mir, das wird er nie wieder tun.«

Die Urlauber, denen sie begegneten, knipsten fleißig Fotos und fragten, ob das eine besondere Art von Prozession sei.

»Ja«, knurrte Bernhard. »Jesus liegt drinnen auf Eis.«

Das sorgte für Gelächter, aber schlug auch einige Leute in die Flucht.

Als der Eiswagen wieder an seinem Platz stand, verabschiedeten sich nach und nach die Helfer, bis nur noch Sophie und Matteo übrig waren.

»Ich werde mich um einen anderen Standplatz bemühen«, versprach er. Zornig schien er nicht mehr zu sein, nur sehr nachdenklich.

Sophie schüttelte den Kopf. »Lass man. Hat sowieso keinen Zweck. Ich werde den Kiosk wohl dichtmachen.«

Er nahm die Brille ab und musterte sie. Seine Augen waren schwarz und tief. »Und was willst du dann tun?«

»Keine Ahnung. Wenn ich Glück habe, finde ich auf der Insel eine Anstellung als Bäckerin. Sonst muss ich wieder fort.«

Matteo wiegte den Kopf hin und her. Aber als er wieder sprach, war sie aus unerfindlichen Gründen enttäuscht. »Ich muss jetzt zum *Dolomiti* und die Eiscreme für den Tag holen.«

Sophie sah ihm nach und schalt sich selbst eine Idiotin. Was hatte sie erwartet? Dass Matteo ihr eine Lösung auf dem Silbertablett präsentierte? Ausgerechnet ihr?

19. Kapitel

Am letzten Sonntag im August war es dann so weit: Sophie schloss den Kiosk für immer ab. Der Abend hatte sich bereits über Langeoog gelegt, längst waren alle Urlauber und Tagesgäste verschwunden, sogar Pauline hatte ihren Strandkorbverleih für heute dichtgemacht. Auch Matteo war gegangen, nachdem er seinen Eiswagen mehrfach gesichert hatte. Nach Sophies nächtlicher Aktion hatte er die ohnehin beschädigten Räder abmontiert und durch Attrappen ersetzt, und zusätzlich dazu war der Wagen mit einer langen, schweren Eisenkette umwickelt, die an zwei tief im Boden verankerten Pflöcken endete. Außerdem hatte er Pauline überredet, auf ihrem Büdchen eine Videokamera zu installieren. Drüben in *Kallis Peerstall* hatte Annabel ähnlich aufgerüstet, was ebenfalls dazu beigetragen hatte, Sophies zweifelhaften Ruhm zu vergrößern.

Natürlich hatte einer der Spaziergänger die Fotos der seltsamen Prozession in den sozialen Netzwerken publik gemacht, und die Hälfte der Insulaner war Sophie fortan mit großem Misstrauen begegnet. Die andere Hälfte hatte ihr applaudiert. Fast eine Woche lang war ihr Kiosk regelrecht belagert gewesen, und sie hatte mehr eingenommen als in den zwei Monaten zuvor.

Doch dann hatte es eine andere Aufregung auf Langeoog gegeben, irgendeinen Skandal um zwei Touristinnen, die den Inselcasanova Riccardo Torrioni ins Bett kriegen wollten, zur Not mit Gewalt, und das Interesse hatte sich von Sophie abgewendet. Die kurze Hochkonjunktur am Kiosk brach ein, und Sophie wusste, es hatte keinen Sinn mehr. Wenn sie sich nicht tief verschulden wollte, musste sie schließen. Eine Woche lang kämpfte sie noch mit sich, aber nun war es vorbei.

Seufzend drehte sie zum letzten Mal den Schlüssel um. Weitere Sicherheitsvorkehrungen waren hier unnötig, im Kiosk gab es nichts von Wert zu stehlen. Das Häuschen war zwar hübsch und stabil, aber ein Einbruch lohnte sich nicht. Der große Backofen war unverrückbar, die übrigen Gerätschaften hatte sie schon zum Haus von Tante und Onkel gebracht.

»Nu stöhn man hier nicht so rum wie ’ne verlassene Seemannsbraut.« Pauline winkte sie zu sich. »Komm, wir trinken einen auf das Ende des Sommers.«

Für die nächsten Tage war eine Schlechtwetterfront angekündigt, und die Witwe hatte die meisten Strandkörbe bereits ins Winterlager bringen lassen. Sophie zögerte. Sie war nicht besonders erpicht auf Gesellschaft.

»Was ist?«, fragte Pauline. »Hast du vor, eine Runde heulend durch die Dünen zu laufen?«

So ungefähr, dachte Sophie, zuckte aber nur mit den Schultern.

»Papperlapapp. Trübsal blasen ist keine Lösung. Nu mach schon, und bring deine Zimtküchlein mit, oder wie die heißen.«

»Muffins.«

»Egal. Sind köstlich. Wir spülen sie mit meinem Aquavit runter. Oder hast du etwa alle verkauft?«

Sophie schüttelte den Kopf. »Sind fast noch vollständig da.« Sie hatte sich schon geärgert, dass sie um fünf Uhr aufgestanden war, um die luftigen Muffins zu backen.

»Prima. Also, worauf wartest du?«

Eigentlich hatte Sophie vorgehabt, ihre Eltern zu besuchen, aber womöglich würden die sie auch nicht aufmuntern können, dazu waren sie viel zu sehr miteinander beschäftigt. Bernhard und Juanita weilten immer noch auf der Insel, wohnten in einem Ferienhäuschen nahe dem Hauptbad und verstanden sich prächtig. Fast schien es, als seien sie nie getrennt gewesen, schon gar keine dreiunddreißig Jahre. In Anwesenheit ihrer Tochter pflegten sie einen rein freundschaftlichen Umgang, und so wusste Sophie nicht so recht, was wirklich zwischen ihnen vorging. Es verwirrte sie sehr, diese zwei vor langer Zeit geschiedenen Menschen so einträchtig miteinander umgehen zu sehen. Dann fragte sie sich manchmal, ob sie im Frühjahr um ihren Ex-Freund Angelo hätte kämpfen sollen. Das wäre aber schwierig gewesen, da er ja nach Bari gezogen war.

Trotzdem, die Zweifel ließen sie nicht los, was auch

an ihrer Einsamkeit liegen mochte. Zwar hatte sie neue Freunde auf der Insel gefunden, allen voran Annabel, und auch die Apothekerin Gina gehörte dazu. Aber manchmal sehnte sie sich nach Liebe und Zärtlichkeit. Dann sah sie prompt die Torrioni-Brüder vor sich und wünschte sich, wünschte sich … Ach, verflixt! Es war besser, nicht weiter darüber nachzudenken. Der schöne Riccardo war definitiv nicht in sie verliebt. Das war ihr endgültig klar geworden. Seit sie wusste, dass Annabels Herz für ihn schlug, hielt sie sich sowieso zurück. Außerdem begriff Sophie endlich, dass sie nie echte Gefühle für ihn entwickelt hatte. Und Matteo – ha! Sie konnte froh sein, wenn er sie nicht hasste. Was sie selbst für ihn empfand, wusste sie nicht, und sie ging der Sache auch lieber nicht auf den Grund.

Vielleicht war ein Schlückchen Aquavit doch keine so schlechte Idee. Sophie klemmte sich die Frischhaltebox mit den Zimtmuffins unter den Arm und ging die paar Meter zu Pauline hinüber. Die Witwe führte sie in ihr altmodisch eingerichtetes Büdchen. Zwei Gläser standen schon auf dem niedrigen kleinen Tisch.

»Immer schön tapfer bleiben, Deern. Von einem schlechten Geschäft geht nicht gleich die Welt unter.«

»Meine schon. Ich habe mich bei drei Bäckern im Ort beworben. Die Antwort ist jedes Mal dieselbe gewesen: Zum Herbst brauchen sie kein Personal, sondern frühestens zur nächsten Saison.«

»Ach, es wird sich schon was finden.«

»Und was? Soll ich vielleicht auf einem Krabbenkutter anheuern?«

Pauline lachte. »Na, das wäre was. Lass mich mal nachdenken.«

Sophie senkte den Blick. Die Witwe hatte ihr schon vor Wochen versprochen, sie wolle helfen, eine Lösung zu finden. Bloß zaubern konnte sie natürlich auch nicht. Für ihr Geschäft brauchte sie starke junge Männer, die ihre Strandkörbe mit Leichtigkeit tragen konnten. In ihrem großen Freundeskreis schien es auch niemanden zu geben, der eine tüchtige Bäckerin suchte.

Eine Weile stand Pauline stirnrunzelnd da, dann lächelte sie breit. Sophie wollte schon Hoffnung schöpfen, aber die Witwe wandte sich der Küchennische zu und sagte bloß: »Erst mal einen Aquavit, das muntert auf.«

Sophie ließ sich auf die mit Spitzendeckchen verzierte Campingliege fallen.

»Es ist alles aus«, flüsterte sie, und Tränen der Enttäuschung sammelten sich in ihren Augenwinkeln.

Pauline stellte die eisgekühlte Flasche und ein paar Teller für die Zimtmuffins auf den Tisch, der damit voll war.

Fast im selben Augenblick klopfte es draußen an der Tür.

»Herein!«, rief Pauline fröhlich. Sie schien nicht weiter überrascht zu sein. Ganz so, als hätte sie einen Gast erwartet.

Matteo betrat die Bude, in der Hand hielt er einen kleinen Eisbehälter mit der Aufschrift *Dolomiti*. Der Italiener sah anders aus als vor einer guten Stunde, als Sophie ihn hatte weggehen sehen. Es dauerte kurz, bis sie begriff, was es war: Der Bart war ab!

Auch Pauline bemerkte es. »Endlich haste mal auf mich gehört, min Jung. Wurde auch Zeit. Jetzt brauchste nur noch Kontaktlinsen, dann biste 'n echtes Sahneschnittchen.« Sie gluckste vergnügt vor sich hin, während Matteo sich verlegen über den nicht mehr vorhandenen Bart strich.

Das ist ein abgekartetes Spiel, dachte Sophie. Seit zwei Wochen bemühte sich Pauline, zwischen ihr und Matteo zu vermitteln. Von Anfang an war die Witwe der Meinung gewesen, sie beide würden wunderbar zusammenpassen. Zwar war sie eine knallhart kalkulierende Geschäftsfrau, aber sie besaß auch eine romantische Seele. Seit der Geschichte mit dem Eiswagen setzte sie ihre ganze Energie daran, die beiden wenigstens miteinander zu versöhnen. Ein nahezu unmögliches Unterfangen, da Matteo und Sophie einander aus dem Weg gingen, wo sie konnten.

»Immer rin inne gute Stube!«, rief Pauline aus. »Hast du mir das Himbeereis mitgebracht?«

Matteo nickte, blieb aber unschlüssig in der Tür stehen. Auch für ihn war Sophies Anwesenheit offenbar eine Überraschung. Misstrauisch schaute er von der älteren zur jungen Frau. »Habt ihr euch abgesprochen?«

»Ich wusste nicht, dass du auch kommst«, beeilte sich Sophie zu versichern. »Pauline hat mich genauso überrumpelt wie dich.«

»Kinners! Nu hört mal auf, euch wie Backfische zu benehmen. Matteo, hierher, hinsetzen!«

Mit einer für diese alte und kleine Frau erstaunlichen Kraft bugsierte sie ihn zur Liege und drückte ihn nieder. Auch aus der Nähe sah sein Gesicht fremd aus. Aber durchaus attraktiver, gestand Sophie sich ein. Der Bart hatte ihn älter gemacht, nun war er plötzlich ein interessanter Enddreißiger.

»Er hat mit einer neuen Eiscremesorte experimentiert«, sagte die Witwe zu Sophie. »Himbeereis mit einem Hauch Zitronengras. Seit Tagen schwärmt er mir davon vor. Nun will ich es endlich probieren.«

Sophie schluckte trocken. Vor gar nicht allzu langer Zeit war sie diejenige gewesen, mit der Matteo über seine neuen Ideen und Geschmacksrichtungen gesprochen hatte. Und er hatte sogar behauptet, nur dank ihr habe er Spaß daran gefunden, Neues zu entwickeln. Tja, die Zeiten waren wohl endgültig vorüber.

»Ich hole man noch 'n Gläschen für unseren schönen Italiener«, sagte Pauline. »Die sind drüben in der Bude für den Strandkorbverleih.« Sie ging hinaus.

»Schöner Italiener«, wiederholte Matteo verblüfft. »Riccardo ist doch gar nicht hier.«

Ihm war offenbar nicht bewusst, wie sehr er sich in diesem Sommer zum Vorteil verändert hatte. Aus dem dünnen, schlecht frisierten Schattenbruder war ein kräftiger, ansehnlicher Mann geworden. Gepaart mit seinem guten Charakter ergab das einen echten Traumtypen.

Sophie ging nicht näher darauf ein. »Woher beziehst du denn deine Himbeeren?«

Froh, über etwas Unverfängliches reden zu können, erzählte Matteo ihr von einem Obst-und-Gemüse-Bauern auf dem Festland. »Alles rein biologisch und allerbeste Qualität.«

Sie wusste bereits, wie viel Wert er auf gute Naturprodukte legte, und nickte daher. »Hätte ich irgendwann mein Café eröffnen können, hätte ich wohl auch mit deinem Bauern zusammengearbeitet.«

Aber weil sie kein Mitleid in seinen Augen sehen wollte, wechselte sie schnell wieder das Thema. »Wie hat Riccardo den Skandal überstanden?«

Sie hatte den Inselcasanova seit mehr als einer Woche nicht mehr gesehen, und es gingen die wildesten Gerüchte um. Es hieß, die zwei Touristinnen aus Düsseldorf hätten ihm eines Abends aufgelauert, als er das *Dolomiti* abschloss, ihm einen leeren Kartoffelsack über den Kopf geworfen und ihn in eine leere Hütte am Strand verschleppt. Dort seien sie abwechselnd über ihn hergefallen.

»Meinem dummen Bruder geht es prächtig«, erwiderte Matteo, und in seiner Stimme schwang liebevoller Spott mit. »Er sonnt sich in seiner neuen Berühmtheit.«

Arme Annabel, dachte Sophie bei sich. Die Freundin hoffte, dass der Mann, den sie liebte, bald mal erwachsen werden würde. Sie musste sich wohl auf eine sehr lange Wartezeit einstellen.

»Ist er denn wirklich von den Frauen überfallen worden?«

»Ach, Quatsch. Klar, die beiden haben vor der Eisdiele auf ihn gewartet, aber so etwas kommt häufig vor. Manchmal stehen da fünf oder mehr Frauen.«

Sophie schauderte. Sie verstand jetzt noch besser, warum Annabel sich so eisern zurückhielt.

»Und dann?«, fragte sie, während sie die Frischhaltebox

öffnete und drei Zimtmuffins auf die Teller verteilte. Sie musste unbedingt ihre Hände beschäftigt halten. Zu groß war die Gefahr, sie könnte sonst Matteo berühren – nur um zu prüfen, ob seine Oberarmmuskeln tatsächlich so hart waren, wie sie aussahen. Das redete sie sich zumindest ein.

»Ach, das Übliche. Sie haben ihn gefragt, ob er einen Spaziergang mit ihnen unternehmen will. Da Riccardo sich nicht gern drängen lässt, hat er abgelehnt. Und da wurden die Damen – nun ja – ein wenig handgreiflich.«

»Wie denn?«

»Eine hat ihn wild geküsst, während die andere ihn von hinten umarmte, damit er nicht weglief.«

Sophie kicherte. »Kein Kartoffelsack über dem Kopf?«

»Blödsinn. Das haben die Leute bloß erfunden, um die Geschichte aufzubauschen. Riccardo hat sich schon von dem Kuss überzeugen lassen und ist mit ins Hotelzimmer.«

»Nicht in eine einsame Hütte?«

Matteo lachte, und sie merkte, wie sehr sie sein Lachen vermisst hatte. »Auf Langeoog gibt es doch gar keine verlassene Hütte am Strand.«

»Stimmt auch wieder.«

Da Matteo ihr ähnlich war, musste er ebenfalls etwas mit seinen Händen tun und fing an, ein wenig Himbeereis zu portionieren.

»Mir tut nur Annabel leid«, sagte er. »So etwas hat sie nicht verdient.«

Einen Moment zögerte Sophie. Dann fragte sie: »Wie meinst du das?«

»Komm schon, du weißt es, ich weiß es. Annabel hat mir erzählt, dass sie dir ihr trauriges Geheimnis verraten hat. Es spricht für dich, dass du so vorsichtig bist.«

Es war albern, aber sie freute sich darüber, aus seinem Mund Worte der Anerkennung zu hören. »Glaubst du, die beiden haben eine Chance?«

Wieder strich sich Matteo über den abrasierten Bart. »Ich fürchte nein. Aber ich finde auch, Annabels Gefühle sind deshalb nicht weniger wert. Sie hat das Recht, zu lieben, wen sie will. Bloß kann sie nicht darüber bestimmen, ob ihre Liebe erwidert wird.«

Sophie war sich nicht sicher, ob er wirklich noch über ihre Freundin sprach.

»Wo bleibt eigentlich Pauline?«, fragte er und deutete auf die Flasche Aquavit. »Nicht dass ich scharf auf ihren Teufelstrank wäre, aber sie ist schon ziemlich lange weg, findest du nicht?«

Sophie stand auf. »Ich gehe mal nachsehen.«

Draußen war niemand, in der zweiten Bude auch nicht. Sie musste grinsen und kehrte in die Stube zurück.

»Pauline ist über alle Berge beziehungsweise über alle Dünen.«

Matteo starrte sie an, dann lachte er schon wieder. Sophie stimmte in sein Lachen ein. Die Witwe war eine hinterlistige Ränkeschmiedin, aber diese Sache hatte sie prima eingefädelt.

Als sie sich wieder beruhigt hatten, stand Matteo auf. »Dann gehe ich mal wieder. Du hast bestimmt keine Lust, den Abend mit mir zu verbringen.«

Sophie erwiderte nichts. Es war wohl eher Matteo, der es nicht abwarten konnte, wieder wegzukommen. Schon ging er zur Tür. Als jedoch von draußen Rufe zu hören waren, hielt er inne.

»Du bist gemeint, Sophie.«

Sie trat zu ihm, öffnete und schaute hinaus. Nebenan vor dem Kiosk standen ihre Eltern.

»Wo bist du, Kind?«, rief ihr Vater. Panik schwang in seiner Stimme mit. »Juanita, schwöre, dass ihr nichts passiert ist.«

»Nur keine Angst, mein Großer. Unsere Tochter ist eine vernünftige junge Frau.«

»Vernünftig? Sophie? Darf ich dich daran erinnern, dass sie erst vor zwei Wochen …«

»Ich bin hier!«, rief Sophie.

Bernhard und Juanita wirbelten herum.

»Gott sei Dank!«, stießen sie gleichzeitig aus. Dann waren sie schon bei ihrer Tochter und umarmten sie fest. Das war Sophie nun doch ein wenig peinlich, und schnell machte sie sich wieder los.

»Warum habt ihr euch denn so aufgeregt?«

»Na ja, Sorgen haben wir uns ohnehin gemacht«, antwortete ihr Vater. »Wir wissen ja, dass heute dein großer Traum endgültig zerplatzt ist.« Er verstummte, sah seine Ex-Frau an.

Juanita sprang ein. »Aber wir dachten, bei einem gemeinsamen Abendessen muntern wir dich schon wieder auf. Ich habe Paella gekocht, mit Meeresfrüchten frisch vom Kutter.«

Sophie schossen die Tränen in die Augen. Sie musste daran denken, wie sie vorhin zu Pauline gesagt hatte, ihr bleibe nur noch die Möglichkeit, auf einem Krabbenfänger anzufangen.

»Na, na«, murmelte Juanita. »Spanierinnen weinen nicht so schnell. Das gilt auch für Halbspanierinnen, mein Schatz.«

Dann widmete sie sich Matteo. »Sie sehen ja prächtig aus. Sind sie eigentlich ein ganzer oder ein halber Italiener?«

»Ähm – ein ganzer.«

»Wunderbar, wunderbar. Eure Kinder werden halb italienisch, ein Viertel spanisch und ein Viertel deutsch sein.«

Sophie erstarrte, Matteo rang die Hände.

»Juanita«, sagte Bernhard mit leisem Tadel. »Lass die jungen Leute zufrieden.«

»Spiel dich nicht so auf. Schließlich sind wir hier, weil Pauline uns so große Angst eingejagt hat.«

»Pauline?«, hakte Sophie nach. »Was hat sie getan?«

»Wir haben sie auf unserem Abendspaziergang getroffen«, erklärte Bernhard ruhig. »Und sie erzählte, sie habe dich eben erst von einer Verzweiflungstat abgehalten.«

Warum müssen die Insulaner bloß so übertreiben?, fragte sich Sophie und seufzte laut. Weil ihnen sonst langweilig wird, gab sie sich selbst die Antwort. Auf einem Eiland wie Langeoog musste man schon selbst für Unterhaltung sorgen, wenn man den täglichen Trott ertragen wollte.

»Mit mir ist alles in Ordnung«, erklärte sie fest. »Geht ruhig wieder nach Hause. Ich komme gleich nach.«

Juanita schaute von ihr zu Matteo. »Sie sind natürlich auch herzlich zur Paella eingeladen.«

»Mama!«

»Dankeschön, ich komme sehr gern.«

Uff!, dachte Sophie. Zwei Kupplerinnen an einem Tag waren zwei zu viel. Aber sie freute sich auch ein wenig und ging schnell wieder hinein, um die Teller abzuräumen. Matteo folgte ihr. Verblüfft blieben die beiden vor dem niedrigen Sofatisch stehen.

»Schau nur«, flüsterte Sophie.

20. Kapitel

Die nächste Überraschung erwartete sie im Ferienhaus von Juanita und Bernhard. Der Esstisch im großen Wohnzimmer war ausgezogen und für sechs Personen gedeckt.

»Wer kommt denn noch?«, fragte Sophie.

»Wir!« Von der Terrasse trat Freda herein, dicht gefolgt von Hinnerk.

Sophie machte große Augen. »Wann seid ihr angekommen? Und wieso wusste ich nichts davon?«

»Gestern Abend, und wir wollten dich überraschen.« Freda kam auf ihre Nichte zu und nahm sie fest in den Arm. Sie fühlte sich anders an als vor ihrer Abreise, stellte Sophie fest. Fülliger, gesünder, energischer.

»Das ist euch gelungen.« Beklommen überlegte sie, dass Tante und Onkel nun natürlich auch wieder in ihr Haus ziehen würden. Selbstverständlich wäre ihre Nichte ihnen weiterhin willkommen, aber sie würde sich doch wieder nur wie ein Gast fühlen. Das Ferienhaus ihrer Eltern verfügte nur über drei Räume. Hier war kein Platz für sie.

Dann fiel ihr ein, dass sie die Insel ja ohnehin verlassen musste. Am liebsten hätte sie losgeheult, aber sie riss sich zusammen. Freda und Hinnerk waren da, und darüber wollte sie sich freuen. Auch ihr Onkel legte kurz die Arme um sie, trat aber schnell wieder zurück. Mochte er ebenfalls gesünder und frischer aussehen, er blieb der Mann, der nicht viel von Zärtlichkeiten hielt. Immerhin konnte sie fühlen, dass er nicht mehr so klapperdürr war.

Matteo begrüßte die beiden wie alte Freunde und musste sich einige Kommentare über sein verändertes Aussehen anhören. Besonders Freda bekam sich kaum wieder ein vor lauter Bewunderung. Mit der Bemerkung, er müsse schnell das Eis ins Gefrierfach legen, verdrückte er sich bald in die Küche. Dort blieb er bei Juanita, während Bernhard im Esszimmer den Wein einschenkte. Sophie, ihr Vater, Freda und Hinnerk prosteten einander zu.

Freda begutachtete nun ihre Nichte. »Du siehst auch viel besser aus als vor ein paar Monaten. Gesünder und fitter. Und der Schwabbelbauch ist weg.«

Schwabbelbauch? Das hatte sie jetzt überhört, oder? Gut, früher hatte sie dazu geneigt, bei Stress ordentlich zu essen, doch richtig dick war sie deshalb nicht gewesen! Aber okay, diese Angewohnheit war sie losgeworden. Bevor sie etwas sagen konnte, fuhr ihre Tante fort: »Man sieht dir an, dass du einige Kämpfe durchgestanden hast. Du wirkst unglaublich stark und voller Leben. Außerdem bist du noch schöner geworden.«

Tja, da konnte sie ihr nicht länger böse sein.

Als Nächstes fing Freda an, von Capri zu schwärmen.

»Die Pension *Maria* liegt fernab der schicken und teuren Hotels. Deswegen habe ich mich dort auch gleich so wohl gefühlt. Es ist ein einfaches Haus mit fünf Gästezimmern und einem kleinen Speisesaal. Aber schon fünf Minuten nach meiner Ankunft habe ich das Juwel des Hauses entdeckt: den weitläufigen Garten. Hohe Pinien, blühende Oleanderbüsche und duftende Bougainvilleen entfalten dort ihre ganze Pracht und geben dann den Blick auf das glitzernde Mittelmeer frei. Ach, es ist einfach wundervoll!«

Hinnerk nickte dazu, Bernhard verzog leicht die Mundwinkel. Sophie vermutete, Vater und Mutter hörten sich schon seit dem Vorabend diese Schwärmerei an.

»Es war aber nicht nur der Garten, der es ihr angetan hat«, mischte sich Hinnerk ein. »Da war auch ein gewisser römischer Kaiser.«

»Wie bitte?«, fragte Sophie. »Hast du mit einer Statue angebandelt?«

Freda lachte und errötete gleichzeitig. »Oh nein, Lorenzo ist überaus lebendig. Aber er sieht aus wie ein Imperator. Ein ganz feiner Mann. Industrieller aus Rom, sehr schön, groß und mit einer markanten Nase. Er kurierte dort einen bösen Husten aus und wohnte lieber in einer einfachen Pension, um seine Ruhe zu haben.«

»Vermutlich Tuberkulose«, knurrte Hinnerk.

»Nun«, meinte Bernhard bedächtig. »Manchmal führt ein Husten zu einer großen Liebe.« Er spielte damit auf Fredas Aufenthalt vor dreißig Jahren auf Langeoog an. Sie hatte damals eine Bronchitis behandeln lassen und währenddessen Hinnerk kennengelernt. Sein Schwager schien ihm die Bemerkung nicht übel zu nehmen. Zwischen den beiden Männern herrschte wieder Frieden – oder zumindest Waffenstillstand, stellte Sophie aufatmend fest. Als die beiden auf Langeoog aufeinandergetroffen waren, hatte sie befürchtet, einzig der Rum habe sie vorübergehend ausgesöhnt.

»Ich bin jedenfalls gerade noch rechtzeitig gekommen«, sagte Hinnerk. »Freda war kurz davor, sich in ein Abenteuer mit einem dubiosen und überdies kranken Italiener zu stürzen.«

»Rede keinen Unfug! Lorenzo ist ein feiner Mann und auch längst wiederhergestellt. Außerdem hätte ich dich niemals betrogen!«

Sophie unterdrückte ein Stöhnen. Ihr wurde das alles zu viel. Ihre Tante schien es zu bemerken, denn sie schloss ihren Bericht recht schnell ab: »Ich habe mit Lorenzo ein paar schöne Ausflüge unternommen, hinauf nach Anacapri, zur Blauen Grotte und zu den Faraglioni, den drei aus dem Wasser aufragenden Felsen, die das Wahrzeichen der Insel darstellen. Und San Michele, die wunderschöne Villa des schwedischen Arztes Axel Munthe, haben wir natürlich auch besichtigt, aber dann kam Hinnerk an und hat sich aufgeführt wie ein eifersüchtiger Matrose.«

»Ist das ein Wunder? Ich bin nur drei Tage nach dir auf die Insel gekommen, und du hattest schon alles gesehen, was sehenswert war. Und immer mit diesem einen Mann zusammen. Das fand ich schon sehr verdächtig!«

»Es wäre verdächtiger gewesen, wenn ich nie die Pension verlassen hätte.«

Hinnerk legte seine Stirn in Falten. Es dauerte ein, zwei Sekunden, bis er die Bemerkung verstanden hatte. Dann ballte er die Fäuste. »In dem Fall wäre es anders ausgegangen. Ansonsten war ich doch ganz friedlich.«

»Ach ja? Hast du dem armen Lorenzo nicht sogar weisgemacht, der berüchtigte Freibeuter Klaus Störtebeker sei dein Urahn, und du kämst ganz nach ihm?«

»Nun ja …« Hinnerk räusperte sich umständlich, und Sophie wechselte einen amüsierten Blick mit ihrem Vater. Sein Leben lang hatte ihr Onkel behauptet, seine Familie sei mit dem Piraten weder verwandt noch verschwägert. Er hatte bei der Hochzeit sogar Fredas Nachnamen angenommen, um den lästigen eventuellen Vorfahren loszuwerden. Aber nun hatte er ihn bei Bedarf aus dem Ärmel gezogen.

Freda schien es ihm nicht übel zu nehmen. »Mein Mann hat um mich gekämpft«, erklärte sie stolz. »Zwar nicht mit Fäusten, aber doch mit Worten.«

»Und was wurde dann aus dem römischen Kaiser?«

»Ich habe ihn den Löwen im Kolosseum zum Fraß vorgeworfen«, erklärte Hinnerk.

»Rede keinen Stuss.« Freda wandte sich an Sophie: »Ich glaube, er war wirklich von edlem Geblüt. Denn kaum hat er gesehen, dass mein Hinnerk und ich in Wahrheit zusammengehören, hat er sich rüber nach Ischia bringen lassen, um dort weiterzukuren.«

»Und naive deutsche Frauen mittleren Alters zu verführen!«

Hinnerk wurde von Freda mit einer Geste zum Schweigen gebracht.

»Wir hatten jedenfalls noch eine gute Zeit dort«, schloss sie. »Aber meinen lieben Mann plagte das Heimweh, und er will den herbstlichen Vogelzug nach Süden nicht verpassen. Also sind wir wieder hier.«

»Für immer?«

»Wo denkst du hin! Ich bin auf den Geschmack gekommen. Spätestens im November will ich wieder weg. Irgendwohin, wo es schön warm ist. Bali soll zauberhaft sein.«

Hinnerk rollte mit den Augen, doch Sophie hatte den klaren Eindruck, dass Tante und Onkel nun ein gutes Gleichgewicht in ihrer Ehe gefunden hatten.

»Ich freue mich für euch«, sagte sie und meinte es aus tiefstem Herzen so.

»Danke, Deern.« Freda musterte sie nun ausführlich. »Und was wird aus dir? Habe gehört, der Kiosk lief nicht gut.« Und alles andere war ihr höchstwahrscheinlich auch zu Ohren gekommen.

Sophie zog die Schultern ein und beeilte sich, übers Geschäft zu sprechen. »Da ist leider nichts mehr zu machen. Die Kunden kaufen ihre Snacks und Getränke bei Pauline und ihr Eis bei Matteo. Der Kiosk konnte nicht überleben. Das Einzige, was ich gut verkaufen könnte, wären meine Backwaren. Aber mir fehlen die Mittel für einen Neuanfang.« Als sie sah, wie die ältere Generation schnelle Blicke tauschte, fügte sie hinzu: »Das war jetzt aber keine Bitte um Geld, dass das klar ist!«

In dem Augenblick kam Juanita mit einer riesigen Pfanne dampfender Paella herein, und Sophie war froh über die Ablenkung. Alle langten ordentlich zu, und Matteo verstieg sich zu dem Lob, das Risotto mit Meeresfrüchten seiner Mamma sei zwar unerreichbar, aber dieses Gericht käme dem schon sehr nahe.

Juanita lächelte bescheiden und wollte dann von ihrer Tochter wissen, wie ihre Zukunftspläne aussähen.

»Um ehrlich zu sein, ich habe keine.«

Eben noch war sie guter Stimmung gewesen, weil Matteo sich wie selbstverständlich neben sie gesetzt hatte und in freundschaftlichem Ton mit ihr plauderte. Nun wurde sie erbarmungslos an ihre verfahrene Situation erinnert.

»Erzählt mir doch lieber, was ihr beide vorhabt«, forderte sie ihre Eltern auf. »Wie sieht überhaupt euer Verhältnis aus? Seid ihr nach all den Jahren gute Freunde geworden, oder lebt ihr in wilder Ehe?«

Stille brach aus, und Sophie senkte den Blick. Sie hatte selbst den aggressiven Ton in ihrer Stimme gehört und schämte sich nun.

Schließlich war es Juanita, die sprach. »Ich weiß, das muss alles verwirrend für dich sein, mein Schatz.«

»Allerdings!«

Sophie wollte erklären, wie sehr sie in ihrer Kindheit unter der Trennung der Eltern gelitten hatte, wie groß der Eisklumpen in ihrem Herzen geworden war. Doch sie schwieg. Wozu alte Wunden aufreißen? Die Vergangenheit war nicht mehr zu ändern. Daher sagte sie nur: »Es ist ziemlich plötzlich gekommen.«

»Für uns auch.« Juanita schaute ihre Tochter liebevoll an. »Es war ungefähr das Letzte, was ich im Leben erwartet hätte, und ich glaube, das gilt auch für Bernhard.«

»Wohl wahr«, erklärte dieser.

»Okay«, meinte Sophie. »Aber was denn nun genau? Freundschaft? Wilde Ehe?«

Juanita lächelte. »Nichts von beidem. Wir haben uns frisch ineinander verliebt, aber wir sind nach wie vor ein Ehepaar.«

Sophie klappte den Mund auf und zu. »Wie bitte?«

Sie spürte, wie Matteo unter dem Tisch nach ihrer Hand griff und war ihm dankbar dafür.

»Wir haben uns nie scheiden lassen«, erklärte Bernhard. »Du bist irgendwann davon ausgegangen, und ich habe dich in dem Glauben gelassen, damit du dir keine falschen Hoffnungen machen konntest.«

»Deibel ok!«, stieß Freda aus. »Mehr als dreißig Jahre getrennt, und nu wieder ein Herz und eine Seele.«

»Lass bitte den Teufel aus dem Spiel«, bat Juanita. Dann versuchte sie sich an einer Erklärung: »Wir haben uns in diesen Jahren beide verändert. Ich bin ruhiger geworden, und Bernhard ist plötzlich abenteuerlustig. Er nimmt sich ein Beispiel an dir, Sophie.«

»Abenteuerlustig? Was soll das heißen?« Sie sah ihre Eltern schon in einem VW-Bulli die Welt bereisen.

»Nun«, sagte Bernhard, »ich werde die Villa in Frankfurt verkaufen und mir hier auf Langeoog etwas Eigenes anschaffen. Dann wollten wir künftig die Sommermonate hier und den Winter auf Ibiza verbringen.«

Sie nickte und versuchte noch mitzukommen, als ihr Vater hinzufügte: »Aus dem Verkaufserlös bekommst du übrigens einen Anteil. Sieh es als vorzeitiges Erbe an.«

»Aber ich … ich kann doch nicht …«

Matteo drückte ihre Hand. »Natürlich kannst du. Er ist dein Vater. Das ist die Lösung, Sophie. Damit wirst du die Backstube renovieren und dein Café eröffnen können!«

Ihr schwindelte bei dieser großen Neuigkeit und sie brachte keinen Ton heraus.

»Prima«, meinte Freda. »Das Häuschen kriegst du von uns umsonst. Wir brauchen es nicht mehr. Und die Mansarde kannst du zu einer kleinen Wohnung ausbauen. Wirst zwar ziemlich schräge Decken haben und nicht viel aufrecht stehen können, dafür ist es dann dein eigenes Reich. Und mein Hinnerk und ich haben auch unsere Privatsphäre wieder.«

»Freda«, mahnte ihr Mann. »Wir waren uns doch einig, dass Sophie so lange bei uns wohnen bleiben kann, wie sie will.«

»Klar, aber es muss ja nicht ewig sein.« Den Blick, den sie Hinnerk zuwarf, konnte Sophie nur als lüstern einordnen.

Auch Juanita hatte verstanden. »Wir machen es so. Bernhard und ich wollen nächste Woche abreisen, das Ferienhaus ist aber noch bis November bezahlt. Du wohnst so lange hier, bis deine eigene Bude fertig ist.«

Sophie konnte nur noch stumm nicken. Ein bisschen störte es sie, dass so über ihren Kopf hinweg entschieden wurde.

Sie war schließlich eine erwachsene Frau, die es aus eigener Kraft schaffen wollte. Dann schalt sie sich einen Dummkopf. Wahre Stärke bedeutete, Hilfe anzunehmen, wenn man sie brauchte, und dann das Beste daraus zu machen.

Aus lauter Dankbarkeit hätte sie ihre Verwandten am liebsten nacheinander fest umarmt. Sie gab dem Drang schließlich nach und tat es einfach. Hinnerk war als Letzter dran und machte sich schnell wieder von ihr frei. »Wir tun das nicht nur für dich. Wir wollen schließlich in den Genuss deiner köstlichen Kuchen und Kekse kommen.«

»Es gibt noch etwas, das ihr wissen solltet«, sagte Matteo zu den Vertretern der älteren Generation. »Glaubt bloß nicht, dass Sophie es nicht schaffen kann. Sie hat nämlich eine aufregende Idee gehabt, und ich bin sicher, das wird der Renner.«

Alle redeten durcheinander und fragten, was es war.

Sophie flüsterte Matteo zu: »Du warst genauso dran beteiligt.«

»Aber du hast mir erzählt, dass du schon einmal daran gedacht hast. Deshalb ist es eigentlich deine Erfindung.«

Sie war sich nicht sicher, ob sie so viel Freundlichkeit verdient hatte. Dann schaute sie ihm in die Augen, und für einen Moment glaubte sie, noch einen anderen Ausdruck darin zu erkennen. Bei diesen verflixt dicken Brillengläsern konnte man das aber nie so genau wissen.

»Kann uns bitte mal jemand aufklären?«, forderte Freda sie beide auf. »Was hat Sophie erfunden? Eine Sahnetorte, bei der die Pfunde schmelzen? Musst du sofort zum Patent anmelden. Damit werden wir alle reich wie Krösus und kaufen gleich ganze Inseln: Langeoog, Capri, Ibiza, Bali und was uns sonst noch so einfällt.«

Sophie und Matteo grinsten sich an wie zwei Verschwörer. Dann standen sie auf, räumten Teller und Paellapfanne ab und brachten alles in die Küche. Dort holte Sophie sechs Dessertschalen aus einem Hängeschrank, und stellte die Frischhaltebox mit den Muffins daneben auf den Tisch, während Matteo das Himbeereis aus dem Gefrierfach nahm. Einen Moment standen sie nachdenklich da, dann handelten sie, als hätten sie dieselbe Idee im selben Moment gehabt, was vermutlich auch hinkam: Matteo gab eine Schicht Himbeereis in jedes Schälchen, Sophie schnitt bei den Muffins den Boden ab und legte ihn darauf. Dieser wurde wieder mit Eis bedeckt, und darauf kam dann der Deckel des Muffins. Zuoberst wieder Eis, mit zwei Teelöffeln zu nicht ganz perfekten kleinen Kugeln geformt. Dann traten beide einen halben Schritt zurück und begutachteten ihr Werk.

»Es fehlen noch frische Himbeeren«, meinte Matteo, »und die kleinen Kugeln muss ich mit einem richtigen Portionierer formen.«

Sophie nickte. »Ein wenig Zimt wäre gut, und wir könnten es mit einer Karamellsoße versuchen.«

»Gute Idee. Außerdem …«

Sie hob die Hand. »Außerdem schmilzt das Eis, wenn wir das jetzt nicht reinbringen, und meine Verwandten wundern sich, weil wir so viel Aufhebens um eine undefinierbare Pampe machen.«

Matteo grinste. »Stimmt.«

Sie trugen das Dessert auf, ernteten zunächst verständnislose Blicke, dann jedoch hochgereckt Daumen.

»Schmeckt himmlisch«, sagte Freda und sprach damit aus, was alle dachten. »Himbeereis mit Zimtkuchen habe ich noch nie gegessen.«

»Ist zufällig entstanden«, erwiderte Sophie und dachte daran, wie Matteo und sie vor ein paar Stunden in Paulines Büdchen Muffins und Eis zusammen auf die Teller getan hatten, nur damit ihre Hände beschäftigt waren.

»Viele große Erfindungen sind aus Versehen gemacht worden«, erklärt ihr Vater. »Davon solltet ihr euch noch mehr einfallen lassen. Kuchen und Eis, eine wunderbare Kombination!«

»Genau«, stimmte Freda zu. »Es muss ja nicht immer Apfeltorte mit Vanilleeis sein.«

»Und in der kalten Jahreszeit verkauft ihr so etwas auch gut«, warf Juanita ein. »Dazu einen schönen Ostfriesentee.«

Sophie wechselte einen Blick mit Matteo.

»Wir müssen jetzt gehen«, sagte sie dann.

»Vielen Dank für die Einladung«, fügte Matteo höflich hinzu.

Die anderen ließen sie abziehen, fragten nur, ob es noch mehr von dem leckeren Dessert gäbe. Das musste Sophie verneinen, und dann beeilte sie sich, fortzukommen.

»Gehen wir ein Stück?«, fragte Matteo draußen. Am liebsten wäre sie allein gewesen, um die aufregenden neuen Entwicklungen zu verarbeiten, aber sie stimmte doch zu. Allerdings liefen sie nicht weit, am Hauptbad setzten sie sich auf eine der langen Bänke und genossen die noch milde Abendluft. Die bunten Häuschen aus Lärchenholz standen hinter ihnen, vor ihnen erhoben sich sanft die Dünen.

»Ziemlich viel für einen Abend, nicht wahr?«, fragte Matteo leise.

»Ja, sehr viel.« Dann sprachen sie nicht mehr, saßen nur beieinander, und Sophie genoss die friedvolle Stimmung. Sie wusste, sie würde bald keine ruhige Minute mehr haben.

21. Kapitel

Eine Woche später saßen Sophie, Riccardo und Matteo in der Eisdiele *Dolomiti* an einem Ecktisch beieinander. Sophie war von den Brüdern herbestellt worden, und sie wunderte sich gewaltig. Auch Annabel war dabei, was noch seltsamer war, denn sie hatte weder mit dem einen noch mit dem anderen Geschäft etwas zu tun. An der Theke hockte die Kellnerin Lena und tat so, als würde sie nicht lauschen.

Draußen schlug ein heftiger Herbstregen gegen die Scheiben. Seit Tagen hatte sich die Sonne nicht mehr blicken lassen, die Menschen gingen schlecht gelaunt nur in dicken Jacken und mit Schirm vor die Tür.

Der Sommer auf Langeoog war definitiv zu Ende. Niemandem war im Augenblick nach Eiscreme zumute. Matteo schloss seinen Wagen gar nicht erst auf, im *Dolomiti* herrschte Gästemangel, selbst die vier jungen Leute am Tisch tranken lieber Espresso oder Ostfriesentee.

»Wie läuft es mit euren Kreationen?«, fragte Riccardo

bemüht gleichgültig. Er saß neben Annabel, aber sie sorgte für genügend Abstand zwischen ihnen, was ihn zu irritieren schien.

Sophie schaute zu Matteo.

»Recht gut«, sagte sie dann. »Wir haben es mit Karottenkuchen und Basilikumeis versucht, was super harmonierte. Marzipantorte mit Mandeleis war uns hingegen zu eintönig im Geschmack. Da wollen wir es mit etwas Frischerem versuchen, vielleicht Zitrone!«

»Gut gelungen ist auch Pistazieneis zu Kaffeebrot«, warf Matteo ein. »Also, insgesamt ist unser Projekt ganz erfolgversprechend.«

»Ich erkenne dich kaum wieder«, meinte Riccardo. »Früher warst du gegen jegliche Experimente.«

Matteo grinste schief. »Ein Mensch kann sich ändern.«

»Und ihr habt ja noch ein paar Wochen Zeit, neue Sorten auszuprobieren.«

Sophie nickte, stöhnte aber innerlich. Matteo kam jeden Abend zum Ferienhaus. Juanita und Bernhard waren inzwischen nach Ibiza abgereist, und so hatten sie die Küche für sich. Jedes Mal brachte Matteo verschiedene Eispackungen mit, und während sich Sophie dem Kuchenbacken widmete, plauderten sie wie gute alte Freunde. Nur manchmal wäre sie gerne mal wieder allein gewesen, zumal sie tagsüber nur noch von Handwerkern umgeben war. An anderen Tagen hingegen wünschte sie sich, ihre Freundschaft würde sich wandeln, zu etwas noch Schönerem werden, das ihre Herzen erwärmte und das Glück ins Leben ließ …

Sie schaute Matteo an und lächelte sehnsüchtig. Vor drei Tagen hatte er seine hässliche Brille gegen Kontaktlinsen eingetauscht, und seitdem konnte sie sich nicht an ihm sattsehen. Sie bemerkte, dass Annabel Riccardo mit der gleichen Sehnsucht betrachtete, stieß unauffällig ihre Freundin an und tauschte mit ihr ein trauriges Lächeln.

So war das eben im Leben, sagten sie einander ohne Worte. Man konnte nicht alles haben.

Den Brüdern war dieser kurze Austausch komplett entgangen. Sie hatten weitergeredet, und erst nach einem Moment begriff Sophie, worum es ging.

»Was, ihr wollt wirklich die Eisdiele verkaufen?«, fragte sie. »Aber die ist doch euer Lebenswerk!«

»Quatsch«, erwiderte Riccardo. »Bloß ein Geschäft. Und das Angebot ist so gut, dass wir es unmöglich ausschlagen können. Du weißt, wir müssten dringend renovieren, aber dazu fehlt uns das Geld.«

»Und was soll hier stattdessen rein?«

»Das wird der neue Eigentümer entscheiden«, erklärte Matteo. »Vielleicht eine Teestube, vielleicht ein Souvenirshop.«

Sophie warf einen Blick zur Theke. Die Kellnerin war kreideweiß geworden. Kein Wunder, hatte sie doch gerade erfahren, dass sie arbeitslos war. Sophie hätte ihr gern gesagt, sie könne eines Tages bei ihr im neuen Eiscafé arbeiten, aber noch war sie nicht in der Position, Versprechungen machen zu konnen.

Die Umbauarbeiten würden noch Wochen dauern, und ob ihr neues Geschäft ein Erfolg werden würde, konnte sie nicht vorhersehen. Zumal sie nun zwangsläufig nach der Hauptsaison eröffnete. Manche Leute sagten, sie sei verrückt, aber Sophie war davon überzeugt, dass es ein guter Plan war. Zum einen könnte sie die Einheimischen für sich gewinnen, bevor wieder die Touristen Langeoog stürmten, zum anderen hätte sie den Winter über Zeit, mit Matteo an ihren Kreationen zu feilen und sich neue Kombinationen aus Kuchen und Eis auszudenken. Gottseidank war ihr finanzielles Polster dick genug, um bis zum Frühjahr auch mit einem schwachen Geschäft durchzuhalten.

Annabel war Sophies Blick gefolgt und hatte ebenfalls die bleiche Kellnerin betrachtet.

»Deswegen bin ich hier«, sagte sie nun. »Lena verbringt jede freie Stunde im Pferdestall, und sie ist eine gelehrige Schülerin. Ich möchte ihr eine Stellung anbieten. Vicky wird uns in zwei Wochen verlassen, und dann brauche ich eine Pferdepflegerin und Reitlehrerin.«

Lenas Gesicht leuchtete auf. »Wirklich?«

»Natürlich. Wenn du magst. Mehr zahlen als Riccardo kann ich aber nicht, und Trinkgeld ist bei uns auch eher selten.«

»Das macht nichts. Ich würde sehr, sehr, sehr gern für dich arbeiten.«

Lena kam zum Tisch und gab Annabel feierlich die Hand. Dann erklärte sie, nun müsse sie dringend los und ihren Freunden die guten Neuigkeiten erzählen.

Als sie gegangen war, kochte Matteo für sich und seinen Bruder einen zweiten Espresso und schenkte den Frauen Tee nach.

»Und was wirst du tun?«, wandte Sophie sich an Riccardo. Sie konnte spüren, dass Annabel den Atem anhielt.

Riccardo merkte nichts davon, er strahlte. »Ich werde endlich frei sein, wenigstens für eine Weile. Wenn alles abgewickelt ist, will ich eine große Reise unternehmen. Südamerika, Australien ... Ich war noch nie irgendwo anders als in Italien und hier. Endlich kann ich die Welt sehen!«

Es schien Sophie, als würde Annabel bei diesen Worten zusammenfallen wie eine Marionette, deren Fäden abgeschnitten worden waren. In Matteos Augen stand tiefes Mitgefühl.

»Was bist du doch für ein Holzkopp«, schimpfte er mit seinem Bruder.

Riccardo hob die Brauen. »Wieso? Was habe ich denn getan?«

»Ach, lass gut sein.« Matteo schaute Sophie an. »Ich möchte dir eine Partnerschaft vorschlagen.«

Endlich wusste sie, warum ihre Anwesenheit gewünscht war.

»Darüber habe ich auch schon nachgedacht. Ich wüsste nämlich nicht, wie ich gleichzeitig Kuchen backen und Eis zubereiten sollte.«

»Okay. Die Einzelheiten können wir noch aushandeln, aber grundsätzlich schlage ich vor, dass wir das Eiscafé gemeinsam betreiben.«

Sie schluckte. Sie beide würden eine geschäftliche Zukunft haben. Damit musste sie sich zufriedengeben. Diesmal, das merkte sie, lag Annabels Blick mitleidig auf ihr.

»Hast du schon einen Namen dafür?«, fragte Matteo weiter.

»Nein, darüber habe ich noch nicht nachgedacht.«

»Gut. Ich finde nämlich, es sollte schlicht *Eiscafé* heißen.«

»Perfekt.« Sie dachte eine Weile nach und fragte dann: »Aber was wird aus deinem Wagen?«

»Den übernehme ich«, warf Riccardo ein. »Wenn ich von meinen Reisen zurück bin. Vielleicht schon nächstes Frühjahr. Ich will lieber am Strand arbeiten als hier drinnen.«

Die Brüder grinsten sich an. Sie hatten alles schon durchgeplant.

»Aber dann wirst du unser direkter Konkurrent«, gab Sophie zu bedenken.

»Nein, keine Sorge. Ich bewerbe mich um einen Standplatz beim Hauptbad. Dank meiner guten Verbindungen werde ich den bestimmt auch bekommen.«

Gute Verbindungen zu weiblichen Entscheidungsträgern, dachte Sophie bei sich, sagte aber nichts.

Alles klang perfekt, fand sie. Nur eine Kleinigkeit war auf der Strecke geblieben: die Liebe.

Nach den Regengüssen und orkanartigen Winden hielt ein strahlend schöner Altweibersommer im Norden Einzug, der die Menschen vergessen ließ, dass sie an den schwärzesten Tagen während der Schlechtwetterfront um ihre Insel gebangt hatten. Zwar war Langeoog aufgrund seiner mittigen Lage das stabilste Eiland der Ostfriesischen Inseln, doch von schweren Sturmfluten war man auch hier im Laufe der Jahrhunderte nicht verschont geblieben.

Zum Glück war alles gut gegangen, die Dünen hatten Langeoog vor Hochwasser und Versandung geschützt, und so wurde allerorts aufgeatmet. Auch Sophie hatte sich gefragt, was werden sollte, wenn die Flut höher und höher stieg. Sie sah sich schon samt Kiosk in der Nordsee untergehen.

Eiscafé, korrigierte sie sich sofort. Nicht mehr Kiosk. Eiscafé.

Stolz blickte sie auf das Häuschen. Äußerlich hatte es sich nicht groß verändert, nur ein neues Schild hing am Eingang und draußen war eine Terrasse aus Holz angelegt worden. An diesem letzten Sonntag im September schickte die frühe Morgensonne ihre Strahlen aufs Meer, auf den Strand und die Dünen, und versprach der stolzen Cafébesitzerin, sie würde den ganzen Tag scheinen. Schließlich war heute Einweihungsparty, und da musste eben auch die Sonne mitspielen.

Sophie rieb sich die Augen. Sie war definitiv übermüdet, wenn sie schon Nachrichten von einem Himmelskörper erhielt. Egal. Sie musste durchhalten, und heute Nacht würde sie dann hoffentlich zum ersten Mal seit Wochen durchschlafen. Geplant war, das Eiscafé vorerst nur an den Wochenenden zu öffnen, später dann, wenn sich alles gut eingespielt hatte, auch an drei oder vier Tagen in der Woche.

»Na, min Deern? Biste vor lauter Anbetung ’ne Statue geworden?«

Pauline tauchte neben ihr auf und wirkte so energiegeladen wie eh und je. Dabei hatte die Witwe in den vergangenen Wochen kräftig mit angepackt und die Handwerker herumgescheucht wie ein Feldwebel seine Kompanie. Sophie könne da nicht richtig durchgreifen, hatte sie behauptet, und sich mit Vergnügen in die Arbeit gestürzt. Die Malermeister, Tischler und Elektriker hatten zwar gemurrt, waren aber Paulines Befehlen gefolgt. Und das Ergebnis konnte sich sehen lassen!

Sophie rührte sich endlich wieder, ging die letzten Schritte bis zum Eiscafé und schloss auf. Die Wandregale und die Verkaufstheke des Kiosks waren verschwunden. Stattdessen befanden sich in dem erstaunlich groß wirkenden Raum ein halbes Dutzend Bistrotische und -stühle sowie eine Anrichte aus hellem Fichtenholz mit gläserner Front. Die Wände waren in Pastelltönen gestrichen, auf mehreren Aquarellen waren die Insel, das Watt, das Meer und der Himmel zu sehen. Matteo hatte die Bilder aus dem *Dolomiti* mitgebracht. Auch Bilder von Neapel und den italienischen Alpen waren ins Eiscafé umgezogen. Schließlich wurde hier auch bestes Gelato angeboten. Unsichtbare Lichtleisten gaben dem Raum eine freundliche Atmosphäre, als Sophie nun den Schalter betätigte. Neben der Tür zur Backstube befand sich ein kurzer Tresen mit der Kasse und dahinter eine supermoderne Kaffeemaschine sowie ein Kessel für die Teezubereitung.

Algengrüne Tischdecken setzten neben den Aquarellen weitere Farbtupfer, die kurz gehaltenen Speisekarten waren auf der Vorderseite mit Fotos von heimischen Vögeln bedruckt, auf der Rückseite stand zu der jeweiligen Art eine kurze Erklärung. Dies war Hinnerks Beitrag zum Eiscafé gewesen. Im Übrigen hielt er sich fern und stapfte glücklich über den Strand und durch die Salzwiesen, richtete den Blick in den Himmel und wartete auf seine alten Freunde, die Zugvögel, die sich im Wattenmeer die Bäuche vollschlugen, bevor sie die lange Weiterreise nach Süden antraten.

Freda hingegen packte tatkräftig mit an. Sie würde verrückt werden, wenn sie nichts zu tun hätte, hatte sie ihrer Nichte erklärt. Außerdem plage sie das schlechte Gewissen, weil sie Sophie unter Vorspiegelung falscher Tatsachen in den Norden gelockt habe. Freda machte sich besonders um die Backstube verdient. Sie trieb einen über achtzigjährigen Ofenbauer auf, der extra aus dem Ruhestand zurückkehrte, um den uralten Backofen zu begutachten. Und damit nicht genug: Der Mann erklärte Sophie, das gute Stück müsse nur ordentlich gereinigt werden und sei dann wieder tiptop. Er sollte recht behalten! Die übrigen Gerätschaften und Möbel wurden jedoch neu angeschafft, so auch der riesige Gefrierschrank, der in einer Backstube seltsam aussah, jedoch die Eiscreme fassen konnte, die Matteo tags zuvor in der Küche des *Dolomiti* hergestellt hatte. Diese Küche war vom Verkauf ausgeschlossen worden, und Matteo hatte einen eigenen Eingang bauen lassen. Seine Produkte schaffte er mit einem neu angeschafften kleinen Elektroauto zum Eiscafé.

Während Sophie die letzten Wochen noch einmal Revue passieren ließ, begann Pauline damit, die vielen vorbereiteten Kekse, Kuchen und Torten auf der Anrichte zu verteilen.

»Warte«, sagte Sophie. »Ich helfe dir.« Sie holte einen Karottenkuchen und eine Marzipantorte, eine große Platte voll mit Sanddorn-Mandel-Keksen und mehrere Teller mit den Zimtmuffins, mit denen alles begonnen hatte. Oder vielleicht doch schon mit den Keksen? Sophie lächelte. Es kam nicht darauf an. Wichtig war nur, dass sie diese eine große Idee gehabt hatte, und nun hoffte sie, die Leute würden ihre und Matteos Kreationen mögen. Die Gäste konnten den Kuchen auswählen, den sie probieren wollten, und der Speisekarte entnehmen, welche Eissorte dazu serviert werden würde.

»Hoffentlich geht alles gut!«, stieß Sophie aus.

»Soll ich dir dreimal über die Schulter spucken?«, bot Pauline an.

»Bitte nicht.«

»Wie du willst. Komm, wir müssen noch die Tische und Stühle für die Terrasse rausstellen.«

Aber gerade trafen Riccardo und Matteo ein und sagten, so etwas sei Männerarbeit. Kurz betrachtete Sophie die Brüder, wie sie da grinsend nebeneinanderstanden. Sie dachte an den Tag, an dem sie die zwei zum ersten Mal gesehen hatte. Damals, als sie sich auf einer sumpfigen Weide in Ostfriesland festgefahren hatte. Auf den ersten Blick hatte sie eine Schwäche für Riccardo gehabt, obwohl er so viel unfreundlicher als sein Bruder gewesen war. Diese Verwirrung der Gefühle bereute sie nach wie vor, aber sie konnte nichts daran ändern. Matteo, der inzwischen mindestens so gut wie sein Bruder aussah, würde ihr das wohl nie verzeihen.

Sie waren Geschäftspartner und gute Freunde – mehr nicht.

Sophie unterdrückte ein Seufzen und wandte den Blick ab. Sie beschäftigte sich mit einem Stapel Servietten. Pauline, der mal wieder nichts entgangen war, schimpfte leise vor sich hin. Zu ihrer Zeit hätten die jungen Leute noch gewusst, was sie wollten. »Heutzutage sind alle bannig durch'n Wind.«

Die ersten Gäste trafen am späten Vormittag ein. Sophie hatte befürchtet, niemand werde kommen, aber Pauline hatte sie beruhigt. »Du hast bekannt gegeben, dass heute alles umsonst ist. Das lässt sich keiner entgehen.«

Und so sollte es sein. Sophie, Pauline und Freda kamen kaum mit den Bestellungen nach, und Matteo geriet ins Schwitzen, während er sein Eis zu den verschiedenen Kuchen gab.

Schließlich stampfte Pauline ein paar Mal mit dem Fuß auf und verkündete, mit der Bedienerei sei jetzt man gut. Die Leute sollten sich gefälligst selbst ein Stück Kuchen holen, sich brav in die Schlange stellen und den hübschen Matteo höflich um ein Kügelchen Eis bitten.

Das löste allgemeines Gelächter aus, aber alle taten wie ihnen geheißen.

So ließ der Stress nach, und die drei Frauen mussten nur noch Kaffee, Tee und kalte Getränke bereitstellen. Von allen Seiten hörte Sophie nur Lob, und praktisch jeder Cafébesucher versprach ihr, er werde als zahlender Gast wiederkommen. Wenn nur ein Viertel der Leute ihr Versprechen hielt, könnten wir es schaffen, dachte sie hoffnungsvoll.

Matteo verkündete am späten Nachmittag, das Eis sei alle, und auch der Kuchen war bald bis auf den letzten Krümel aufgegessen.

Annabel traf zu spät ein, um noch etwas abzubekommen, aber sie lachte nur. »Ich habe in den letzten Wochen so oft bei euch probieren müssen, dass ich eigentlich gar nicht so scharf darauf bin.«

Sie zwinkerte Matteo und Sophie zu, dann bat sie Matteo, mit auf einen Dünenspaziergang zu kommen. Er nickte und legte seine Schürze ab.

»Was soll das?«, fragte Sophie.

Riccardo trat vor. »Das hätte ich auch gern gewusst.«

»Regt euch ab«, meinte Annabel nur, hakte sich bei Matteo ein und zog mit ihm los. Eine ganze Weile stand Sophie nur da und schaute ihnen nach.

»Kiek an«, meinte Pauline. »Gleich zwei Statuen. Kinners, geht mal lieber nachschauen, was die zwei treiben. Dat kommt mir spanisch vor.«

Das ließen sich Sophie und Riccardo nicht zweimal sagen, sofort liefen sie los.

Sophie schien es, als sei der Holzbohlenweg endlos, bis sie endlich auf Annabel und Matteo stießen. Und die beiden hielten sich gerade fest in den Armen!

»Seid ihr verrückt geworden?«, schrie Sophie, während ihre Welt einstürzte. »Annabel? Wie kann das sein? Du und Matteo?«

Riccardo sagte nichts, drängte sich nur an ihr vorbei und stürmte mit erhobenen Fäusten auf seinen Bruder zu.

Annabel und Matteo wichen so schnell auseinander, dass Riccardo genau zwischen ihnen hindurchlief und erst ein paar Meter weiter abbremsen konnte.

Inzwischen war das Pärchen in Gelächter ausgebrochen.

Das habe ich wohl nicht besser verdient, sagte sich Sophie und wandte sich schon ab, um zurück zum Eiscafé zu gehen.

»Warte!«, rief Matteo und war mit zwei großen Schritten bei ihr. »Schau nur.«

Sie sah, wie Riccardo nun Annabel stürmisch umarmte. »Nie wieder rührst du meinen Bruder an! Hast du das verstanden?«

Annabel strahlte.

Sophie wandte sich Matteo zu. »Ihr habt ihn reingelegt. Klasse! Endlich weiß er, wen er wirklich liebt.«

»Ja«, erwiderte Matteo. »Ich dachte ja, er sei gar nicht fähig, nur eine Frau zu lieben, aber anscheinend habe ich mich getäuscht.«

»Und seine geplante Reise?«

»Annabel ist eine kluge Frau, sie wird ihn ziehen lassen. Er kommt schon zurück. Spätestens im Frühjahr.«

Sophie nickte. Wieder wollte sie gehen.

Matteo nahm ihren Arm. »Warte. Du hast es noch nicht ganz verstanden, oder?«

»Was denn?«, fragte sie verwirrt.

»Dich haben wir auch reingelegt.«

»Oh …« Sophie spürte, wie sie rot wurde.

»Ich wollte endlich mal wissen, ob du mich auch liebst«, flüsterte Matteo, während er sie an sich zog.

»Auch?«, wiederholte sie ungläubig.

»Ach, Sophie. Hast du es denn nicht gewusst? Seit ich dich damals in diesem Kleintransporter gesehen habe, liebe ich dich.«

Sie wollte etwas sagen, aber da küsste Matteo sie auch schon.

Als hätte sie auf das Signal gewartet, ging in diesem Moment die Sonne unter, und das Wattenmeer erstrahlte in einem Feuerwerk aus Farben.

LESEPROBE

1. Kapitel

»Hallo Schatz«, sagte Jette und wischte sich mit einem Geschirrtuch über die Stirn. »Ist ein schlechter Moment.«

»Das ist es bei dir ja meistens.« Roberts Stimme klang leicht verzerrt durch das Smartphone, was jedoch auch am Brodeln, Köcheln und Dampfen um sie herum liegen mochte. »Aber diesmal kann es nicht warten. Ich werde befördert!«

Vor Schreck ließ Jette ihr schärfstes Messer auf das Schneidebrett fallen. Das Stück Thunfischfilet, das sie in dünne Scheiben schnitt, wurde in der Mitte aufgespießt, und als das Messer zur Seite kippte, klaffte ein Loch darin. Den konnte sie jetzt nicht mehr gebrauchen. Seufzend legte Jette das Filet beiseite.

Ihr passierte nur höchst selten ein Ungeschick in der Küche, und das wurde im italienischen Sternerestaurant »La Luna« auch nicht anders erwartet. In dem gut besuchten Lokal, nur einen Steinwurf entfernt vom Englischen Garten in München, arbeiteten nur absolute Spitzenköche, und Jette von Straten war stolz darauf, dass sie seit drei Jahren zur Mannschaft gehörte. Ihr Chef Pasquale Battelli hatte sie von Anfang an gefördert, aber wenn sie noch mehr von dem kostbaren japanischen Thunfisch verdarb, würde sie bald unten durch sein. So jovial Pasquale sich gern den Gästen gegenüber gab, so fröhlich er in seiner TV-Kochshow wirkte – Mitarbeiter, die Fehler machten, wurden bei ihm schneller gefeuert, als sie einen schwarzen Trüffel kleinhobeln konnten.

»Bist du noch dran?«, fragte Robert mit jenem Hauch von Gereiztheit, der seit einiger Zeit einfach nicht mehr aus seiner Stimme verschwinden wollte.

»Entschuldigung, ja.« Jette überlegte, ob sie gefahrlos den Pistazienmantel für die Thunfischscheiben vorbereiten konnte, während sie telefonierte. Aber dann beschloss sie, lieber schnell das Gespräch mit Robert zu führen und sich dann wieder mit voller Konzentration ihrer Arbeit zu widmen.

Wenn Pasquale sie mit dem Smartphone in der Hand erwischte, war ohnehin die Hölle los.

»Du wirst befördert«, presste Jette hevor. Ihr Herz geriet aus dem Takt, und sie musste sich mit der freien Hand an der Kante der Arbeitsfläche festhalten.

Plötzlich war er da, der Moment, vor dem sie sich seit mehr als einem Jahr fürchtete. Seit dem Tag, an dem Robert in einem ungewohnten Anfall von Abenteuerlust seine Stellung bei der Stadtsparkasse in München aufgegeben hatte, um für eine Privatbank aus Monaco zu arbeiten.

»Stell dir vor«, hatte er damals gesagt. »Mit etwas Glück könnte ich eines Tages im Fürstentum leben, wenn dort bei der Bank eine Stelle frei wird. Wäre das nicht herrlich? Keine verregneten Sommer und keine kalten Winter mehr, nur noch Sonne, schöne Menschen und leckere französische Küche.«

Jette mochte das Münchener Wetter eigentlich ganz gern, obwohl ihr manchmal der frische Wind über der Nordsee fehlte, ebenso wie der endlose Himmel ihrer flachen Heimat. Besonders an die Berge hatte sie sich noch immer nicht gewöhnt. Es war schwierig, wenn der Blick ständig gegen einen Gipfel knallte, anstatt frei in die Ferne zu schweifen. Die Leute hier fand sie eigentlich nicht besonders hässlich, nur der bayerische Dialekt bereitete ihr auch nach zehn Jahren noch immer Schwierigkeiten. Und die gehobene italienische Küche war ihr allemal lieber als französische Froschschenkel oder ähnliches Zeug. Da war sie stellvertretend für ihren Chef ganz italienisch-patriotisch. Aber sie hütete sich, ihre Meinung laut kund zu tun. Schließlich liebte sie Robert, und außerdem war eine Versetzung nach Monaco ja doch mehr als unwahrscheinlich, das jedenfalls sagte sie sich beides täglich aufs Neue.

Irrtum. Nun hatte sie den Salat. »Mit Stückchen von kalten Froschschenkeln an Vinaigrette, bestimmt.«

»Was hast du gesagt?« Roberts Stimme klang um einiges gereizter.

»Äh – nichts.« Sie wusste, jetzt wäre Jubel angebracht gewesen, aber sie hatte plötzlich einen Kloß im Hals. Jetzt mach mal halblang, versuchte Jette, sich zu beruhigen. Eine Beförderung hatte gar nichts zu bedeuten. Bestimmt musste Robert noch viele Sprossen auf der Karriereleiter erklimmen, bevor er an eine Versetzung ins sonnige Monte Carlo überhaupt denken konnte.

Eine dumpfe Ahnung jedoch sagte ihr, dass die Dinge anders lagen, dass Robert womöglich schon bald wegziehen würde. Weg von München, weg von ihr. Sie versuchte, zu ergründen, was sie dabei empfand, aber außer einer diffusen Angst vor einsamen Nächten fand sie vorerst nichts.

»Jette, hallo? Bist du noch dran? Was sagst du denn dazu?«

»Das ist toll!« Sie stellte auf Lautsprecherfunktion und legte das Smartphone auf einen sauberen Teller. Dann schnappte sie sich einen langen Holzlöffel und rührte in dem großen Topf mit Nudelsoße für das zweite Gericht, für das sie an diesem vorletzten Montagabend im April zuständig war: Tagliolini mit Pfifferlingen, Petersilie und Kalbsjus. Die Soße konnte nicht warten.

»Du freust dich ja gar nicht.« Robert klang richtig sauer.

Jette sah auf und bemerkte, wie Marie, ihre Kollegin und beste Freundin, mit dem Daumen über die eigene Kehle fuhr.

Upps! Gefahr im Anflug. Schätzungsweise in Gestalt von Pasquale.

»Doch, und wie!«, sagte sie schnell zu Robert. »Ich freue mich sehr für dich.«

»Hörst dich aber nicht so an.«

»Schatz, mein Chef kommt. Und wenn ich nicht in den nächsten zwanzig Sekunden meinen Job verlieren will, muss ich auflegen. Wir reden morgen, okay?«

Der frühe Vormittag war die einzige Zeit des Tages, in der sie einigermaßen entspannt zusammen sein konnten. Obwohl Jette von einer langen Nacht im »La Luna« oft noch übermüdet war, zwang sie sich, jeden Morgen um sieben aufzustehen, um mit Robert anderthalb Stunden zu verbringen, bevor er in die Bank musste.

Wenn er abends heimkam, war sie schon längst wieder bei der Arbeit.

Wie eine Beziehung auf Dauer so funktionieren konnte, war ihnen inzwischen beiden ein Rätsel, aber Jette ahnte, Robert wollte es lieber nicht wahrhaben, genauso wenig wie sie selbst.

Tja, dachte sie jetzt. Der sucht lieber das Weite.

»Bis morgen«, sagte sie noch und konnte regelrecht hören, wie ihr Freund beleidigt die Mundwinkel herabzog. Schließlich kannte sie ihn seit drei Jahren und wusste ziemlich genau, wie er tickte. Abgesehen von seinen fürstlichen Flausen war Robert das Paradebeispiel eines strebsamen und ernsthaften Norddeutschen. Auch ein bisschen dröge, wie man im Norden sagte, was nicht nur trocken bedeutete, sondern auch: ein wenig langweilig und nicht gerade humorvoll. Aber seine absolute Zuverlässigkeit machte diese kleinen Fehler Jettes Meinung nach zu hundert Prozent wieder wett. Sie hatte mit ihm das große Los gezogen, und Zweifel waren nicht geduldet. Mit Anfang dreißig und nach einigen Fehlversuchen musste eine Frau schließlich wissen, wohin sie gehörte. Und Robert war schnell beleidigt. Ein Sensibelchen eben. Da musste sie aufpassen.

Sie hatten sich in einer Schwabinger Kneipe an einem Stammtisch kennengelernt, der den griffigen Namen »Fischköpfe im Lederhosenland« trug, wo sich norddeutsche Zuwanderer einmal im Monat über ihren Kulturschock auslassen konnten. Und Robert Stelling war mit seiner mittleren Größe und dem raspelkurzen schwarzen Haar zwar nicht das Ebenbild eines Hanseaten, aber er sprach mit plattdeutschem Einschlag, er lachte über dieselben Witze wie Jette und schwärmte von einer leckeren panierten Nordseescholle.

Jette hatte zu der Zeit unter einem lang anhaltenden Anfall von Heimweh gelitten. Weniger nach Hamburg, wo sie aufgewachsen und zur Schule gegangen war, sondern nach der Nordseeinsel Spiekeroog, wo ihre heißgeliebte Oma Tilde lebte und wo sie als Kind in den Ferien so glücklich gewesen war, wie sie es in der feinen Villa ihrer Eltern in Hamburg-Blankenese niemals hatte sein können. Die Insel, das wusste sie, seit sie in München lebte, war ihre wahre Heimat. Wenn jemand sie aufforderte, doch mal von zu Hause zu erzählen, erwähnte sie selten ihre Eltern oder Hamburg, konnte sich dafür stundenlang über Spiekeroog auslassen, über das Wattenmeer und die Salzwiesen, über die Lachmöwen und die Brandgänse, über die Fischer und die Geschäftsleute, die den Touristen das Geld aus der Tasche ziehen konnten, wie einst die Strandräuber dem Meer seine Schätze abgerungen hatten.

Aber vor allem erzählte sie von Tilde, dieser starken Frau, die vor fünfzig Jahren ihrer großen Liebe Hinnerk Eriksen auf die Insel gefolgt und für immer geblieben war. Selbst nach dem viel zu frühen Tod ihres Mannes. Aus dem Nichts hatte sie einen kleinen Laden aufgebaut, in dem es von Angelhaken über Dosenpfirsiche bis hin zu Lockenwicklern so ziemlich alles zu kaufen gab, was man sich nur vorstellen konnte. Sie hatte ihre Tochter Martha allein großgezogen und ihr die Liebe zur Insel täglich eingetrichtert.

Bloß war sie damit gescheitert. Martha hatte es gar nicht abwarten können, von dort wegzukommen. Nach Hamburg, in die große weite Welt. Erst bei ihrer Enkelin war Tildes Heimatverbundenheit auf fruchtbaren Boden gestoßen. Und wenn es nach Jette gegangen wäre, dann wäre sie für immer dort geblieben. Jedenfalls bis sie so fünfzehn, sechzehn war. Später zog es auch sie fort, doch seitdem, seit mehr als zwanzig Jahren, hatte sie immer dieses seltsame Gefühl, dass etwas fehlte, dass sie nicht vollständig war. Zugleich konnte sie sich ein Leben auf der Insel schon längst nicht mehr vorstellen. Alles erschien ihr dort so klein, so eng. Jette musste sich eingestehen, dass sie sich inzwischen zu weit von Spiekeroog entfernt hatte. Diese Entfernung maß sich nicht nur in Kilometern, sondern auch in Lebenserfahrung, in Gewohnheiten.

In Tildes Inselladen hatte Jette schon als Kind gern hinter dem Tresen gestanden, auf einem Hocker, weil sie so klein war und auch nie wirklich groß werden sollte. Sie hatte die gutmütigen Sprüche der Kundinnen ertragen, die sich über diese lütte Deern mit den dunklen Augen und braunen Haaren wunderten, die in einer Familie von großen blonden Menschen aus der Art geschlagen war. Und dann hatte sie Mehl abgewogen, Eier gezählt und Zucker in dreieckige braune Tütchen gefüllt. Dort im Laden hatte sie schneller Kopfrechnen gelernt als in der Schule, und wenn sie sich genug in die Höhe gestreckt hatte, so hatte sie auch die alte monströse Registrierkasse bedienen können.

Und so erzählte und erzählte Jette, mit leuchtenden Augen und Sehnsucht im Herzen. Meistens war sie nur zum Schweigen zu bringen, wenn ihr jemand einen Küstennebel ausgab. Das war ein hochprozentiger Anisschnaps, der nach den Weiten der Nordsee schmeckte. Sonst redete sie womöglich noch die ganze Nacht.

»Man könnte meinen, du liebst diese blöde Insel mehr als mich«, hatte Robert sich mal beschwert. Was natürlich Blödsinn gewesen war, denn ein Mann war keine Insel.

Schade eigentlich.

Hinter Marie tauchte jetzt Pasquale auf. Jette kämpfte gegen die Versuchung an, das verdorbene Stück Thunfisch unter einem dicken Pistazienmantel zu verstecken. Es hätte keinen Sinn gehabt. Pasquale besaß ein unheimliches Gespür für Fehler. Und einem Gast, der bereit war, ein kleines Vermögen für ein Menü im »La Luna« auszugeben, durfte keine beschädigte Ware untergeschoben werden. Das war in den Augen des Chefs Hochverrat.

Jette erinnerte sich nur zu gut an den Kochlehrling im dritten Jahr, der einmal einen Fehler vertuscht hatte, indem er mit Pinienkernen statt mit Walnüssen gefüllte Ravioli hatte rausgehen lassen. Der Gast hatte das Gericht bemängelt, Pasquale war knapp an einem Schlaganfall vorbeigeschrammt, der Lehrling arbeitete heute in der bayerischen Provinz und kochte Schweinshaxe mit Knödeln.

»Robert«, flötete sie liebevoll in Richtung Smartphone. »Ich backe dir morgen früh Rosinenbrötchen. Dann erzählst du mir alles in Ruhe, ja?«

Sie würde dafür noch eine halbe Stunde früher aufstehen müssen als sonst, aber im Augenblick war sie zu jedem Opfer bereit, wenn sie ihn nur friedlich stimmte.

»Geht klar.« Seine Mundwinkel schienen sich zu heben, er hörte sich beinahe fröhlich an, bloß ein klein bisschen nervös.

Sie wollte schon auf das Display tippen, um das Gespräch zu unterbrechen, als er noch hinzufügte: »Dann besprechen wir auch den Umzug. Bis dann.«

Auf einmal hatte es Robert eiliger als Jette, das Telefonat zu beenden, und die Verbindung war tot, bevor sie nur den Arm ausstrecken konnte.